文春文庫

火と汐

松本清張

文藝春秋

目次

火と汐

火と汐

1

一晩泊まった部屋だが、外出先から帰った眼にはわが家の居間のように見えた。ベッドのカバーの模様、鏡台兼用の机、小さな丸卓と二つの椅子の位置、京都の風景を木版画にした壁掛の額、窓に垂れた白い紗のカーテンから透かしてみえる高名な寺院の白壁と石垣。松並木の前に停まっている観光バスの数が減っているのは夕方になったからだ。拝観時間は午後六時までだ。しかし、八月半ばの六時では真昼の光である。

美弥子は椅子にもたれて寺の屋根を見ている。炎天の下を歩き回ったあとで、ホテルの冷房が息をつかせた。木陰に入って緑の微風に浸っているときのような、快い怠惰を身体中にひろげているようだった。

曾根晋吉は上衣を洋服ダンスの中に脱いできて椅子にかけた。煙草をすすめたが、美弥子は微笑をつくっただけで首を振った。大儀そうな動作であった。

晋吉は煙を吐いて背中を凭せた。丸卓の向うに美弥子の組んだ脚があった。ストッキングを被せた二つの腿が隙間なく密着して一個の型になっている。胴が小さいだけに二十六歳の女の充実がそこに誇張されていた。ふだんは細くて痩せて見える身体だが、こうしていると膝に量感が溢れ出している。その量感の上にうすい緑のワンピースの裾がまくれて白い下着のレースの一端がこぼれていた。

美弥子はそれに気づいてなく、両手を肘かけの上に遊ばせていた。当人が気づいてないところに情感があった。晋吉は眼を窓に逸らせた。寺の屋根に当たっている陽が弱まり、出の深い軒下に濃い翳りがはじまっていた。美弥子はスリップがのぞいているのに気づかないのではなく、裾を直すのを面倒がっているのではないかと晋吉は思った。女は男の視線に敏感である。美弥子も三カ月前までは彼の前にそうだった。すると、いまの美弥子が少し気にしながらも疲れに託して裾をそのままにしているのは、彼の視線を他人のものと感じなくなったせいかもしれない。他人でなくなれば女は男の前に羞恥をうすめる。

それに、彼女の底に今夜もう一晩の彼とのホテル生活が意識にひそんでいて、その膝との境界をそのままに打ち捨てているのかもしれなかった。人妻だが、男への意識的な計算があるとは思えなかった。そこまでの媚に美弥子は達していなかった。陶酔に身体が開いたのも晋吉を知ってからである。芝村と結婚して四年間、何をしていたかと晋吉のほうでいいたくなる。いま、彼女が太腿の上に下着の端を不作法に出していると自身でも感じてそのままにしているとすれば、男の情感の反射を望んでいるようでもあった。

彼女は少なくともそこまでは進んでいると、晋吉は寺の空に眼を遊ばせて思った。が、晋吉はすぐに考えを変えた。彼女の半ば放心状態は、暑さのなかに京の寺々を見て歩いてきた疲れの果てだけではあるまい。また、膝の上にはみ出しているスリップの端を放置しているのは彼女の半ば無意識的な作意でもなかろう。彼女の茫乎とした瞳には雲間から裂けて海に落ちる夕陽の箭が映っているのではなかろうか。水平線の一方は蒼然と煙って暗色の空と融け合い、一方は紅色にふちどられた紫色の雲の重なり合いがある。昏れる海の上には、いくつかの白い帆が斜めに傾いて走っている。

美弥子のグリーンの服地の下に一点のぞいている下着の白さが、海洋を滑る三角形の帆を晋吉に連想させ、その連想を彼女の意識の上に想像したのではなかった。たしかに美弥子の疲れたような顔には、それとは別な、もの憂げな表情が出ていた。乱れをとりつくろうことさえ忘れているのは、彼女が現在の時間に合わせて暮れなずむ海の上の帆を凝視しているからではあるまいか。

芝村のヨットはどの辺を走っているだろうかと晋吉も考えた。彼は頭の中で海図を披いた。今日の午後までには三宅島を完全に一周して帰路についているはずだ。この時間だと三宅島の北、新島の東沖合ではあるまいか。芝村のヨットが先頭から遅れたらもっと南寄りになる。レースに芝村の腕がいいとはいえなかった。ヨットを操り出して三年の経験だが、外洋レースに出るのは今度が二度目であった。いっしょに乗っている上田伍郎も芝村と同じである。

新島より南寄りというと神津島の東沖である。三浦半島の油壺から三宅島まで、北から順に大島、利島、新島、神津島の四つがはさまっている。三宅、御蔵、八丈の三島を入れて伊豆七島とする。神津島は北緯三十四度十三分、東経百三十九度十分である。芝村のヨットが神津島の東を走っていれば、三宅島を一周して北の直線コースであるから、北緯はそのままとして東経約百三十九度三十分になる。——そうすると、芝村のヨットが油壺の出発点に辿り着くのは明日の午前十一時か正午ごろになるであろう。これは今までのレースからみて予定の時刻である。

油壺から三宅島の間は夏には往きが約四十時間かかる。帰路は大分早いが、それでも往復六十五時間以上はみなければならない。芝村は一昨日の十四日の夕方七時に他のヨットといっしょに油壺を出発した。それは美弥子も見送ったと云った。芝村はオリーブ・ハーバー・クラブのメンバーである。彼は「海鳥」号と名づけた二十フィートのクルーザーを持っている。同じような大きさのクルーザー七隻で油壺から三宅島を往復するレースがオリーブ・ハーバー・クラブで主催された。芝村は上田と組んでこれに参加している。

晋吉が芝村の妻美弥子とこのホテルに入った昨日の午後六時ごろは、芝村は現在とは恰度逆に新島から三宅島に向かって走っているはずであった。今は同じ地点を芝村は油壺の方向に向かっている。大体、この季節では南風が強いので帰路は往路よりも速度が増すのが普通である。しかし、それでもなお、レースの先頭に立つヨットさえ明日十七日の午前中でなければ油壺の出発点には入港出来ないだろう。

晋吉の頭の中にひろがった海図には、幾艘かのヨットが白い帆に風を孕ませてばらばらに走っている。先頭を切ることはあるまいから、その中ほどか、うしろあたりに芝村の海鳥号がいる。その同じ白い帆を、外を眺めている美弥子の瞳は見ているようであった。

晋吉は、そのことを口に出そうとした。芝村君のヨットは今どの辺を走っているのかなと、何気ない口調で云ってみたかった。あるいは、これは彼女にとって残酷な質問となろう。が、それによって美弥子が芝村に悔悟して晋吉の前から起ち上がることは決してなかった。その質問に泣いても彼女の罪の意識は晋吉のほうに身を投げかけてくるのである。これまでがそうであったように、これからももっと深い感情を伴った情熱の投身となるだろう。

だが、今、その言葉を云うのは不適当だと晋吉は思った。そうした彼女の悲哀と情熱を引出すのはもっと暮れてからである。外の陽が完全に消え、室内に淡いルームランプがついたときを択ぶべきであった。

「疲れたようだね」

と、晋吉は声をかけた。

「ええ、少し」

美弥子は揺り起こされたような眼になった。その瞬間に変わった視線の表情に晋吉は自分の想像が間違っていなかったと考えた。それなら、もっと日常的な話にしなければならなかった。

「やっぱり京都の夏は暑いわ。お寺まわりには不適当ね」

美弥子の言葉は今までの暮れなずむ伊豆の海から呼び戻されていた。

「京都は盆地だから、定説のように夏はむし風呂だよ。夜になっても一向に暑さがさめない」

何か冷たいものをとろうか、と晋吉が云うと、美弥子は腕時計を眺め、ぼつぼつ食堂に降りたほうがいいと云った。この部屋の中で飲むより、明るいシャンデリアの下に多勢の客がテーブルについている食堂のほうが生き返ったようになるというのだった。晋吉は賛成した。

椅子から立った彼は、上衣をタンスから出して身につけた。ネクタイを締め直していると、視線が壁に懸かっている木版画に当たった。五重塔の背景になだらかな山があり、その緑色に「大」の文字が黄色く描かれていた。この絵も昨日から見馴(みな)れたもので、外から帰ってくるとわが部屋の感じを与える一つになっている。

「八時からね」

と、美弥子もその絵を見て云った。今夜、八月十六日は〝大文字(だいもんじ)〟であった。東山如意ヶ岳(ひがしやまにょいがたけ)からはじまって五山の送り火となる。

「ゆっくり飯を食ってから恰度(ちょうど)いいだろう」

晋吉はうなずいた。美弥子の心は、その言葉で海の上から離れたと思った。京の大文字の送り火を見たいというのが美弥子の前からの希望であった。ずっと前からそれを見たかったが、今度の旅行を京都に択んだのも美弥子が晋吉に頼んだのである。はじめて二人で東京をはなれた旅であった。晋吉は、そのために十日前からこのホテルに部屋を予約していた。この夜は東京方面からの客でいっぱいになる。

「どの辺が見物に一番いいかしら?」

と、美弥子は訊いた。晋吉は三年前にそれを今出川の旅館の庭で見ていた。

「やはり鴨川沿いの三条あたりがいいんじゃないかな。しかし、人が多い」

「人が多いのは嬉しいわ、お祭に行ったようで」

美弥子の気分が引立っていた。無理に伊豆の海から心を離そうとしているのかもしれなかった。

ドアにノックが聞こえてメイド二人が顔を出した。

「ベッドをおつくりしてもよろしゅうございますか?」

どうぞ、晋吉は云った。失礼します、と二人のメイドが敏捷に入ってきた。

「あの、大文字をご見物になりますか?」

と、まるい顔のメイドが、晋吉のうしろから行く美弥子に向けて問うた。

「ええ、お食事を済ませてから」

美弥子が微笑して答えると、

「ホテルの屋上からでもよく見えますわ、屋上は相当高うございますから」

メイドは標準語を京訛りで云った。

「ああそうか」

と云ったのは晋吉であった。

「そりゃ気がつかなかった。それじゃ、人の群れに揉まれて外に出ることもないね」

2

三階の食堂はいつもより客が多かった。見たところ東京の客だけではなく、京都や大阪の人も多かった。このホテルの屋上で大文字を見ようと来ているのである。

「これじゃ屋上は混むな」

と、晋吉はぐるりを見回した。

「早めに上ってみましょうよ」

美弥子は長い間の希望だっただけに浮き浮きしていた。

この話を出されたとき晋吉は、どうして芝村と見に行かなかったかと訊いたものだった。が、美弥子は一度は芝村に云ったことがあるが、向うであまり気乗りのしない風だったので、それきりになったと云った。三年前のことだという。熱心に頼むほど芝村には愛はなかったとも云った。

晋吉が時計を見ると七時半だった。美弥子はコーヒーを半分残して起ち上がった。実際、食堂の客もそわそわと出て行く姿が多かった。

エレベーターの前はデパートのように人が溜まっていた。手に赤い札を持っている人が相当にいた。晋吉は何だろうと思った。

「屋上で見物なさる方には特に整理券をお渡ししています」

エレベーターの整理をしているホテルの係員が晋吉の問いに答えた。

「じゃ、ぼくらも整理券を買わないといけない？」

「いえ、お泊りのお客さまは結構でございます」

係員は部屋の番号を訊いた。晋吉がポケットのキイを出して見せると、係は晋吉と美弥子に徽章(きしょう)を渡した。ホテルの滞在客という証明であった。

十一階に吐き出されて屋上への階段を上った。屋上に出ると星が近く見えた。人も大ぶん集まっている。子供づれの外来者もいた。美弥子は晋吉といっしょに建物の端に寄った。一メートルばかりの高さの壁で囲んだホテルの広さいっぱいの屋上だが、中央に小屋のような建物があり、またスチーム用の煙突や動力室みたいなものがあったりして、そのぶんだけ狭まっていた。屋上の広場は、中央の一段と高い煙突や動力室を隔てて二つに分かれていた。だが、京の街の灯(ひ)がどこからも見渡せた。昔風な瓦屋根の集まっている下の道路を団扇(うちわ)を持った人がぞろぞろと歩いている。

「あと十分くらいね」

美弥子が横で腕時計を透かして見て云った。

「八時から高い所にあるネオンが消えるんだ」

晋吉は、ここから見える同じ高さのホテルやデパートの屋根のネオンを見て云った。

「全部消えちゃうの？」

「高い所のは全部だ。下から見物する人に大文字をよく見せるためにね」

「ではこの屋上の灯も消えるの？」

「当然、ここも消える」

「真暗になるのね」

「一時間近くは暗闇だ」

美弥子は、晋吉といっしょだからいいと云った。愉しそうであった。星空の下の黒い東山を見て、どのあたりから大文字がはじまるのかと訊いたりした。

「火がついた」

と、若い女の声が屋上の一角から叫んだ。人々がざわめきはじめた。二人の周囲は関西弁ばかりであった。晋吉が東山の黒い一点についた赤い火を美弥子に示したとき、火は上下左右から赤い点を起こして連なりはじめた。とたんに、あたりが真暗になり、「大」の字の画の端から燃えひろがる火の色を鮮明にした。人々の間からどよめきが起こった。この屋上の灯が消えたとき美弥子も小さく声をあげた。これまで高いところについていたあらゆる街のネオンと照明とが消えた。京都が急に低くなった。平面の底に街の小さな灯が匍（は）っていた。

「大」の文字が黒地の山に急速に形を整えはじめた。煙が上がっている。煙に火の色が映っていた。焚木（たきぎ）のはじける音が聞こえそうであった。

「まあ、きれいだわ」

美弥子が横で云った。二人の左右にも背後にも見物人が集まっていた。顔は分からない。みんな黒い影ばかりであった。声と足音とが動くだけであった。

炎の「大」の字が完全に形を整え、それを保って燃えつづけているとき、周囲の人々が移動しはじめた。あたりが空（す）いてきた。

「どうしたのかしら？」

美弥子がふしぎそうに左右を見てきいた。

「北山（きたやま）で左大文字がはじまったのだな」

「北山？」

「昼間行った金閣寺（きんかくじ）の方角。ここからだと反対側だ。だから、みんなあっちに場所を変えたんだよ。鳥居形の火も妙法の文字も、船形（ふながた）の火もあっちのほうが見物しやすい」

「行ってみたいわ」

と、美弥子が云った。少し昂奮していた。

二人は反対の側に向かった。黒い混雑の中を歩くようなものだった。中央に煙突と動力室があるので、その傍を通るのに小路のように狭かった。足もとだけがやっと見える照明だった。

屋上広場の新しい方向は、西と北の山々を見るのに便利であった。だが、そこはたいそうな群衆になっていた。前からその場所に陣取っていた人々――東山の大文字の見物を犠牲にして西と北山の点火を待っていた人々の背後に、大文字の火を見終わった人々が移動して数がふえた。互いの顔が分からない闇の中でのことである。わずかに近くの人の顔が、はるか下方から射してくる街の灯あかりや屋上の少ない電燈の光で識別できる程度であった。

晋吉は美弥子と黒い人垣のうしろに加わった。彼女は彼のすぐ横にいた。だが、人間の黒壁に遮(さえぎ)られて、北山にはじまっている「左大文字」の火の連(つら)なりがよく見えなかった。低いところから山を見上げるのと違って、三十メートルのホテルの屋上からは山が水平の視線になっている不幸であった。人垣をかきわけて前に出なければ火文字の全体が分からなかった。

「ぼくが前に出るから、離れずにすぐうしろについておいで」

晋吉は美弥子に云った。

「ええ」

美弥子の顔が暗い中でうなずいた。晋吉は強引と思われるくらい前に割って入った。不平を云う者がいた。小さく怒る者がいた。晋吉は、失礼、といい、済みませんと云いながら小刻みに前に進んだ。彼は、火の文字の展望のきく位置に来たら、うしろに従っている美弥子と場所を入れ替わるつもりだった。その火はある程度前の人の肩の間から見えた。しかし十分ではなかった。文字の左半分が見えなかった。左大文字は「大」の字が裏返しのかたちで左に撥ねる画が長い。この特徴が見えないのでは意味がなかった。

だが、これ以上、前にすすめないので晋吉はその位置に立ちどまって待った。松ヶ崎の「妙法」の横文字、西賀茂明見山の船形の炎は衰えはじめていた。次がこの「左大文字」で、いまが燃えざかりであった。あと十分すると、左手に鳥居の形で火の手が上がる。その前から見物人の移動がはじまるから前面が空いてくる。そうなれば背後の美弥子を前に出せた。今は入れ替わろうにも左右から締めつけられて身動きが出来なかった。

身動きができないまま、晋吉は赤々と燃える左大文字の半分を凝視していた。炎の点の連なりで字画が形成されている。その炎の点を見ているうち、晋吉はなだらかな黒い山なみが夜の海にみえ、赤い点が三角形の白い帆の連なりに映った。もちろん暗い海では帆は見えはしない。だが、折返しの三宅島から風に煽られて競走して戻る七隻のヨットのなかから芝村の海鳥号の帆だけが白く浮いた。

突然、その白い帆が赤くなった。帆が燃えていた。黒い海の上である。煙に炎の色が映っていた。芝村のヨットが火に包まれている。晋吉は見つめていた。

芝村のヨット海鳥号は順調にゆけば明日の正午までには油壺のハーバーに入る予定であった。美弥子は明朝、六時二十分京都発の超特急に乗って九時すぎに東京駅に着く。

それから横須賀線に乗れば、十一時ごろには油壺に行ける……。そこで芝村の帰着を出迎える。その計算で美弥子は晋吉と京都に来た。夫が七十時間、海を走っている間、高校時代のクラス会の有志で奈良を回ってくるというのが彼女の口実であった。芝村は妻の行動を追及しないほうだった。信用しているのである。クラス会の同行者の名を聞いて問い合わせることは絶対になかった。

海鳥号が燃えたら――と晋吉は空想した。芝村は暗い海に投げ出される。芝村の泳ぎは彼の自慢であったが、夜の外洋に抛り出されてからの彼の水練がどれだけ役立つか。これまでのヨットの遭難事故では泳ぎの上手なはずのクルーの溺死は多い。夜明けを待たなければ捜索できないだろう。それまで芝村の体力が保つだろうか。ヨットを全速力で走らせることに精力を使ったあとなのだ。夜の海上では溺死の比率が大きいのである。

3

晋吉は美弥子が明日の朝早く京都を発って、夫を迎えに油壺に行くのが気に入らなかった。彼女の気持が芝村よりもずっと自分の中に入りこんでいると分かっていても、やはり不満だった。三カ月前から身体の交渉も生じている。それは晋吉の長い間の期待であったが、一度そうなってしまってからは美弥子は支えの柵をなくしたように彼に倒れてきた。一週間に二度逢うこともあった。そんな美弥子を知っていても、彼女が夫の芝村を油壺に迎えに行くのが不愉快だった。美弥子は、芝村といっしょに居る限り、それは名目だけの妻の勤めだからと云って晋吉の胸に両手を掛けたが、晋吉の気持は晴れなかった。むろん、彼も彼女の前にその不快を表わすことはなかった。彼女が芝村のもとに或る時期まで余儀なくとどまっている限り、やむを得ないと答えた。しかし、心では美弥子が油壺に陽灼けした夫の肉体を迎えに行くのが不服であった。

晋吉は無理に美弥子をここに引きとめて油壺に行かせない決心までにはなっていなかった。もし彼女が油壺にも行かず、家にも戻らないとなると、彼女の身のふりかたはその瞬間に決まってしまう。晋吉は彼女を「引取る」ほかはないのである。そこまでの決定的な勇気は晋吉になかった。三十三歳の分別が働いていた。向うみずな熱情に浮かされて後悔に早まる年齢ではなかった。

しかし、明日の朝、時計が気になってろくに睡りもせず早起きして京都駅に駆けつける美弥子を見るのは厭であった。人妻の偽善を悪むほどの若い精神ではない。嫉妬という明確なかたちでもない。彼は芝村に優越感を持っていたからその卑屈さは無かった。芝村に何か不測の事態が起こって、油壺に行った美弥子が夫と遇えなくなるといい――いわばそんな意地悪に近い気持であった。

あたりでは、きれいだという賞讃がしきりに交されていた。

「左大文字」の火はまだ夜空に勢いよく燃えつづけている。鳥居火は遅れるらしく見物人の群れは動かなかった。晋吉は依然として火の点を見つめている。海鳥号の三角の帆が燃えている。

ヨットの事故に火災がないことはなかった。実例もあった。

ヨットには簡単な煮炊きが出来るキチンがある。炊事にはプロパンガスを使う。プロパンは普通の家庭でもときどき爆発するが、ヨットのプロパンも爆発事故が時たま起っている。こうした事故は数十時間もヨットを操って、クルーが疲れ切った場合のちょっとした不注意から起こりがちだ。

しかし、これまでのヨットの遭難はほとんど突風や暴風に限られている。暴風の場合は、気象観測が発達し、気象状況を刻々にラジオで報らせているので滅多に遭難は起こらないが、突風は鏡のような海でも突然生じる。転覆はこうした場合に多い。

いま「左大文字」の燃えている空には一面の星屑がひろがっていた。雲一つないのである。この京都の空と、北緯三十四度十三分、東経百三十九度三十分の地点とにそれほど大きな気象の相違があるとは思えなかった。事故が起きるとすれば、暴風ではなく、予想もしない突風の襲来だけである。ワイルド・ジャイブということもあり得る。これはヨットが追い風を受けて走っている時、急に逆から風をくらい、帆がすさまじい勢いで反対側にはね返った時に起きる。風のはげしい時にこれをやると、太いマストが折れてしまうこともある。それよりおそろしいのは、この時帆げたに頭を打たれて落水することだ。脳震盪を起こして海に落ちた者は、ほとんど助からない。

晋吉も前にヨット乗りを主人公に芝居を書いたことがあり、また芝村からも聞いていたので、この程度の知識は持っている。

――前の人垣が動いた。五山の送り火のなかでは最後の、曼荼羅山（まんだらやま）の鳥居形の火がはじまったらしい。左手で人が声をあげていた。こっちにかたまっていた見物人の中から移動がはじまった。

晋吉は、空想から醒（さ）めて、うしろをふりむいた。美弥子を前に出すつもりだった。左大文字の火はまだまだ消えないでいる。

すぐうしろには男がいた。いままで、美弥子が黙って立っているものとばかり思い込んでいたが、人違いであった。晋吉はその左右を見回した。暗いなかでも近くの顔ぐらいは分かる。知らない人ばかりであった。

どこに美弥子は行ったのかと晋吉は思った。あるいはもっと火の形のよく見える場所に黙って移っているのかもしれない。しかし、彼から離れて遠くに行くはずはなかった。特に、灯を消している屋上である。

晋吉は、少しずつその辺を歩いて人の顔をのぞいて回った。自分もあまり遠くには行けなかった。逆に、美弥子が彼の姿を探すことになるかもしれないのである。彼女にとって、此処（ここ）ははじめての場所であった。

晋吉がどのようにそのあたりを探しても美弥子はいなかった。手洗いにでも行ったのかと思って、もとの位置に戻ってしばらく立っていた。「左大文字」の炎も下火になりつつあった。彼女は戻らなかった。

向うのほうで鳥居の形が鮮かに燃えていた。人々はそこに黒く群れていた。晋吉はその場所にも行って探した。女の名を呼ぶのが体裁悪かった。その中からも彼女の顔は見つからなかった。もっとも、暗いしみんな山のほうを向いているので背後からは分からなかった。が、姿で見分けはつく。人垣の間に美弥子の特徴を見せた後姿はなかった。

晋吉はあまりうろうろできなかった。美弥子が前の位置に戻ってきたら、彼を探して回ることになりそうだった。この暗い屋上でスレ違いの追いかけっこをするようになる。彼は煙草を喫いながら定位置に立っていた。左大文字の火は端から消えつつあった。暗い海上のヨットの火災も晋吉の眼から消えた。

そこに十分ばかり立っていたが、美弥子は戻ってこなかった。晋吉は、彼女が気分でも悪くして部屋に戻ったのかもしれないとも考えた。しかし、それだったら、彼女は晋吉に断わって立ち去るはずである。また、七二八号室のキイは晋吉のポケットにある。

美弥子はあまり丈夫なほうではなかった。身体も細い。念願の〝大文字〟に昂奮したものの、炎天の下で寺まわりをしたあげくだし、屋上に長く立っていることに疲れたのかもしれない。事実、外から帰って疲労した彼女の姿を見ているので、そう思われてきた。すると、部屋の鍵を持たない彼女は、一階下のエレベーターの近くにある椅子にかけて彼が屋上から降りてくるのを待っているのかも分からない。

晋吉は、そう考えると急いで屋上を横切った。かすかな電燈は足もとを心細く照らしている。足場の悪い所を急ぎ足で一階下の十一階に降りた。

しかし、そこにも美弥子は居なかった。エレベーターの前には、混雑を避けて早めに屋上から降りた帰りの見物人ばかりであった。晋吉は少しあわててまた屋上に引返した。自分が居ない間に美弥子が前の場所に戻って彼を捜しているように思えた。こうまであわてることはなかった。彼女の姿が見えなくなったといっても、このホテルから出ることはないのだ。結局はあとで部屋に落合うことになる。が、やはりのんきには構えていられなかった。彼女が懸命に自分を捜していると思うとじっとしていられなかった。

晋吉は、屋上のもとの位置に戻った。先刻よりずっと人が減っていたが、一目でそこには彼女の居ないことが分かった。そういえば燃えつづけていた鳥居火も火勢が衰えはじめていた。屋上の見物人も次第に減ってゆく。晋吉は少し自棄（やけ）になってその辺を歩いた。耳に入るのは知らぬ他人の話し声だけだった。眼が醒めたように屋上の照明がついた。街の上にも、次々と高いネオンがつき、再び京の夜をとり戻した。五山の送り火の行事は終わったのである。

明るくなったので彼女を捜すのには楽だった。それだけに彼女の居ないことがたしかめられた。見物を終わった客がエレベーターを待って群がっている。晋吉は七階まで一階ずつ階段を歩いて降りた。降りながら彼は、美弥子に遇ったら、こんなことで心配させたと文句を云うつもりだった。実際、いらいらさせられた。

彼は七階に降りて、灯のついているサービスステーションの前に歩いていった。屋上で気分が悪くなった美弥子はそれを彼に告げようとしたが、あの暗さで姿が分からず、仕方なしに無断で七階に降りた。部屋のキイは晋吉が持っているが、サービスステーションには合鍵を備えている。美弥子はメイドに云って合鍵で部屋に入り、ベッドで寝(やす)んでいるかもしれないと思った。

しかし、この想像も窓口から顔を出したメイドの答でつぶれた。おつれさまはお帰りになっていませんと云うのである。

晋吉は鍵で部屋に入った。あり得ないことだったが、とにかく彼女の荷物があるかどうかを見るためロッカーを開けた。大型のスーツケースはそのまま置かれてある。真黒い革に赤い筋が一本入っている。いかにも美弥子らしいケースだった。なかには彼女の着替えの服が二着と、その他の品が入っている。それが前に置かれたままのかたちで彼の眼に映った。

晋吉は窓際の椅子にかけた。ドアも半開きにしておいた。今に彼女の足音が入口から聞こえそうでもあった。ご免なさい、と謝って、はぐれた理由を笑いながら云う言葉まですぐにも届きそうであった。だが、一時間くらい煙草をふかして待っていたが何もなかった。

メイドが半開きのドアの隙(すき)から顔をのぞかせ、ひとりぼっちの客の姿をふしぎそうに見て通った。隣室に外国人の夫婦が戻った。

晋吉はフロントに電話した。彼は別な名でこのホテルに入っている。美弥子の名も異ったものだし、住所は神奈川県藤沢市にしていた。妻が外出しているようだが、フロントに何か云い置いてないかと彼は訊いた。ございません、とフロントでは答えた。半ば予期された返事であった。

4

十二時近くになっていた。屋上で美弥子を見失ってから四時間になろうとしている。晋吉は椅子にかけたまま、街の灯が寂しくなってゆくのを見ながら、あらゆる事態を想定した。

美弥子が晋吉とホテルでもう一晩すごすことに恐怖を感じて無断で東京に帰ったという想像がその一つにあった。それにはこのホテルの中で知人と偶然に遇ったという出来ごとを考慮に入れなければならない。大文字の送り火には東京から来ている客が多かった。狼狽した美弥子がすぐに東京に逃げ帰ったことである。

だが、これは不自然な想定であった。たとえ、そういう場面があったとしても、彼に黙って帰京するわけはなかった。しかも、着替えのものなどが入っている彼女のスーツケースはそっくり部屋に残っている。彼女が持ち去ったのは、その手にさげていたハンドバッグだけであった。

美弥子はクラス会で関西に来ていることになっている。だから、彼女が京都のホテルで送り火を見て居たとしても不都合はないのである。もし、彼女が知人に遇ったとすればそれは屋上でしかない。その前は晋吉も彼女といっしょにいて、そんな変化はなかったのだから。屋上のあの暗さではあったが、間近でばったり遇えばお互いの顔は知れる。あのとき、晋吉は「左大文字」の火に見入って、三宅島から帆走してくる芝村のヨットのことなど空想していた。その間、背後にいるとばかり思いこんでいて美弥子には振り返らなかった。話もしなかった。

何かが起こったとすれば、その間である。美弥子の知人が偶然に傍(かたわ)らの見物人の中にいて彼女の肩を軽く敲(たた)く。美弥子はおどろく。そして、何気なく晋吉のうしろからはなれて屋上から下りる。そんな場合だったら、知人の手前、彼女も晋吉にものが云えない。

美弥子のその知人とは自分も知っている人間だったかもしれない。晋吉は想像をすめていった。自分は劇作家である。まだ若手だが、職業柄、劇団関係の人間には多くの知合いがある。また、その関係のつづきで新聞社や雑誌社の連中、いわゆる文化人といわれる連中を知っている。

そういう意味で顔はひろいほうだが、その連中と美弥子とは無関係である。共通の知人ではなかった。

共通の知人とすれば、芝村と自分との友人関係の中にしかないと晋吉は思った。芝村は親譲りの小さな会社を持っていて悠々と暮らしている。事業のほうは前から居る専務に任せきりで、自分はバアを飲んで回ったり、ヨット遊びなどしている。晋吉と芝村とは大学でいっしょだった。電気関係の金属会社を嗣ぐというのに芝村は文学部に入っていた。学校を出てから交際はなかったが、バアで偶然に遇ってからは、会社のやつに芝居の話でもしてくれないかと誘われた。近ごろは職場に学者や評論家、作家などをよぶことがはやっている。ついでに、社員の女房たちの集りがあるから、そこでも話をしてくれと芝村は云った。晋吉は結局それを承諾した。その女房の会の幹事役というのが芝村の妻の美弥子であった。

そのようなことで、美弥子と彼との共通の知人は芝村の会社の者か、その女房連中である。それも、晋吉はその人たちには話の席で一度しか顔を見せていないのだから、正確には知人ではなく、こっちの顔を見覚えられているという程度である。

が、美弥子にすれば彼といっしょに京都のホテルにいたところを見られたのだから怖れるに違いなかった。そのほか、晋吉は美弥子と知り合ってからしばらくは劇場などに案内していたので、それらの関係者は居るが、これは反対に美弥子に自由にものを云いかける者はいない。やはり、芝村の会社の関係ということになろうか。

しかし、それにしても美弥子がこの部屋に戻らないはずはなかった。どのような知人に遇おうと、相手が彼女をいつまでも放さないわけはない。

その知人の手前、屋上のあの場では晋吉に声がかけられなかった美弥子も、その知人が去れば、すぐあとで晋吉の横に引返してこられることだし、万一、それも都合が悪かったら、とにかくこの七二八号室に戻ってくればいいのである。

十二時になった。もはや、美弥子がこの部屋に帰ることはないと考えなければならなくなった。誘拐かと考えたが、それは馬鹿げた想定である。美弥子が彼に断わらずにほかの人間にノコノコとついてゆくわけがない。だが、現実にここに残されているのは誘拐の状況であった。彼女の持ち物はそっくり置かれている。

晋吉はホテルの者にこの事実を告げるわけにもゆかなかった。秘密な旅行であった。どのようなことがあっても、美弥子と自分の関係を表沙汰にしてはならなかった。ホテルの者に告げると、警察に連絡するであろう。それ以外、ホテルとしても捜索の手段がないからである。

美弥子がホテルの中の誰も気づかない場所に倒れているのではないかという不安も起きた。屋上で気分が悪くなって部屋に戻る途中でである。だが、これも可能性は少なかった。屋上も十一階もあれだけの人が居たから、様子のおかしい美弥子に気づかないはずはない。エレベーターの中にも、この七階にも人は居た。このホテル内の誰も気づかない場所に美弥子がひとりで行ったとも考えられなかった。結局、あらゆる想定が実際には起こり得ないことが分かった。

いまが十二時だから、美弥子がもしあれからすぐに新幹線に乗っていれば、すでに東京の自宅に帰っているはずである。経過の想像は別としても、結果的にはそれは電話でたしかめられる。だが、晋吉はその電話もここからはかけられなかった。芝村は海上のヨットの中にいて留守だが、家には女中が二人いる。深夜、京都からの電話というと何と思われるか分からないし、帰宅してから芝村に告げられるかもしれなかった。別な名前を云っても男の声には違いないのである。秘密の暴露をおそれる心はその電話による確認もできなかった。

それに、美弥子が上馬（かみうま）の自宅に帰っていたら、彼女のほうで電話してくるはずである。晋吉がどのように心配しているか彼女にも分かっているのであるから必ずかけてこなければならない。これは東京とは限らず、彼女がホテルの外に居ても同じことである。

しかし、その電話は午前一時になっても鳴らなかった。フロントからの伝言もこなかった。晋吉は着替えもせずにベッドに横たわったが一晩中ねむれなかった。疑問と不安とで心臓が昂（たか）ぶっていた。

晋吉がうとうとしたのは四時近くになってからである。すべてを諦めてしまって睡気がさしてきたらしい。だが、六時半には眼が開いた。

彼は顔を洗ったが、鏡に映っている自分の顔は疲労困憊（こんぱい）の面相になっていた。彼は八時を待ちかねてボーイを呼んだ。自分の荷物のほかに美弥子のスーツケースをフロントに降ろさせた。

彼女のケースをここに置いて立去るわけにはいかなかった。ボーイは連れの女がいないので奇妙な顔をしていた。

支払いを済ましてホテルを出た。タクシーで京都駅に行き、九時の超特急に乗った。自分の荷物は足もとに置き、美弥子の黒革に赤い筋入りのスーツケースは棚の上に載せた。二人のぶんをならべて棚に置くのは気が引けたのである。

新横浜近くに来たのが正午に近かった。芝村のヨットはもうすぐハーバーに入るはずである。トップのヨットはあるいはすでに港に姿を見せているかもしれなかった。車窓から見える油壺の方角には間を阻むなだらかな山が逃げているだけであった。

東京駅に着いた。晋吉は自分の荷物を手に取った。彼は棚に載せてある美弥子のスーツケースはそのままに置いて降りようかと思った。このスーツケースの処置は汽車に乗ったときから気にかかっていたのである。彼女のスーツケースを持って降りてもそれからの処分に当惑する。汽車に置き忘れたようにして残しておけばその厄介はない。だが、彼にはそれが出来なかった。あたりの人が棚に残しているスーツケースに眼を止めて自分に注意してきそうであった。また、車掌の手で保管されるとしても、わざと残したことが分かりそうな気がした。もう一つは、いつか美弥子に遇えば、その荷物を列車に置き忘れてきたとは云えないのである。

晋吉は両手に二つのスーツケースを持ってホームから下に歩いた。こういうところを知った人間に見られるのではないかと警戒した。片方にさげているのは明らかに女持ちのケースである。

まさか彼女の荷物を家に持って帰るわけにはいかなかった。友人の家に預けることもできない。やはり手荷物を一時預けにするほかはなかった。こうすれば美弥子と遇っても、その手荷物は確実に彼女の手に渡るのである。

晋吉は一時預けのその引替証を貰った。これを上衣のポケットの底に押入れた。

目黒(めぐろ)の家に戻ったのが十二時四十分であった。独身の彼は家族への気兼ねはなかった。留守番をしていた五十過ぎの家政婦だけが一人いる。

「ぼくの留守に電話はなかったかね？」

「ございました。ここに書きつけてございます」

家政婦はメモを持ってきた。電話は五つほどあった。だが、その中に美弥子の名はなかった。また、それと思われるような仮名もなかった。劇団関係者の実名ばかりである。

「電報は？」

「ございません」

晋吉は寝室に入って身体を投げ出した。腕時計をはずすときに見ると、一時三分前だった。彼は油壺のハーバーに入っている芝村の海鳥号を眼に浮かべた。

美弥子は芝村を迎えに港の端に立っているのだろうか。

5

美弥子の行動の一切が深い靄(もや)の中にあった。まさかあのまま美弥子が連絡を断つとは思えなかった。だが、かかってくる電話は全部別の人間からだった。

晋吉は疲れた。芝村のヨットはすでに油壺のハーバーに到着し、芝村も上陸しているに違いない。もし、美弥子が出迎えていれば二人で食事をとっている時刻かも分からなかった。最後の期待は美弥子が芝村の隙をみて電話してくることだった。晋吉はずるずる夕方の五時まで当てにできないものを当てにして待った。

これ以上、家にじっとしているのが苦しくなった。通いの家政婦は、晋吉が夕食は要らないと云ったので六時前に帰った。

晋吉は夕刊をひろげたが、小さな活字を読む気がしなかった。心が動揺していると新聞活字が眼の負担になって、鬱陶しく見えた。広告の大きな字だけが眼にとまった。「消失」という映画の題名だった。いま、四週間目に入った評判のロングランであった。外国もので、教会で結婚式をあげたばかりの新婦が第一日目の旅先で消失するという筋である。

晋吉は、家にひとりでじっとしていることが堪えられなくなったことと、この映画の筋が自分たちの場合に似ているようなので、それを観たら美弥子の消失の謎を解くヒントがあるかもしれないと思い、急にそわそわと支度して出かけた。

途中、知った人にも遇わず、有楽町の映画館の暗い中に立った。満員であった。ちょうどはじまったばかりなので最初から見たが、終りまで二時間近くを要したけれど美弥子の場合に当てはまるようなヒントは何もなかった。「消失」はよく出来た映画だったが、現実の事件の前には結局人工的なものだった。晋吉は失望し、しかし二時間はともかくも娯楽的な慰めを与えられたことに若干の満足をおぼえて映画館を出た。

留守中に美弥子から電話があったかもしれないという気がかりは、映画を見ている間じゅうもつづいていたが、一方では空虚な否定もそれに対抗していた。で、映画館を出てからの気持はその否定のほうが強く、このまま家に戻っても仕方がなく、仕方がないというよりも帰るのが不安になって、近くのビルの屋上にあるビヤガーデンに入って生ビールを三杯飲んだ。ここも夜の涼風を求めるサラリーマンで満員であった。そのうち、屋上から見える東京の灯と京都の灯とがだんだん似てきはじめたので苦痛になり、匆々に下りてタクシーを拾い家に戻った。十一時ごろだった。帰るまで、一人も知った人間に遇わずじまいだった。

帰ると、昨夜からの睡眠不足と疲労と、意外なビールの酔いとでぐっすりと睡った。美弥子からの電話のことなどはもうどうでもよくなった。それでも美弥子の夢ばかりを見た。彼女はひとりで京都の裏通りを歩いていた。

晋吉は朝の十時すぎまで睡った。結局、電話はなかったのだ。もう心配してもはじまらないので、晋吉は半分投げやりになった。

ただ、芝村から美弥子がそっちに行ってないかと電話で問い合わせてくるかもしれない微かな不安はあった。まさかそんなことはあるまい。はじめの間こそ美弥子を劇場などに案内したが、それからは彼女とは全く交際のないことにしている。美弥子の口から芝村にそう云わせてある。美弥子が単独にこの家にくることもなかったし、むろん、二人で外で遇っていることなど芝村は微塵も想像していないはずなのだ。

「お早うございます」と、通いの家政婦が枕もとに朝刊を持ってきた。「お疲れになったとみえて、ずいぶんよくお寝(やす)みになりましたね」

家政婦は、八時半にはこの家に来て合鍵で戸を開け、台所の仕事をしている。

「トーストになさいますか、それとも……」

「いや、トーストを下さい。身体がだるいので、済みませんが、ここに運んでくれませんか」

ベッドでトーストとコーヒーを喫(の)むことにした。運ばれて来るまで晋吉は朝刊を開いた。

一面の政治記事はざっと標題だけ読んで、社会面を開いた。そのとき晋吉は眼がいちどきに醒(さ)めた。

社会面には、芝村のヨットの事故が報じられていた。顔写真が出ている。その事故に遭ったクルーの上田伍郎であった。見出しでは、レースに参加した彼のヨットが復路油壺に入る前に海上でワイルド・ジャイブを起こし、急回転したメイン・セールのブーム(木製の太い棒)のために上田が海中に撥(は)ね飛ばされたというのである。

晋吉は、この記事を読んだとき茫然(ぼうぜん)となった。一昨夜、京都のホテルの屋上で左大文字の火を見つめながら空想した事故の一つが現実にここに出ている。あのときの幻想は、船火事と、強風による転覆と、そしてこのワイルド・ジャイブであった。それが昨日十七日の午前中、まさに三浦半島の岬が見えようとする海上で芝村のヨットの上に発生したというのだ。

新聞記事は、こういうふうに報じている。——オリーブ・ハーバー・クラブの主催で七隻のヨットが三宅島を折返しとするレースに参加した。近ごろはヨットブームで、各地にヨットレースが行なわれるようになった。これもその一つで、参加ヨットのほとんどが二十フィート級のものだった。ところで、遭難した海鳥号が事故発生地点にさしかかったのは十七日午前十一時十五分ごろであった。それまで海鳥号は追風に押されて極めて順調に走っていたのが、その現場で少し方向を変更しようとした。そのとき船が振れた。右舷(うげん)に張出していたメイン・セールが逆風を喰(くら)ってはねかえった。上田伍郎は不幸にもそのブームの当たる所で作業をしていたため「まるでボールを抛(ほう)るように」海に落ちたというのである。これはいっしょに乗りこんでいた芝村の話であった。芝村は後部の舵柄(ティラー)を握っていたのである。芝村は墜落した同僚を救うためにレースを放棄し、上田の落ちた個所を中心に艇を回した。レースの艇だからエンジンは積んでなかった。帆の操作だけの転回なので急速には出来なかったという不幸が重なった。上田の身体は見えなかった。

さらにその上の不幸は近くに僚艇がいなかったことである。各ヨットの間隔は出発後数時間で完全に視野から離れ、どの艇からも他のヨットが見えなかった。海鳥号が不測の事故を起こしたときも同じ状態であった。だから、海中に落ちた上田を救うために駆けつける艇もなかった。また、附近には漁船も通っていなかった。

芝村がこの変事を報らせに油壺にヨットを辿りつかせたのは十七日午後一時半ごろであった。彼は艇から上がって皆にこれを告げたあと疲労で仆れた。

それからが大騒ぎとなった。芝村を横浜のA病院に担ぎこむ一方、上田の遭難地点に救助船を数隻出した。十七日午後八時現在までの捜索では上田の行方は分からない。夜になったので一応捜索は打切ったが、その生死が気づかわれている。だが、記事の様子では、絶望視されているようだった。

この新聞を読んで晋吉は、想像と現実の偶然の一致に改めておどろいたものだった。まさか京都のホテルの屋上で大文字を見ながら空想していたことが、それから約十五時間後に実際の事故となって発生しようとは思わなかった。突風と火災、ワイルド・ジャイブと、三つ考えた事故の一つが的中したのである。彼は京の山の送り火が今となっては気味悪くさえ思えてきた。

新聞によると、芝村は疲労で仆れ、すぐさま横浜の病院に運ばれたというから、現在、芝村は、その病院の一室に身体を横たえているのであろう。七十時間近くヨットを操ったあげく、重大な事故に遭遇したので打撃的な疲労に陥ったと思える。彼一人で海に落ちた同僚を捜してヨットを操ったことも、その精神的な苦痛と焦燥と共に肉体的にも大きな消耗を与えたに違いなかった。ヨットから上がるなり卒倒したというのも無理からぬことであったろう。

晋吉はすぐ美弥子のことに考えが走った。美弥子は芝村の帰りを油壺で待っていたのだろうか。だとすれば、彼女はいま横浜の夫の病室に居る。あるいは港に出迎えていなくとも急を聞いて病院に駆けつけているかもしれない。いずれにしても彼女が夫の事故を知っていれば、今まで自分に電話をかけてこないはずはなかった。病院だったらどこからでも東京に電話をかけられる。二十分や三十分、夫の傍から離れられないことはないのだ。

そうすると、美弥子は病院に行っていないのかもしれぬ。その事故さえ知らないでいるのではなかろうか。では、どこに彼女は居るのか。送り火を見ている京都のホテルの屋上から消えたまま家にも帰らず、油壺にも横浜にも行ってないとすれば、彼女は地上のどこにその姿を置いているのだろうか。

——晋吉は未だに美弥子の行動が解けなかった。何か予想もしない事態が彼女の上に降りかかっているようであった。その真相は彼の想像力の限界をこえたもののようであった。

晋吉は迷った。新聞で知ったのだから横浜の病院にすぐさま駆けつけるべきか、それとも知らぬ体にして芝村の傍に寄りつかないことにするか。どちらが最良の手段か分からなかった。

しかし、とにかく新聞に出ている横浜の病院に電話をしてみようと思った。芝村はべッドに横たわっているから、彼が電話口に出るわけはない。附添の者か看護婦だろう。それだけでも病室に美弥子が行っているかどうかは判明するのだ。かたがた芝村への見舞いが伝えられるので、これが一ばんいい方法のように思えた。

晋吉は横浜のA病院に電話した。芝村の名前を云って、附添の人に出てほしいと交換台に頼んだ。

美弥子の声が聞こえるかもしれない。晋吉は胸をとどろかせて待ったが、受話器に聞こえたのは男の声であった。

晋吉は自分の名前を告げ、新聞で読んだが、芝村の状態はどうなのか、さし当たりそれが知りたくて電話をしたのだと云った。

「それはわざわざ恐れ入ります。お蔭さまで、今朝になって疲労が回復したようです。申し遅れましたが、わたしは××金属の者でございます」

××金属は芝村の会社であった。秘書か何かが病室の附添に来ているらしかった。

「それを聞いて安心しました。どうかお大事に」

「ありがとうございます。芝村に申し伝えます」

「あの、家族の方は見えていませんか？」

と晋吉は胸の早鳴りを抑えるようにして聞いた。

「はい、まだお見えになっていません」

秘書課の者はためらいがちに答えた。晋吉は、その口吻だけで美弥子が病院にも自分の家にも帰っていないことを察した。

だが、ここで奥さまはどうしているかとも訊けなかった。余計なことを云うのが恐ろしかった。

「では、奥さまにはどうぞよろしく」

「どうも、わざわざ……」

電話を切ったあと晋吉は、ほっと溜息をついた。美弥子は帰っていない。混迷は彼の胸に深まるばかりであった。

6

翌日の朝刊には、遭難した上田伍郎の死体の発見が報じられていた。彼の漂流死体は三浦半島の一端に漂着し、漁船がそれを発見した。後頭部には横に大きな打撲傷があった。これは急激な打撃によるものだった。

上田伍郎は、海鳥号がワイルド・ジャイブを起こしたときメイン・セールが急激に跳ね返って、そのセールを結びつけているブームに殴られ、海に突き飛ばされたのであった。

その遭難地点は、東経百三十九度十一分、北緯三十五度七分のあたりである。三宅島から油壺に戻るには、大体、東経百三十九度三十分の線に沿って北上する。これに潮の流れや風向きなどが加わって右に逸れたり左に外れたりするのである。海鳥号の場合は、恰度百三十九度三十分の線からやや左に逸れた所で事故を起こしたのだ。この地点は、相模川が湾に入る所、平塚の沖合に当たる。

新聞には、いっしょに芝村の談話が短く出ていた。

「遭難の地点にかかったとき、ぼくは艇尾の舵棒を取っていた。少し艇が西に寄りすぎたので東へ向きを変えようと舵を切ったとき、逆風がメイン・セールを強く煽った。その下に上田君が居たのだ。ぼくもまさかワイルド・ジャイブが起こるとは予想もしていなかった。あっという間もなく、セールが急激に左へ跳ね返ったと思った瞬間、上田君の姿がボールを抛るように海へ落ちた。ぼくは早速艇を停めて上田君の落ちたあたりを中心に捜したが、分からなかった。

どうか生きていてくれるようにと願っていた上田君が遺体となって発見されたと聞き、何ともいえない気持だ」

この談話は横浜A病院で芝村が語ったとある。

晋吉は、これで上田の遭難の大体の模様を知り、芝村がまだ横浜の病院に居残っていることも分かった。

美弥子はどうしたのだろう。病院に行っているのかどうか不明であった。彼女からの電話は依然としてかかってこなかった。

晋吉は、病院に見舞いに行ったものかどうか、また迷いはじめた。新聞記者に話ができるくらいだから芝村の健康は回復したのかもしれない。それなら退院も間もなくであろう。昨日電話で会社の者に見舞いを云っているので知らぬ顔もできない。やはり病院に見舞いに行かなければならないと思ったが、いざとなると気がひけた。美弥子の消息が分からなければ芝村と会うのに心の準備が出来ない。それで今日横浜に行くのをやめた。明日にしようと考えた。明日になれば彼女の様子が分かるかもしれないのである。

こうなると、東京駅の一時預けの棚に置いてある美弥子のスーツケースが気になってきた。黒革に赤い筋が一本入っている特徴のあるものだった。あれを美弥子のものだと知っている誰かに見られはしないだろうか。一時預けの窓口には、預ける者、受取る者がいつもひしめいている。待たされている間に、そうした人間の視線が棚の上にあるあの特徴のあるスーツケースにとまって怪しまれることはないだろうか。美弥子が行方不明となったのを知っている人間だって、あの窓口に来ないとは限らない。消息を断った女の荷物がそこに在れば、当然にその荷物を預けた人間のことが追及される。晋吉からその鞄をうけとった係は四十くらいの四角い顔の男だったが、忙しい中で、じっとこっちの顔を見据えていたように思う。人相を覚えられているかも分からなかった。

晋吉は、よほど東京駅に駆けつけて、あの鞄をひき取ろうかと思った。しかし、そうなると、もう一度こっちの顔を係の者に見せることになる。鞄を引取ってしまえば人に気づかれる心配はなくなるが、赤い筋入りのスーツケースが美弥子の行方不明で問題になったとき、探されるのは駅の一時預けであった。係に受取人の印象をあまり強く与えてはならなかった。

第二には、あのスーツケースの処理に困る。そもそも東京駅の一時預けにしたのは、その処置に困ったからであった。わが家に持って帰ることも出来ない。家政婦の分からないところに匿すこともできるが、もし万一、警察に疑われる立場になったとき家宅捜索をされる危険があった。

美弥子はどうなったのだろう。晋吉は、そのふしぎな現象にとり憑かれ、頭が妙になりそうだった。近ごろ「蒸発」という言葉が流行るが、これほどそれにぴったりした出来事はなかった。海洋の上を航行する船の乗組員が家族もろとも掻き消えたという外国の実話を連想した。あれは外国の例だが、身近なことだけに晋吉は気が気でなかった。うっかり他人には洩らせないのである。ひとりで考え、ひとりで苦しみ、しかも奇怪な現象が今にも自分の身にも起こりそうな気がして、ノイローゼになりそうであった。

結局、彼は翌る日も病院に芝村を訪ねて行かなかった。電話で一応見舞いを云ったのだから行くのはやめようと考えた。芝村とはそれほど親しい交際があるわけではなかった。偶然、バアで十何年かぶりに彼と遇い、それから短いつき合いがはじまった。短いというのは美弥子とのことがあってから、晋吉のほうでなるべく芝村には近づかないようにしていたのである。

美弥子からは依然として「通信」はなかった。まさか京都のホテルの屋上から彼女が墜落して、身元不明の変死人として警察に処理されたわけでもあるまい。それだったらあのとき騒ぎが起きるし、ホテルの従業員も知らぬはずはないのである。考えれば考えるほど晋吉自身がこの現実の世界を見失いそうであった。

翌る日、それは芝村の艇が遭難した日から五日目のことである。だから、美弥子と大文字の送り火を見た十六日から六日目に当たる二十一日の午前十時すぎであった。彼は家政婦から、芝村さまからお電話です、と報らされたときは、云いようのない暗い混乱と明るい希望の交錯に痺(しび)れた。

「女のひとかね？」

「いいえ、男の方からです」

美弥子でないと知ったとき晋吉は希望のほうが崩れ、それに代わって激しい不安と恐怖を感じた。芝村が電話してきたのだ。いよいよ来るものが来たという感じであった。彼は暗い海上を吹きすさぶ暴風に向かうような気持で受話器を耳に当てた。

「やあ、しばらく」

と、芝村の太い声は案外明るかった。

「やあ、君か」

と晋吉は云ったが、急にはあとの声が出なかった。

「あ、この前は早速お見舞いの電話をもらったそうで、どうもありがとう」

芝村のほうから先に云った。晋吉は、それでやっと気がついて、

「いや、どうも。新聞を読んで心配してね。もういいのかい？」

と、われながらしどろもどろに訊いた。

こんなことではいけない。芝村には怪しまれないようにちゃんと応対しなければと、自分の気持を叱ったが、電話が不意なだけに立直りは急にはできなかった。

「お蔭でね、もうすっかりいいんだ。心配かけて悪かった」

芝村は相変わらず明るい声でつづけた。

「それはどうもおめでとう。しかし、新聞で見ると、君の友人があああいうことになって、とんだことだったね。同情するよ」

と、晋吉はようやく普通に近い挨拶ができた。

「まったく今度は参った。ヨットではかなり自信があるつもりだったが、ああいう怕い事故は予測できなかった。ぼくは上田君に全くどうしていいか分からないんだ。遺族の方にも申訳がない」

そこで初めて芝村の声が湿った。

「まあ、過ぎたことは仕方がないさ。君が悪いわけじゃなし、いわば不可抗力に近いんだからね」

晋吉は慰めた。

「全く、あんなレースに出るのではなかった。後悔先に立たずだよ」

芝村はそう云ったあと、急に黙った。何か云いたいが、すぐには言葉が出ないといった調子に感じられた。晋吉は、その意味が分かると、また心臓が早鳴りした。

「君、実はね」

と、芝村がそれまでの声とは変わって、妙に低い語調で云った。

「実は女房が居なくなったんだ」

晋吉は頭を石で殴られたような気がした。いつかは芝村からこの言葉があるかもしれない、そういうことはないと思うが、万が一にもあるかもしれない、そのときはどんなふうに答えようかと、前からこっそり考えてはいた。

だが、芝村の声よりも、やはり美弥子が居なくなったという決定的な事実に彼は眼の前が暗(くら)んだ。

「そうか」

「いや、君が知るはずはないと思うがね、もしやと思って気休めに訊いてみただけだよ」

いったいどうしたのかね、夫婦喧嘩でもして奥さんが無断で家を出たのかね、と晋吉が一応考えていたことを訊くと、

「いや、そうじゃないんだ。ぼくがヨットレースをしてる間に、クラス会で奈良を回ってくると云って十五日から出かけたんだが、今日でもう七日になるのでね。それで、調べてみたらクラス会などはないんだ。どうも面妖(めんよう)なことになったよ」

と、芝村は陰気に笑って電話を切った。

7

その発見の最初はハエであった。

住宅地のすぐ裏に雑木林が残っていた。目黒のこの辺はほとんど家が建ちならんで、このような櫟林が残っているのが珍しい。どうせ地主が将来の値上がりに備えてそこだけを手放さないでいるに違いなかった。わずかな面積だが、伸びた夏草が茂り、木立の葉が太陽の炎熱と眩しさを遮っているので、子供たちのいい遊び場になっていた。その草の間におびただしいハエが群がっていた。子供が傍の径を通るたびに灰神楽のように舞い上がった。子供は家に帰ってこのことを母親に告げたが、誰かがそこに台所の汚物でも棄てたのではないかということになった。

それから間もなく、子供の手に引かれた犬が、ハエの集まっている所に力いっぱい手綱を引張って行った。犬はそこで地面に向かい吠えつづけた。

警察が来て地面を掘ったのは、犬の嗅覚が人間に異変を報らせてから五時間ぐらいあとだった。そこの小さなまわりだけは草がなかった。最近、土が掘り起こされ、その上にまた土がかぶさっている状態が分かった。柔らかい土のすぐ下から女の腐爛死体が出てきた。

死体は芝村美弥子であった。警察の報らせで夫が駆けつけそれが確認された。芝村は美弥子の行方不明について警察に家出人捜索願を、その前日に出したばかりであった。死体を検視した警察医は、死後五日乃至七日を経過していると推定した。絞殺であった。しかし、絞殺に用いた縄とか紐とかの凶器はなかった。土を掘った道具も見当たらなかった。犯人が持ち去ったものと思われた。死体は監察医務院に送られて解剖された。結果は検視と同じ所見だった。

警察の問いに夫の芝村はこう供述した。

――八月十四日から自分はオリーブ・ハーバー・クラブ主催の三宅島を往復するヨットレースに参加した。美弥子は出発時に見送ったが、自分の帰着が十七日正午ごろになるので、十五日から学校時代の同級生といっしょに大阪、奈良方面を歩いてくると云った。そして自分が帰港する十七日の正午までには油壺に戻り、そこで自分を出迎える予定であった。

十七日の午前中に自分は新聞も報じたようなヨット事故に遭遇した。その事故によって油壺に戻ったのは午後一時半ごろになったが、約束の妻の姿はなかった。自分は極度の疲労で仆れ、横浜の病院にかつぎ込まれたが、ひとに頼んで家に電話をしてもらったところ、妻は戻っていなかった。病院での世話は会社の社員がやってくれた。

その社員がほうぼうをたずねたが、妻の行方は分からなかった。クラス会で奈良に行ったことも事実でないことが分かった。女中の言葉によって妻の美弥子が家を出たときの服装とスーツケースは分かっている。特に、スーツケースには女中が手伝って着替え二着を入れてあるが、それは黒革に赤い筋が一本入っている特徴のあるものだった。

妻がどうして嘘を云って旅行に出たか分からない。妻に不行跡があるとは思えない。また自分との間は円満で、彼女が無断家出をするような原因もない。

「それで、奥さんの行方について、心当りのところはみんなたずねられましたか?」

と、係官は訊いた。

「これと思うところは全部問い合わせました。日ごろはあまりつき合っていないぼくの友だちにも訊きました。たとえば、ふだん親交のない、目黒に住む劇作家の曾根君にもたずねたくらいです。もちろん、彼も妻の行方は知りませんでした」

目黒ということを警察官の耳が聞き咎めた。住所を聞くと、それは死体の発見された雑木林の下の住宅地であった。

警察は曾根晋吉の十五、十六、十七日の行動を内偵した。そして彼が十五日から旅行に出ていることを通いの家政婦から聞いた。行先は九州方面ということだったが、家政婦は正確には知らされていなかった。曾根晋吉が、帰宅したのは十七日の十二時半ごろで、そのときはひどく疲れた様子であった。手荷物は持って出たときの茶色のスーツケース一つである。それ以来、どうも曾根の様子が普通でなかったと家政婦は述べた。毎日しきりに考えごとをしている。顔色もよくなく、机に向かっていても仕事をする様子はなかった。現に期日の迫っている脚本があったが、それを何回も電話口で先に延ばしてくれと断わっている。これまでそういうようなことのない人であった。――

警察官は曾根晋吉を参考人として喚んで十五日からの行先を訊いた。晋吉は真蒼な顔になり、答もしどろもどろであった。警察官の鋭い追及の前には劇作家は弱かった。彼は芝村美弥子との関係を告白し、十五日から京都に赴いて二人で泊まったと、そのホテルの名も打ち明けた。

「全くわたしにも訳が分かりません」

と、晋吉は、十六日の夜、大文字の送り火をホテルの屋上から見ているうちに美弥子が一言も告げずに掻き消えたことを詳しく話した。それから上衣のポケットに収めてある東京駅の一時預けの割札も提出した。晋吉は、こうなれば何もかも正直に話したほうが疑いを免れると覚悟したのである。

警察では彼の供述の裏づけを取った。京都のホテルに問い合わせると、晋吉の供述にほぼ間違いないことが分かった。

ホテル側では美弥子の失踪を確認していなかった。そのことでは晋吉がホテル側に何の連絡もしていなかったので、証明のしようがなかったからだ。ただ、七二八号室に十五日の晩から泊まった男女がおり、十七日の朝、その男客が勘定を済ませ、二つのスーツケースを両手にさげて玄関を出て行ったことだけは確言した。そのスーツケースの一つは黒地に赤い筋の入った女持ちのものであった。十六日の夜は送り火を見る人で夕方から九時半ごろまでは、フロントの前も玄関も混んでいたから、たとえばその間にその女客が出て行ったとしても気づきようがないとホテル側では云った。

晋吉は京都駅から乗った新幹線の超特急を述べた。警察では、その列車の専務車掌に訊いたが記憶はないという返事だった。

警察では曾根晋吉を留置した。東京駅の一時預けの窓口には、晋吉が云うようにたしかに四十くらいの四角い顔の係員がいた。だが、係員は毎日おびただしい客に接しているので晋吉の顔をおぼえていなかった。——

8

捜査本部が劇作家曾根晋吉を芝村美弥子殺害の容疑者として認めたのは、およそ次の諸点からであった。

晋吉は美弥子と関係があった。二人は、芝村がヨットレースに参加している間を利用して京都に愛欲行をした。それは晋吉がすらすらと自供している。

しかし、晋吉は大文字をホテルの屋上から見物している間に、美弥子が知らないうちに消えてしまったといっているが、これは不自然である。

たとえ、彼女がひとりでどこかに行ったとしても、その前には必ず彼に声をかけなければならない。この点は容疑者の晋吉自身が不思議だといっている。かりに、その屋上で知った人間に遇い、晋吉といっしょに来ている事実の暴露をおそれて一時は逃げ出したとしても、あとで戻ってこなければならない。しかも、彼女はスーツケースを部屋に残したままであった。これは晋吉とともに捜査側にも不可解である。

しかし、彼女が屋上から失踪したという事実は第三者の誰も知らない。それは彼の供述だけである。彼はそのことをホテルの者には告げていない。翌朝八時ごろ、女のスーツケースと自分のものと両手にさげてホテルを発つまで、一言も云っていないのである。

これは不自然ではなかろうか。なるほど晋吉の云う通り、秘密な愛欲行だったから人には云えなかったという心理も分からぬではない。だが、ほかの場合とは違う、女が居なくなったのだ。女は京都の地理にもあまり詳しくなく、むろん知人も居ない。晋吉はそれを知っている。その女が屋上で無断で消えたまま帰らなかったのだから、女の身に重大な事故が生じたと考えなければならない。それなのに彼は何の対策も講じていない。少なくとも、ボーイやメイドにはそのことを云ってホテルの中を探させることぐらいはしそうなものである。そういうことは何もしていなかった。ただフロントに電話して、妻が外出しているようだが、何か伝言はないか、と訊いただけである。それも彼の言葉だけで、フロントの記憶にはなかった。そして翌朝は、ひとりで逃げるようにホテルを発っている。

東京駅に着いてからの晋吉は美弥子のスーツケースを一時預けにした。なぜ、彼女のその鞄を自分の家に持って帰らないで駅に預けたのか。大きなスーツケースはやたらと処分できるものではない。どこかに遺棄すればそれからアシがつく。彼は犯行後、ゆっくりと、そのスーツケースを受取りに行き、処理するつもりではなかったろうか。現に、まだ受取りには行っていなかった。

美弥子の絞殺死体は晋吉の家の近くから出てきた。

それにつけても彼の行動で疑わしいのは、東京に帰った十七日のことである。家政婦は晋吉が蒼い顔で帰宅したといっている。非常に疲労していた上に、神経質になって、苛々していた。落ちつきがなく、不安げであった。これは犯行途上の犯人の典型的な態度である。

犯行は十七日の夜と思われる。晋吉は午後六時ごろ自宅を出て、タクシーで有楽町に行き、映画館に入って「消失」という洋画を見た。約二時間そこにいて外に出ると××ビルの屋上にあるビヤガーデンで生ビールを三杯飲んだ。それからタクシーで家に帰ったのが十一時ごろだと述べている。映画館もビヤガーデンも満員で、知った人間には出遇わなかった。晋吉はそう説明している。

調べてみると、当夜はたしかにその映画館もビヤガーデンも満員であった。ことに、ビヤガーデンは芋の子を洗うような混雑であった。誰もが完全に晋吉の姿を記憶していない状態だった。映画館では、切符売場の女も、モギリ嬢も、観客も彼を認識していなかった。彼が特に人目をひくような変わった風采をしていたとか、奇矯な言動をしたとかでない限り、平凡な彼は空気と同じように不可視的な存在であった。映画「消失」はロングランなので、晋吉は京都に出発する前にそれを見ているかもしれない。彼が映画の筋や場面を知っていたとしても十七日夜見たという絶対の証明にはならなかった。タクシーも同じで、客の顔をいちいちおぼえてはいなかった。要するにこれらの状況は、アリバイの成立しない条件であった。同時に、被疑者がアリバイを主張し得る条件でもあった。晋吉がそれを狙（ねら）ったとしても不当な推定ではない。

晋吉はひとりで住んでいる。昼間は通いの家政婦が居るが、彼女は夕方には帰る。晋吉が映画館やビヤガーデンに居たという十七日の夜の自宅では、全く彼ひとりであった。何をしようと見咎（みとが）める者はいないのである。たとえ、その夜八時ごろに打合せ通りにやってきた美弥子とひとときを家の中で過ごし、人通りの絶えた十一時すぎに近くの雑木林の中に散歩に連れ出したとしても。

晋吉には美弥子を殺害するかもしれないという動機はあった、と捜査側では考えた。他人の妻との恋愛にはそうした事故が起こりやすい。女が男に愛情を持つ場合は、夫への背信感が彼女を相手に奔（はし）らせて生命を燃焼させる。不道徳なるもの、不健康なるものにはいつも甘美な絶望感が伴う。

その点、男は遙かに自己保身が強かった。恋愛の最初は逆なかたちではじまるが、あとほど逆転する。男は女の異常さに怖れる。結局、処置がつかなくなって女を永久に自分の傍から抹消しなければならなくなる。これまでの犯罪にはそのような例があまりに多過ぎた。ことに知識人の中年男は自分の身が没落するような極端な面倒を嫌う。

では、今度の場合はどうか。難問は晋吉がなぜひとりで京都から東京に帰ったかである。女がどうして大文字の夜、晋吉といっしょに京都のホテルで過ごさなかったのか。

多分、晋吉は、このような状況を最初から計画していたのではなかろうか。つまり、いっしょにホテルに泊まっていっしょに東京に帰ったのでは、彼女を殺した犯跡が歴然となってくる。屋上から急に消えてそれきり居なくなったとすれば、あとは自分には彼女の行動は謎であると弁解することができる。そのために、彼はわざと女のスーツケースをさげてホテルを出、新幹線に乗って東京に着いた。女のスーツケースを一時預けにしたのも、あるいは、いかにも美弥子が京都のホテルから急に居なくなったように見せかけたいためとも解釈される。

晋吉は、この計画に沿って美弥子に然るべき口実を云い、その夜は大阪あたりのホテルにひとりで泊まらせたのではなかろうか。女は、晋吉の云うことなら盲信したに違いない。

京都のホテルでは美弥子が玄関を出たのを確認していないが、あの夜は大文字の送り火を見ようとする人でフロントも玄関もひどく混んでいた。はじめて泊まった女客が黙って出て行っても分かりようがないのである。それで、美弥子が晋吉に云われて出て行ったのは大文字がはじまった午後八時から九時の間に違いない。そして美弥子は翌十七日約束通り東京に着き、午後八時か九時ごろに晋吉の家にひとりで訪ねて行ったと想像される。つまり、美弥子はすべて晋吉の言葉通りに動いたに違いない。ホテルの屋上から消えた彼女の行動が第三者にも不可解であればあるほど晋吉の筋書は現実性をもつ。

このように捜査本部では晋吉の犯行を推測した。

しかし、これに対しての反論もあった。一応もっともだが、何一つそれを裏づけるものが出ていない。のみならず、犯行は他の人間によって行なわれたのではないかというのである。

すなわち、晋吉に美弥子を殺す動機があったとすれば、それ以上に強い動機をもっているのは美弥子の夫芝村ではなかろうか。もし、彼が妻の行状を知っていれば（芝村は全く知らなかったと云っているが）、妻を殺し、その犯行を不倫の相手にかぶせることは十分にあり得るというのである。

捜査会議の席上、この説を聞いた多くの者は笑い出した。動機の点はそれで一応納得しよう。しかし、ヨットレースで三宅島まで帆走して戻った芝村は午後一時半に油壺のハーバーで、同僚の上田伍郎の落水を報告したまま疲労と心痛のあまりに失神した。彼はそのまま横浜のA病院に運ばれ、三日間、病室に寝たままであった。美弥子が殺されたと思われる十七日は午後一時半までは海上にあった。それ以後は病院であった。病室には医師のほか、看護婦がたびたび出入りし、彼の経営する××金属の社員数名が控室に詰めきりであった。病院を抜け出すことは絶対に不可能である。

よしんば社長の芝村が社員を手なずけてアリバイをつくらせたとしても、一人ならともかく、数人の社員に対し一致して共謀させることは極めて困難である。それは必ず崩壊する。共同謀議は破れやすい。将来、その社員のなかに社長に反感を持つ者も出てくるだろう。そのへんの危険を芝村が知らぬわけはなかろう。

その上、横浜から目黒までは車でどのように急いでも往復二時間以上はかかろう。道路が混雑していればもっと時間を要する。これに犯行時間最少二、三十分を加えると三時間くらいは病室を留守にしなければならない。仮りに詰めている社員たちにアリバイをつくらせたとしても、たびたび出入りする看護婦たちの眼はごまかせないのである。また、芝村は疲労で人事不省に陥ったくらいであるから、その日、病院を抜け出して人殺しをするなど到底無理なことである。芝村の妻殺し説は当然に問題にもされずに潰れた。

捜査陣は晋吉を厳しく追及した。彼はどこまでも否認した。美弥子がホテルの屋上で行方知れずになったとき、ホテルの側に連絡しなかった理由は自分の特殊な環境によるものだと当時の心理状況を詳しく述べた。美弥子のスーツケースをホテルに残せなかったことも、東京駅で一時預けにしたことも、その心理の継続からで、捜査側が臆測するような深い企みでは決してないとくどくど弁解した。十七日夜、「消失」という外国映画を有楽町で見たことも、ビヤガーデンでビールを飲んだことも真実であると云い張った。あの日その時刻、家の近くから拾ったタクシーと、有楽町から家の前まで乗ったタクシーの運転手を探してもらうとそれが証明されるとも云った。

警察でも探しているのだが、未だに二人の運転手は名乗って出なかった。

捜査陣は、たしかに晋吉に対して強い証拠を握っていなかった。彼の容疑のほとんどが捜査側の推測による構成であった。こんなことで送検しても、公判維持はおろか、不起訴になることは確実であった。

しかし、それだからといって、捜査側は晋吉を釈放することは出来なかった。彼以上に強い容疑者はまだ出てこないのである。もっと強力な容疑者が出現しない限り、晋吉を指の間から落とすことは当分の間できなかった。

留置所の晋吉は昂奮していた。その昂奮にまかせて彼の口がふいに真実の一端を洩らすことを期待する刑事も少なくなかった。戦前の職人肌の刑事だったら、この野郎、劇作家のくせに底の割れる下手な芝居を書きやがったな、早いとこ白状(ゲロ)して幕にしてしまえ、と怒鳴るところだろう。

さらに悪いことには、被害者の足跡が少しも判らなかった。京都のホテルの屋上からどこへ行ったのか。仮りに、臆測のように、美弥子が晋吉の云う通りになって、大阪近辺のホテルに移って十六日の夜にひとりで泊まったとしても、彼女らしい女が宿泊したというホテル、旅館からの報告はなかった。また、その夜のうちに東京に単独に帰ったと考えて、東京や横浜あたりの旅館に当たったがその証明は出てこなかった。その夜の上りの新幹線の超特急や急行の各列車の車掌にも問い合わせたが無駄であった。

また、十六日の晩に美弥子が京都で晋吉に殺されて東京に運ばれたという仮説は、彼がひとりで帰京した行動からみても成立しなかったし、死体を荷物に梱包(こんぽう)して京都から送り、東京でこっそり受取って目黒の雑木林の中に埋めたという想像に至っては、捜査の状況から考えて、さらに荒唐無稽(こうとうむけい)であった。

捜査が迷路に入り込んだとき、捜査本部の神代(くましろ)刑事と東(あずま)刑事とは芝村のほうを入念に検討してみることにした。

9

芝村は絶対なアリバイの中に置かれている。捜査本部でも、誰かが芝村をもう少し洗ってみたらと云ったとき失笑が起こったくらいだった。だが、神代刑事は、動機の点では遙かに芝村のほうが晋吉よりも強いと思っていた。晋吉のほうは美弥子と深い関係になってからまだ三カ月しか経っていない。どのようなことがあろうと、わずか三カ月では彼が女を殺すほどせっぱ詰まった状況に立ちいたっているとは思えなかった。晋吉を疑えば彼には曖昧(あいまい)なところが多々ある。その点、芝村の行動には少しもあやふやな点はなかった。彼は十四日夕方から他のヨットと共に三宅島を折返すレースに出て、十七日午後一時半までは外洋から相模湾の海上にあった。以後は病院の一室で多くの眼に囲まれて横たわっていたのだ。油壺に上がってから横浜のその病院までは救急車での直行であった。

だが、神代刑事は、もう少し念を入れて芝村の行動をたしかめてみようと考えた。こう提言すると捜査員たちは笑うかもしれない。分かりきったことを洗ってみること自体がナンセンスだと、忠告するに違いなかった。

神代刑事は、まず横浜のA病院に行って、担ぎこまれた芝村を最初から診た医者に会った。酒井という内科部長だったが四十を過ぎた誠実な医師は刑事の質問に答えた。

「芝村さんがここに担ぎこまれたときは、極度の疲労で心臓がひどく衰弱していました。失神されたのはその疲労のあまりの脳貧血ですが、心臓の衰弱にも原因があります。ここに着かれた十七日の午後三時半からずっと強心剤の打ちつづけでした。一時は酸素吸入もしたくらいです。その晩もやはり警戒状態で、宿直の看護婦にずっと附添わしていましたよ。もちろん、会社の方も見えて徹夜されましたがね。十八日の朝から元気が次第に回復しましたが、まだまだ疲労が残っていて、手洗にもひとりでは行けないような状態でした。十八日の夕方からやや普通の状態になり、血色もよくなった程度でした。ここに芝村さんのカルテがありますから、参考までにご覧に入れます」

と、酒井医師は看護婦に持ってこさせた彼のカルテを刑事二人に見せた。それは刑事たちには全然分からないドイツ語だったが、医師としては自分の言葉をそれによって証明したかったのである。

神代刑事と、若い東刑事とは質問もできない状態で病院を出た。誠実な内科部長が自分で診察した患者のことを説明したのだから、これ以上云うことはなかった。また、その病状は、刑事が余計な質問をする気力もないほどに、十七日、十八日と重態だったのである。

「これで芝村さんが卒倒したというのは演技でなかったことが分かりましたね」

と、若い東刑事は云った。

「やっぱりわれわれの思い過ごしだったな」

神代刑事は少し伸びた不精鬚の顎を撫でた。

二人の手帳は、次にオリーブ・ハーバー・クラブの役員を訪問することになっていた。

その役員は幸い油壺の別荘に居たので、二人は横浜から油壺に向かった。

役員は井原さんといって、自分でもヨットを操る人だった。刑事たちの質問に井原さんは、当日のレースの記録など持ち出して説明した。

――そのときのレースは、芝村・上田組の海鳥号を含めて七隻であった。これは十四日午後七時にハーバーを一斉に出発した。

出発から四時間くらい経つと各クルーザーはバラバラになってしまう。なぜなら季節風の南風、つまり逆風に向かって走るので、直線コースがとれず、ジグザグに進まなければならない。あるクルーザーは大きなジグザグで航行するだろうし、あるクルーザーは小刻みなジグザグコースをとるだろう。それに外洋では勝手気儘に走って行く。お互いのクルーザーは見えない。油壺から三宅島に着くにはこのように逆風に苦しめられ、ジグザグにすすむので約四十時間くらいかかる。着くといっても、三宅島のどこかに入港して土地の人に証明をもらうわけではなく、港には着かずに島の沿岸を半周して再び油壺に向かって戻るのである。その三宅島を回る時刻が平均して大体十六日の午前九時から十一時くらいの間となろう。もちろん、トップと最後のクルーザーとではかなりな間隔が生じるが、時間的には三時間も四時間も遅れるということはない。

十六日の午前中に三宅島を回ったヨットは、およそ十七日の午前十時から午後一時までの間に帰着する。往きが四十時間かかり、帰りが二十四時間しかかからないのは、南風が追風になっているからである。

芝村の艇が予定よりも遅れたので、ハーバーの連中はずいぶん心配した。そこに気息奄々(えんえん)とした姿で海鳥号が戻ってきた。みなで大騒ぎして疲労困憊している芝村をヨットから桟橋に引揚げると、彼はワイルド・ジャイブの事故によって同僚の上田伍郎が落水したと云い、その地点を報告したまま卒倒した。

二人の刑事は井原さんの説明を聞いた上、以下の問答を行なった。

「外洋に出てヨットがバラバラになるといいますが、近い距離のヨットは見えますか?」

「レースに出たのはみな二十フィート級のクルーザーで、マストのセールの高さは七メートルくらいあります。それで、近距離のクルーザーはお互いに帆が見えますが、四時間も経つと全然帆のかたちも見えません。七メートルのセールでも波のうねりの間に隠れますから。その点、せまい琵琶湖(びわこ)や伊勢湾あたりの静かな水面で走るのとは大ぶん違うのです。ことに七十時間も走る油壺・三宅島間の遠距離レースではね」

「そうすると、その中の一隻が仮りに事故を起こしたとしても、他のクルーザーには分からないわけですね?」

「分かりません。現に今度の場合のように、海鳥号がワイルド・ジャイブを起こしてもほかの艇は知らなかったのですからね。遭難地点は真鶴岬と三浦半島のほぼ中間に当たっていました」

ここで井原さんはワイルド・ジャイブについて、素人の刑事にも分かるような懇切な解説をした。

「そうすると、それは舵のとり具合が拙いとき起こるんですか？」

「いちがいにそうは云えません。方向を変えようとして操舵をしたとき、今お話ししたように瞬間に強い逆風を横に張り出したメイン・セールに受ける。それは不可抗力のようなものです」

「不可抗力といっても、いくらかは操舵のミスもありますね」

「そうですね……。しかしミスとだけは云えないでしょう。逆風が強く襲ってくることを操舵する者は予知できないからです」

井原さんはそう強調した。操舵のミスを庇うかのようであった。

「海鳥号がワイルド・ジャイブを起こし、上田君が海中に墜落したときに、芝村さんはクルーザーを操って落水地点を回ったといいますが、それにしてはずいぶん時間がかかっていますね」

「今お話ししたように、レース用ヨットはエンジンを積んでいないので、その点、まことに艇の操舵が不自由なのです。ですから、芝村君もあとで、あのときは真直ぐハーバーに戻り、救助船を早く出してもらったほうがよかったかもしれないと反省しています。だが、現に自分のクルーザーから落ちた人間をそのままにしてハーバーに帰るということは人情的に忍びないのですね」

話はワイルド・ジャイブで海中に転落した上田伍郎の死体に移った。上田は二日後に漂流死体となって三浦半島の一端に漂着したのである。それは彼のレースの決勝点だったハーバーから僅かに南へ一キロ離れた場所にすぎなかった。

「上田さんの後頭部に打撲傷があったというのは、そのワイルド・ジャイブによってブームに殴られたのですね？」

「そうです。逆風の襲撃をうけてメイン・セールが急激に回転するため、帆をつないでいる太い木製のブームも勿論共に回転します。ですからそれをまともに受けた人間はひとたまりもありませんよ」

「死体を検視した警察医は、その後頭部の傷が上田君の致命傷だと云っていましたか？」

「いや、必ずしも致命傷ではなかったそうです。上田君は水を大ぶん飲んでいたので、溺死ですね。しかし、そんな傷を負っていたのでは手脚も動かすことができなかったでしょう。大体、ああいう場所で海に落ちたら、怪我をしてない者でも助かるのは少ないですからね」

「海鳥号のブームは折れかかったような状態でしたか？」

「われわれはそれを調べましたが、折れるところまで行っていませんでした。しかし、裂け目は生じていましたよ」

「そういう裂け目は人工ではできませんね？」

「人工ですって？　とんでもない。ワイルド・ジャイブによる自然の疵（きず）かどうかは専門家が見れば一目で分かりますよ」

「芝村さんはクルーザーの経験は相当にあるんですか？」

「三年以上やっておられるので、腕前としては中級程度ですね。しかし、その力量はむろん素人の域を抜いて玄人（くろうと）級です」

「そうすると、操舵のほうもたしかなほうですね？」

「もちろん、しっかりしたものです。外洋レースに出るくらいですから、われわれも十分に資格の有無を検討していますよ」

――要するに、これらの説明を聞いて芝村のヨットレースにも、同僚の不幸な死にも何の不自然もないことが分かった。

犯行可能時間には芝村は海洋の真只中と、病院の一室に居た。この絶対の空間の前には神代刑事も東刑事も淡い期待を完全に棄てなければならなかった。

ここで美弥子殺しの捜査は完全に壁の前に足を止めてしまった。

10

神代と東の二人の刑事は東京へ戻った。疲れていた。両方の聞込みの具合によっては芝村に遇って直接に話をきくつもりだったが、その勇気も失った。

しかし、恋人と京都のホテルに入った人妻が、二晩目に相手にひとことも告げないで、荷物を残したまま、彼女が死体となって現われた東京に戻ることがあり得るだろうか。

そのころ、彼女の夫は伊豆七島がならんだ洋上で二十フィートのクルーザーの中にいた。もう一人の仲間上田と、斜に傾く水平線を見つめながらセールにはらむ風の声を聞き、波の飛沫を心地よげに浴びていた。両方の出来ごとの間には、時間の一致はあっても空間は隔絶している。

芝村の海鳥号が相模湾でワイルド・ジャイブによる上田の落水という不幸な事故を起こした時間には、美弥子の所在は、誰にも不明であった。だが、彼女が陸上にいたことはたしかである。ここにも空間のはるかなる隔(へだた)りがあった。

神代と東には、それでも心に拭(ぬぐ)い切れない曇りがあった。理詰めで明快な話を聞いても一向に気分がはれ上がらなかった。

それというのは、二人が京都のホテルの屋上から黙って消えた美弥子の行動と、上田伍郎が死んだ海鳥号の事故とを意識のどこかで接合しようとしているからであった。

外見上、不自然で不合理な作業を彼らの心は試みようとしていた。彼らはその接着剤を探していた。

ワイルド・ジャイブは不可抗力のようなものだと、オリーブ・ハーバー・クラブの井原さんは云った。しかし、井原さんはクラブの役員である。レースの選手をいたわるのは当然である。それでもなお、ワイルド・ジャイブは操舵のミスが何パーセントかは作用していることをほのめかしていた。

操舵のミスは人為的なものである。人為的というところに過失と作為の微妙な分岐点があった。しかも、誰も見ていない海上である。クルーザーの中は当事者の二人だけであった。

刑事二人は、まず、この点に眼をつけた。だからといって全体の俯瞰に希望と期待が持てたわけでもなかった。しかし、とにかくじっくりと考えてみなければならない。

といっても、それが完全なる過失によるものか、作為によるものかは誰にも判定ができないことだった。目撃者は居ないのである。また、事故が生じたのちの状態からそれを類推することは不可能であった。あとは芝村自身の話だが、当人が自分に不利な説明をするはずはなかった。

神代刑事は、もしかしたら、そのことが上田伍郎の死体から推測できるのではないかと思いつき、若い東刑事を誘って、もう一度横浜に向かった。

神奈川県警の鑑識課では、最近起こったあらゆる変死体の検証写真を保存していた。

上田伍郎のもケースの中にあった。裸にされた上田は蓆の上でいろいろな角度から撮影されていた。最も重要なのは背面からの写真で、後頭部には強烈な打撲による裂傷があった。それは鉢巻のように真横についていた。鑑識にそれほど詳しくない二人の刑事でも、その打撲傷がなまやさしい木刀などの攻撃によるものでないことぐらいは分かった。

しかし、鑑識課員の説明によると、この打撲は致命傷となるまでには至らず、海中に落ちたときはまだ生存状態であった。死因は溺死だというのである。これは前に聞いた報告の更に詳しい確認であった。もとより、この写真から上田を死に至らせたワイルド・ジャイブが芝村の操舵の過失によるものか、それとも作為によるものか弁別することは不可能だった。

鑑識課はかなり広い部屋で、課員がそれぞれ仕事をしている。若い東刑事はまだ上田の現場写真にねばっていた。だが、神代刑事は諦めて写真の保存棚の前から離れた。彼は窓のほうに歩き、大ぶん涼しげになった空の色を眺めていた。疲労した自分の心を休ませるようでもあった。どのように意識的に京都と相模湾との空間を結びつけようとしても、現実は頑固にその作業の試みをあざ笑っていた。

神代は窓から離れた。ふと課員の机を見ると、カメラ雑誌が開いたままで載っていた。鑑識課員は撮影を仕事の一つとしているので、やはりカメラ雑誌を参考にとっているらしかった。刑事の自分には、このような参考書はない。せいぜい捜査指導要領とか、刑事訴訟法要諦とかいった無味乾燥なものばかりである。神代刑事は何となく微笑しながら、カメラ雑誌の写真を立ったまま上から眺めた。

いい写真である。天地を半分に仕切り、上方の空には雲が層々と重なっている。下半分は一面の木立と草の茂りであった。その間に海が見えている。水平線よりも草の位置が高いので海岸の断崖上から撮影したと思われた。よく茂った草の間に一本の径がつき、その上を人間が一人、向うむきに歩いているのが小さく写っていた。この草の間を通って海に下りる崖を辿ろうとしているかのようである。少年の頃を思い出すような風景だった。神代刑事も子供の頃、郷里の田舎でよくこういう径を歩いた。

いい写真だと思い、めずらしく神代はその下についている題名を見た。「真鶴岬の朝」とあった。

そこに諦め顔の東刑事が戻ってきた。彼も神代とならんで見開きのその写真を眺めた。しかし、捜査の行詰りに焦っている東の心には写真の詩情は映らないらしかった。

二人は県警本部を出た。どちらもあまりものを云わなかった。お互いが屈託を持っている顔つきだ。

桜木町駅の出札口で東京行の切符を二枚東刑事が買ったとき、神代がその肩を押えた。

「ちょっとこっちに来てくれ」

引張って行ったのは待合室にかかっている神奈川県の地図であった。隣接の東京都と静岡県の一部が載っている。

「真鶴岬はここだね」

神代は地図の一点を手で示した。

「それから、油壺はこっちだ」

東刑事は何のことかと思って、先輩刑事の顔と地図とを見くらべていた。

「たしか、芝村のヨットがワイルド・ジャイブを起こしたのはこの地点だったと思う」

と、神代は相模湾の中央を指した。それは真鶴岬と油壺を結ぶ中間であった。北は恰度茅ヶ崎か平塚のあたりになる。真鶴と油壺を結ぶ線は地図の上でも真横になっていた。

「そうですね」

と、東刑事は云ったが、まだ神代の真意が分からないようであった。

「大島もついているね」

と、神代は云った。その大島の東寄りに東経百三十九度三十分の青い筋がしるされていた。

「三宅島は、この東経百三十九度三十分の真上にある。だから、三宅島を半周して油壺に戻るレースのヨットは、大体、百三十九度三十分の線に沿って真直ぐに北上してくるわけだ。オリーブ・ハーバー・クラブの井原さんが云ったろう、油壺から三宅島に向かうときは南風のため逆風なので各ヨットはジグザグコースをとって行くが、帰りは追風なのでその必要もなく、真直ぐなコースをとるとね。帰りの時間が往きの半分になるのもそのためだ。そうすると、海鳥号は、この百三十九度三十分から西側にかなり離れた所を走っていたことになる。遭難地点がそうだからね」

「しかし、それは風の具合だとか潮流とかで左右されるんじゃないでしょうか?」

「その要素は多分にあるだろう。が、それにしても油壺のゴールがすぐ間近になっている所で海鳥号が西に逸(そ)れすぎているというのはどういうことだろう?」

神代の説明を聞いて東はちょっと黙った。

「君はさっきカメラ雑誌の写真を見たろう。いい写真だったね。真鶴岬の突端を一人の人間が海際に向かって行くところだった。……君、東京行はあとにして、これから真鶴岬に行こう。真鶴岬と、芝村がワイルド・ジャイブを起こした相模湾の地点とは近い。油壺によく分からないが、彼のヨットは真鶴岬に、いったん着いているかもしれないよ。油壺に戻った時刻がずいぶん遅かったじゃないか。とにかく真鶴岬に何か形跡がないか、見に行こう」

11

真鶴駅に神代と東とが降りたのは午後二時ごろだった。

駅前から乗ったタクシーは、海のほうに低くなった町に向かっておりた。魚の臭いのする通りに警部補派出所がある。車を停め、神代が警部補に遇って土地に明るい巡査の協力を求めた。警部補は一時間くらいならいいでしょうと気さくに吉岡(よしおか)という四十年輩の巡査を貸してくれた。道は再び上りとなり、北海岸沿いに走る。一方が蜜柑(みかん)畑の多い丘陵地帯だった。ここからは半島の先のひろがった部分になるが、周囲は断崖であった。

神代は、五万分の一の「熱海」をとり出した。芝村は、ヨットがワイルド・ジャイブを起こした位置は相模湾の稲村の沖だと云っている。そこは北緯三十五度七分、東経百三十九度十一分に当たるらしい。芝村がこっそり上陸したのではないかと推定される真鶴岬は、突端が北緯三十五度八・五分、東経百三十九度十分に当たる。あるいは、それより岬の西側に当たる同じ緯度で、東経百三十九度九・五分の「内袋」という土地のように思われる。

真鶴半島の北側の西半分は断崖もなく、おだやかな海岸だけに漁村があって、岸に近づくヨットを目撃される率が多い。

そうすると接岸の可能性としては人家の無い岬の突端か、内袋附近ということになる。これには二人の考えが一致したが、湯河原の生れだという吉岡巡査も、神代から事情を聞いて、

「そうですな。人に見られたくないとすれば、その辺よりほかにはないでしょうな」

と、色の黒い顔をうなずかせた。

三人は、まずタクシーを岬の突端近くまで行かせた。降りて歩き、断崖上から見ると、沖に向かって小さな島のような荒々しい岩礁が無数に突き出ていた。船は見えなかった。

「あの岩は三ッ石といいましてな、ここの名所みたいになっています」

吉岡巡査は説明した。天気がいいと海上の向うに房総の山が見えるはずだが、今日は

霞がかかっている。刑事が立っている道の両側は雑木林で、竹やぶもある。遊覧客相手に夏蜜柑やジュースを売る掛小屋があるだけで、人家は一つも無かった。

吉岡巡査が掛小屋の中年の女に聞くと、店は毎日十時ごろに開いて、五時ごろに閉め、町に戻るということだった。問題の十七日にヨットがこの下の海岸に近づいてくるのを見なかったかというと、どうもおぼえがないと彼女は首を振った。ヨットは漁船と違うので、日時に正確な記憶はなくとも印象ははっきりしているはずだが、ヨットレースは半年前に見たきりだった、という。

三人は車に戻って道を引返した。途中、せまい道と交差しているところで降りた。三人は雑木林と竹藪の谷間の道を歩いて南側の海岸に出た。ここも断崖の上で、右手に、相模湾に沿った海岸が眼下に伸びている。海の真向いに山がぼんやりと見えるのは網代あたりと思えた。漁船のエンジンの音がしていた。

神代は、断崖が入りこんでいるので、ヨットが接岸するならこの辺ではないかと思った。東も同じ意見だったが、いっしょに来た吉岡巡査は首をかしげた。人家の多い門川あたりからヨットが望見される、というのである。門川というのは、巡査の指さすように右手に当たる湯河原に近い漁村で、いまも小さな漁船の出入りが見えた。

「やっぱりほかから見られないでヨットを岸に着けるとすれば、さっき行った三ッ石のある岬の鼻でしょうね。あすこだと、真鶴岬からも門川からも、死角に隠れた状態になっています」

「しかし、あの岬の突端は遊覧客がよくくるので、そういう連中の眼にふれるでしょうな？」

東が疑問を出した。

「それは十分に考えられますね。けど、たまにやってくる遊覧客の眼を逃れることさえできたら、あそこがずっと安全ですよ」

三人はまた道を引返したが、神代は次第に気が焦ってきた。ここでヨットの接岸という事実がつかめなかったら、彼の推定は飛散する。

タクシーに乗って、もう一度岬の突端に行ってもらうことにした。あの掛小屋は雨の日以外、ほとんど毎日のように店を出しているので、彼女の口から事実が出ないとなれば、ほかに手がかりはなかった。だが、このまま諦めるのは何といっても心残りである。

掛小屋の前にくると、夏蜜柑売りの中年女が六十すぎの老婆と立話をしているのが見えた。その老婆は古い乳母車に枯木の枝を積んでいた。神代が車の中で吉岡巡査に、あの老婆はあんたも顔見知りかと訊いた。巡査は、あれは真鶴の漁師の母親だと云った。

三人は車を下りた。

「やあ、お婆さん」

と、吉岡巡査は如才なく笑顔で老婆に進んだ。

「いつも精が出ますな」

巡査は土地の言葉で話しかけた。

「今日も焚木取りかね？」

「へえ、三日か四日目には、こうして焚きものを集めに来てます」

老婆は眼尻に皺を寄せて答えた。

「お婆さんが焚木をここに拾いにくるのは、いつも何時ごろからかね？」

「たいてい昼の一時ごろから二時間ばかりです」

巡査は、神代の注文通りに質問をつづけた。

「八月十七日だがな、お婆さんはここに焚木を拾いにこなかったかね？」

「八月十七日……ああ、その日はここに拾いに来たね」

「よくおぼえているな。その日も午後一時ごろかね？」

「いや、その日は朝の八時ごろにここへ来ましたよ」

「なに、朝の八時ごろ？」

巡査は眼を光らせた。

「お婆さん。そのときに、この辺にはお前さんのほかにだれか居なかったかね？」

「さあて」

老婆は考えて、

「だれも居なかったようだね。この掛小屋もまだ閉っていたからね。駐在さん。なぜ、そんなことを訊きなさるけ？」

「そのころに、この辺をうろうろしていた人間が居たはずだでな。それを調べている」

「そんな妙な人間は見かけなかったよ」

「ほんとうに居なかったかね？　よく思い出してもらいたいな」

「変な者は居なかったね。……ただ、釣り竿一本を持った男が、その先の径を崖下に下りてゆくのが見えたけど」

　神代が進み出た。

「その男の人相とか年恰好とかは分からなかったかね？」

「わしが見たときは、その先の林の中を下におりるところでね、遠かったので、そのへんまではよく分かりませんでしたよ」

　真鶴岬には、東京あたりからも朝早く釣り好きは竿を持ってくると巡査は説明した。

「どんな服装だったかね」

「茶色の半袖シャツに、ネズミ色の登山帽をかぶり、黒いズボンをはいていたように思いますけどな。片手に魚籠か弁当を入れたような紺の風呂敷包みを提げていましたよ」

「なるほど、で、竿は折りたたみ式で何本もサックに入っているやつかね？」

「いえ、長い竿を一本もってただけでしたよ」

「お婆さんはものおぼえがいい。で、それが八月十七日の朝だったというのをどうしてはっきりおぼえているのかね？」

「それは、あんた……八月十七日はお盆の終わった翌る日でね、わしの娘が静岡に嫁いでいるが、お盆明けの十七日に午後から孫を連れて遊びに来ましたよ。それが前から分かっていたので、その日、わしはいつもより早く八時にはここに焚木を拾いに来たのです。だから日にちに間違いはありませんよ」

神代はうなずいた。

「いま、お婆さんが云った崖下への道というのはどれですか?」

神代は掛小屋からはなれて吉岡巡査に訊いた。

「あっちのほうです。行ってみましょう」

そこは広い道路が行詰まり、彎曲（わんきょく）しているところから百メートル先で径が雑木林の間に入っていた。

三人は、その径をたどった。木立の間を抜けると、あたりの木が低くなり、灌木（かんぼく）と変わった。すぐ前が海で、径は断崖沿いに稲妻型につけられ、崖下の、波が岩に砕けているところまでおりていた。三ッ石の岩礁の浮かぶ海の向うに房総の山がうすい雲のように連なっていた。

「ここにくる見物人は、この径まで下りてゆくのですかね?」

吉岡は神代の質問に答えた。

「釣りをする人はこの径をたどって下まで下りて海ぎわまで行きますが、普通の人は危ないから、そこまでは下りません。まあ、われわれの立っているこの辺までで引返しますな」

神代はじっと見下ろした。断崖と岩だけで、とてもヨットが接岸できる場所ではなかった。

三人は待たせてあるタクシーに戻り、町のほうに戻った。吉岡巡査には礼を云って派出所の前で降りてもらった。

「あの場所に釣りをする男が歩いていたというのは、あの写真の構図そっくりですね」

二人だけになって東が神代に云った。

「うむ。あの場所に人が行くのは珍しくないんだな」

神代は失望した顔で云った。

「朝の八時という時間が少し早すぎませんか」

「釣りをするつもりなら朝が早いほどいい。東京か横浜あたりの人が朝早く電車できたのだろう。真鶴駅からここまではタクシーだね」

12

東刑事は、十六日の夜、京都のホテルの屋上で曾根晋吉が大文字に眼を奪われている隙に、芝村美弥子が彼には一言も声をかけずに消えたことに強い興味が残っていた。

「ぼくもときどき女房といっしょに街に出ます。その辺で買物をするといって女房がはなれたとき、ふいとそれきり女房が戻ってこないような妙な気持を抱くことがあります。そういう不安な意識を現代人はどこかに絶えず持っているのかもしれませんね」

東は神代に話した。

「そういう奇妙な不安は現代にはあるんだろうね。君は小説が好きだからそういうことを考えたがるが、この事件はナマの問題だからね。ぼくも、なぜ、美弥子がホテルの屋上で曾根に声もかけずにその傍から立去ったか分からない。暴力団の誘拐は考えられないし、曾根も、たとえ自分と美弥子との共通の知合いに彼女が出遇ったとしても、あとで必ず自分の傍に戻ってくるはずだと云っている。当たり前だろう。なぜ、それきり彼女は恋人のもとに帰らなかったのか。ここに謎の鍵があるようだな」

「恋人のもとに帰れない彼女の事情というのは何でしょうね?」

東はそう云って、真鶴駅前が見えてきた窓を眺めていた。

「あ」

東が道に男二人と女一人の若い姿が歩いているのを見たとき、急に口の中で叫んだ。

神代が何だと訊くと、東はちょっと考えるように黙っていたが、やがて云い出した。

「神代さん。美弥子が曾根に声をかけなかったのは、そのとき夫の芝村がホテルの屋上に現われたからではないでしょうか?」

「なに?」

「美弥子が一言も曾根に断わらずに消えたのは、芝村の出現以外にないと思います。亭主が眼の前に現われたのでは、美弥子もすぐ傍にいる恋人に声をかけられるはずはありませんよ。彼女は夫にはクラス会の旅行で奈良に行くと話しているんですからね。もっとも、それだけなら大文字を京都のホテルの屋上で見ていた弁解はできます。奈良から京都に回って大文字を見たかったといえば、それで済みますからね。しかし、そこに芝村の友人の曾根がいっしょに居たのでは彼女も弁解ができなかったわけです。そこで、美弥子は夫に曾根のいることを気づかれないように芝村と一緒に屋上を去ったのではないでしょうか？」

東は、自分の思いつきを次第に昂奮して云った。

「その時は、屋上の電燈が消えていた。美弥子は、その暗さを利用したし、また、曾根も大文字の最高潮に眼を奪われていたので、自分の背後に何が起こったか分からなかったと思います」

「うむ。……なるほど」

神代も東の言葉に眼を開けられたような顔になった。

――そうだ、そういうことはあり得る。美弥子としては夫に自分の不倫な現場を何としてでも覚られたくなかった。彼女は夫に、そのホテルにひとりで泊まっているとも弁解できなかった。彼女は夫に曾根を気づかせることなく、何気なくとにかく夫に従ってホテルを出たかった。この場合、芝村が妻を促してホテルを出たとしてもさしつかえはない。折からホテルは大文字見物のためにひどく混雑していたとは従業員が証言しているところである。だから宿泊客の美弥子が別な男と玄関を出て行ったことなどは気がつかなかったに違いない。ホテル側が彼女の外出を知らなかったというのは、そういうことで解釈できる。

東の云う通り、それで屋上にいた美弥子がすぐ眼の前の曾根に何の言葉もかけずにホテルを逃げ出した原因が分かる。

しかし、その時間、果して芝村は京都のホテルの屋上にくることができただろうか。芝村は東南遙かな海のヨットの上にいた。

「それはちょっと思いつきだが、残念ながら現実とは合わないね」

と、神代は東の考えに同感しながらも彼の言葉を抑えるように云った。

「芝村は、その時刻には三宅島から油壺に向かって海上をヨットで航行中だったからな。いい考えだが、この事実の前にはナンセンスな想像ということになるよ」

その時刻、芝村が三宅島から油壺に向かい夜の海を走っている事実はどう動かしようもないのだ。

「それなんです」

と、東はがっかりした顔になった。

「それさえなかったら、ぼくのこの想像は非常に現実性があるのですがね」

「ぼくもそう思うがね」

タクシーは途中から湯河原の町に行く岐(わか)れ道に入った。町の背後を箱根の外輪山が高く塞(ふさ)いでいた。

「ねえ、神代さん。あすこに飛んでいる鳥のように芝村が翼でももたない限り、伊豆七島沖を走るヨットから京都のホテルの屋上に舞い下りることはできませんね」

東の遠い眼つきの方角には雀（すずめ）の群れが飛んでいた。

神代は返事をしないで考えた。

芝村はヨットの上にいたのだから京都に行くことはできない。そこで、芝村が誰か別な人間を雇って美弥子をホテルの屋上から誘い出したと仮定しよう。しかし、それはあり得ない。美弥子の屋上での行動から否定されるのである。もし芝村の代理人だったら美弥子は必ず曾根に相談するに違いないからだ。たとえ彼女が芝村の代理人の眼の前では曾根に話しかけることはできなかったとしても、そのあとではいくらでも彼のところに来てそのことが云えるし、部屋にも戻ってこられる。代理人だったら美弥子も芝村自身ほどには怖ろしくないし、隙も見つけられる。

美弥子が恋人には全く黙って屋上から立去った点がうなずけぬ重要な点だ。それにはやはり美弥子の夫である芝村自体が彼女の前に現われなければならない。

東の云う通り、芝村が外洋を走るヨットの上から鳥のように飛び立たない限り、この想定は成立しない。

――では、飛行機か。

神代は唸（うな）った。

二人は熱海に行き、駅前の旅行案内所に寄った。そこで全日空の時間表を調べてみた。三宅島線は羽田（はねだ）から一日一往復である。羽田発午後二時二十分、三宅島着三時である。

この飛行機は三十分休んだのち、三時三十分に三宅島を出発して四時二十分に羽田に到着する。

芝村がヨットを三宅島に接岸させ、そこから上陸して飛行場から三時半の便で羽田に向かったとしよう。だが、彼の乗っている海鳥号は、午後三時半にはすでに三宅島の半周を終わって北の神津島の東沖合にさしかかっているところだ。

もし、レースのヨットが三宅島に寄港していたなら、芝村だけが密かに上陸して、あと、上田伍郎だけが操舵して油壺に向かったとも考えられる。

神代は手帳を繰った。それには聞込みを自分なりに簡単にメモしてある。ヨットレースの関係者たちはこう述べていた。

――そのときのレースは三宅島に寄港しないで、島の沖合を半周して油壺への戻りのコースをとった。レースによっては、たとえば、折返し点に当たる港に寄って土地の人に証明をもらう場合もあるが、そのときのレースは各選手の人格を尊重して紳士協定となっていた。

「もし、芝村のヨットだけが三宅島のどこかの岸に着いて彼一人が上陸し、その午後三時半発の飛行機に乗って羽田に向かったとしたらどうでしょう。芝村は羽田から伊丹行の飛行機に乗継ぎしてあのホテルに行くという方法もあります」

東京行の電車の座席で東は云った。

「しかし、その場合もむずかしいだろうな。なぜなら、ヨットには上田が乗っているからね。彼を艇に残して芝村が三宅島に上陸しようとしても、彼の眼があるからそれは不可能だろう。もっとも、芝村が上田を抱き込んでいれば別だがね」

神代は、そう云いながら、自分の言葉にあっと気づいた。同時に東も叫んだ。

「芝村は上田を自分の味方に抱き込んでいたんじゃないんですか。だから、上田はそのあとでワイルド・ジャイブという事故で芝村に殺されたんです」

ワイルド・ジャイブは人工的にも起こし得るのではなかろうか。普通、それは急に方向を変えたとき、メイン・セールが強い風に叩かれてブームが急激に回転することから起きるとされている。いわば操舵のミスである。……操舵のミスが原因なら、そのミスを、故意に起こすことはできる！

ヨットクラブの役員の話では、芝村は相当の腕前ということだった。だから、芝村が上田伍郎をワイルド・ジャイブに見せかけて海上に抛り出せば、芝村が三宅島にヨットを着けて上陸した事実を永遠にかくすことができる。

東はそういう意味のことを神代に云った。神代は同感した。

しかし、神代には、それでもまだ疑問が起こった。

「いいかね、東君。その推測はなかなかいいが、仮りにだね、芝村が自分だけ三宅島に上陸したとする。あと、海鳥号は上田ひとりが乗って油壺コースを目指して走るわけだ。ところが、芝村は三宅島から飛行機で羽田に行き、そこから京都に乗継ぎして着いたとしても、その芝村がなぜ油壺のヨットハーバーに戻った海鳥号の上に、ちゃんと乗っていたかだよ。芝村が魔術でも使わない限り、そんなことは不可能だ」

「そうですね……」

と、せっかく自説に昂奮した東もそれには頭を抱えた。

「また、レース中、接岸していない三宅島に芝村がどうしてヨットから上陸できたかだ。これも解けないよ」

「そうですね、その通りです」

東は次第に悄気た。しかし、神代が云った。

「東君。とにかく直面した現在の疑問で分かりそうな部分を少しずつ解いてゆかねばならないよ。いっぺんに全体の解決をしようとしても困難だ。無理をすると、あらぬ方向に逸れる心配があるからね」

「では、どうするのです？」

「捜査課長に頼んで飛行機で三宅島にやらせてもらうんだな」

13

翌日の午後三時すぎ、神代と東は三宅島の三池浜に近い小さな空港に降りた。満席の乗客は釣り支度に身を固めた東京の客が半分以上で、あとは島の人、連絡で出張する役人のような人、会社員らしい四人の観光客、それに新婚旅行が一組いた。釣師たちは、簡単な恰好で互いに大声で自慢話に興じていた。神代は、彼らの姿に十七日の朝早く真鶴岬の突端を下りてゆく釣竿を持った男をふと思い浮かべた。釣り好きは多い。

空港には島の刑事が二人出迎えていた。警察の車に乗せられ、本署に向かった。警視庁三宅島警察署は伊豆にある。空港は島の東側なので、北側の伊豆までは島の中央にある雄山の裾を回る舗装道路について約十キロぐらい走る。

羽田から国内線が開設されて東京と島との交通はひどく便利になった。以前は船で東京港を夕方出帆すると、翌朝六時に三宅島の北岸にある大久保浜に着く。それも普通三日ごとの船便だった。

車の窓から眺めると、左手の台地上にはほとんど人家が無かった。黒松の原生林が熔岩原の上に鬱蒼とつづく。右手に砂浜の入江が見え、波は静かだった。刑事の説明では三池浜ということだった。テングサの干場が多い。御蔵島が見える。やがて岬のつけ根に入って海岸線とはしばらく離れた。

「この岬はサタドー岬というんです」

刑事の一人が云った。だが、そこを過ぎると原生林は絶えて、赤黒い熔岩の荒涼とした風景になる。道は熔岩の間を開鑿してつけられていた。

「この辺を赤場暁といっています。昭和十五年に雄山の大爆発があって、そのとき熔岩が流れて海に押寄せたのです。今もその岩に荒波が砕けていますよ」

「ちょうど軽井沢の鬼押出しみたいですな」

東刑事は云ったが、神代は、いつか行ったことのある桜島の熔岩地帯を思い出した。右手はやはり赤茶けた熔岩流のつづきだが、一部は砂漠のようにごろごろした砂礫(されき)地となっていた。

「あの砂の中に温泉が湧いているんです。野天風呂ですよ。噴火のときにできたのです」

刑事は説明した。が、家一軒見えなかった。

「近くの人がときどき浴びにくる程度で、遊覧客もないから旅館も建たないのですな」

刑事はまた云った。

熔岩地帯を離れると下馬野尾という小さな部落をすぎ、やがて島の北側に入る。附近の海岸線はいずれも断崖だった。やがて再び熔岩流の地帯に入ったが、そこを過ぎると神着(かみつき)という部落になる。

「ここに東京都の三宅支庁があります」

刑事の一人が云った。入江になっていて、港がある。道はそれから上りになって、新島(にいじま)がよく見えたが、そこを下ったところが警察署のある伊豆部落だった。四時近くになっていた。

神代と東は三宅島署長に挨拶して刑事室に案内された。そこで三宅島の詳しい地図をひろげて見せてもらった。

三宅島はほとんど円形で、中央に雄山の火山がある。その雄山の山腹で島をほぼ二分

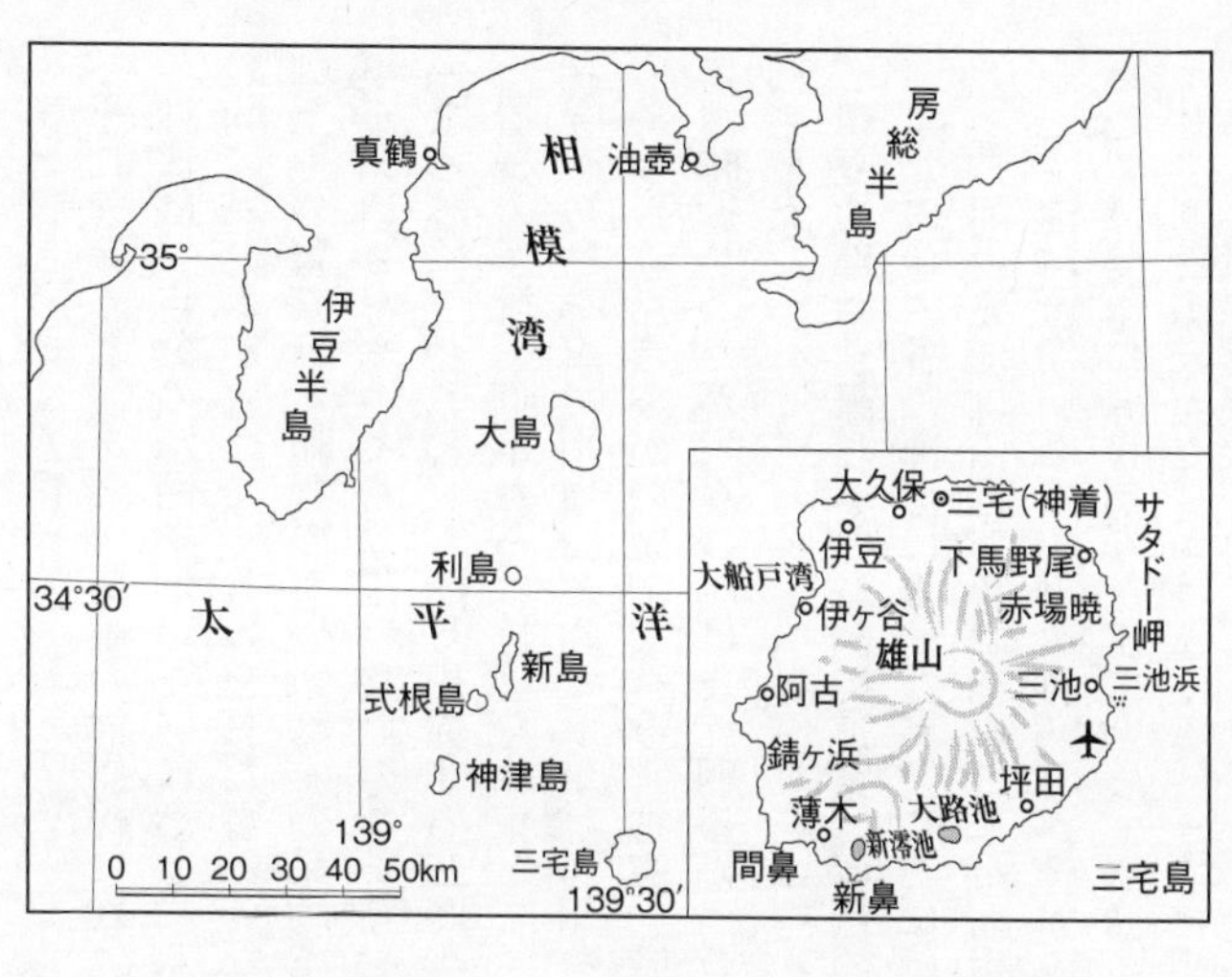

したように東経百三十九度三十分の線が通っている。北緯三十四度線は島の南の海を通って経度と交差している。道路は山裾の海岸線に沿って迂回し、車で一周すると約一時間くらいだということだった。昔、この島の人たちの間には「旅」といって、泊りがけで島まわりをするならわしがあったが、今は一時間のドライブと変わっている。

「この島でヨットがよく入るところはどこですか？」

それは西側の阿古の近くの錆ヶ浜と、南側にある坪田ということだった。特に錆ヶ浜には東京のヨットクラブの連中がよく入ってくるし、その中には有名なタレントもたびたび顔を見せるということだった。

「そのほかには西側の大船戸湾と東側の三池浜があります」

「それを除くと、あとは断崖の海岸線になっているので着岸には不適当です」

神代は、自分の意図を刑事たちに話し、八月十六日午前九時ごろから十一時ごろまでの間にヨットが入ってくるのを見た者はいないかという目撃者の割出しを頼んだ。これは土地の警察官に頼むのがいちばん効果的である。住民に顔なじみをもたない本庁の刑事が聞込みをやっても効果はないのである。

「なるべく、われわれが明日出発する三時半までにその結果をお願いしたいのです」

署長の了解で刑事たちは協力を約束してくれた。

「今から島を車で半周してみますか。西側をまだご覧になっていないから、一応、まわってみられたほうがいいでしょう。往復一時間もあれば十分です」

六時近かったが、夏の陽はまだ明るかった。二人は署の車に乗せられた。刑事が三人同乗した。

伊豆の部落を離れると、舗装道路は西側の海岸を雄山の裾について回っている。

すぐに伊ヶ谷の部落に入ったが、ここには島の中でいちばん深い大船戸湾がある。そこから阿古までは山裾が急斜面をなし、石垣で段々に築いた台地の上には部落が見えていた。海には、いちばん近い神津島(こうづしま)が浮かんでいた。

「ここは海岸に温泉が湧き出ています」

と、刑事が云った。さっきくるときも東側の熔岩の砂地に野天風呂のあることを聞いている。

阿古の部落を過ぎて横道に少しそれると、深い入江を持つ錆ヶ浜の漁港に出た。この港にはヨットがよく入ってくるという刑事の話に二人はていねいに眺めたが、今はヨットの帆一つ見えなかった。さらに南に走って薄木という部落から南端の坪田へ向かった。海岸は全部岩石の断崖となっている。岩の上には釣師の姿があった。道には、バスのほかに放牧の牛が出てきて歩いていた。島は酪農がさかんである。途中、雄山の寄生火山の火口湖となっている新澪や大路池などがあるが、ナゴラン、セキコクなどの水草が群生する大路池のほうは説明を聞いただけで車からは見えなかった。観光客らしい姿が二人いた。

車は坪田までで引返すことにした。それから先は空港の前を通り三池浜に出て来るときと同じ道になる。いっしょに車に乗っていた刑事たちが、神代たちの頼んだ聞込みのことで坪田で降りた。

阿古に戻ったころ、西の海上に壮大な日没を見た。黄色に燃えていた太陽が紫色の靄の中に入ると光彩をおさめて真赤に沈んだ。

二人は、その晩、ホテルと名のつく旅館に入ったが、トタン葺き屋根の宿は、木賃宿に毛のはえたようなものであった。しかし、東京の夜よりは、ずっと暑さがしのぎよく、よく睡った。すべては明日集まってくる聞込みの結果に待つほかはないのである。

朝、神代は眼がさめると、思い立ってもう一度島を一周することにした。今度は自分たちだけでひとめぐりしてみたかった。タクシーを呼んで、昨日のコースの通り南側に向かって出発した。だが、二度目の見物をしたという程度で、これという収穫はなかった。土地に通じてないせいか、目ぼしい手がかりもつかめそうになかった。サタドー岬を過ぎた熔岩地帯の赤場暁では、その変わった風景に車を降りてみた。人ひとり歩いてなかった。右側の野天風呂があるというあたりの熔岩砂にも釣師の影もなく、わびしいものだった。運転手に訊くと、昨日の刑事の話と同じで、野天風呂には近くの漁村の者がときたま来るだけで誰も利用しないというのである。もっとも、西側の海岸にもやはり温泉が湧き出ているので、こんな不便な所にくる必要はないそうである。

「惜しいですな。これが東京だと大変でしょうがね」

と、東刑事が汗をふいて云った。

宿で昼飯を終わったころ、昨日の刑事二人が報告にきた。

「各部落についての報告が集まりました。やっぱり十五、六日の午前中には、どこにもヨットが着岸した形跡がありません。目撃者が一人もないのです」

半ば予期していたことだが、神代も東もがっかりした。

「じゃ、ヨットの姿は全然なかったのですか?」

神代は訊いた。

「いや、レース中のヨットをいくつか見た者はあります。十六日の午前八時半ごろから十一時すぎの間ですが、両側の沖を走っているヨット、南側を走っているヨット、それから東側のヨットというふうに、沖に出ていた漁船がそれぞれ目撃しています。もちろん、時刻が違いますから、おそらくレースのヨットがばらばらに走っているのを見たのでしょうね。しかし、岸に着いたというのを見た者はありません」

14

油壺をいっしょに出たレースのヨットは、三浦三崎（みさき）の沖合から次第に相互の距離がはなれ、遂には互いの帆の影が見えないくらいになってしまう。ヨットクラブで聞いた話を神代は思い出した。したがって、ここでは芝村と上田とが乗っている海鳥号も、漁船が目撃したレースのヨットにまじって島の南を半周したであろうことがほぼ確実となった。

「東君。ますますいけないな」

と、神代は土地の刑事が帰ってから云った。

「弱りましたね」

東は顔をしかめていた。

「しかし、君の顔は、そう弱ったようでもないよ」

「神代さんだって、それほど悲観した表情ではありませんね」

「うむ。つまり、君もぼくもまだこれぐらいのことではへこたれてはいないんだな」

「そうなんです。ぼくは失望していませんよ。確信みたいなものを持っていますからね。神代さんもそうじゃないですか?」

「うむ。そういえばそうだ。とにかく頑張ってみよう。どこかに芝村の抜け穴がある。集まった材料は悪いものばかりだが、何かがあるという気持は妙に強くなってきたね」

「そうなんです。巧妙に仕掛けられているが、何かがありますよ。つくられたものは必ずどこかが破綻(はたん)していますよ。それをこれから見つけることですね」

二人は逆に眼を輝かした。三時半の飛行機に乗るには二十分前までに空港に行かなければならない。だが、二人は一時過ぎには宿を出発していた。途中、伊豆の本署に寄って署長に礼を云い、そのまま車を三池浜近くの空港に走らせた。また例の熔岩地帯を通った。

「何度見てもこの景色は荒々しいですね。ほかの場所が緑のきれいな山と蒼い海だけに、赤黒い熔岩だけしか見えないのが何だか地獄みたいな景色に映ります」

「それが海に突き出ているから、よけいにそんな感じがするのだろう。不気味なことは不気味だな」

野天風呂があるという砂浜を左手に見て、空港に到着した。

神代と東とはカウンターの係のところに行った。

「十六日にここから羽田へ行ったお客さんで片道切符を買った人はいませんか?」

手帳を見せて調べ方を頼んだ。

係員が調べたあげくの返事では、四十人の乗客のうち片道の人はわずか五人だった。東京からくる人はほとんど往復の搭乗券を買っている。また島の人で東京に行く人も帰りを買っている。片道の人は少ないのである。

その島から羽田への片道切符の乗客五人について調べると、その内の四人は身元のはっきりしている地元の人間だった。東京の用事が二、三日かかるので、とりあえず片道しか買わなかったのだ。あとの一人は東京から来た人で、「タナカヤスオ、二十七歳」であった。

「これはどういう人ですか？」

「ちょっと待って下さい」

搭乗券には中野区東中野（ひがしなかの）××番地とあり、職業は雑貨商、連絡先は自宅の妻らしい名前になっていた。

「これは池袋（いけぶくろ）の交通公社扱いになっていますね」

係は、その欄のいちいちを指で示した。

「この人がどういう人相だったかおぼえていませんか？」

「さあ、よく記憶しませんね。出発前の二十分はお客さんがいっぺんにここに集まりますから、とても忙しいんです。飛行機は三十分しか休みませんから」

その混雑の中で「タナカヤスオ」は搭乗券をゲートパスと取替えたようであった。

「東京のお客さんが片道切符で島から羽田に行かれるのは、そう珍しいことではありませんよ。島に来るときは汽船に乗り、帰りは飛行機というのが遊覧としては変化がありますからね」

係員は、自分がその人物に留意しなかったことの言訳のように述べた。

「タナカヤスオが芝村でしょうね。人相の特徴を空港の係がおぼえていなかったのは残念ですが、年齢はだいたい合っています」

東はカウンターの前をはなれ、待合室の椅子に坐ってから神代に云った。

「そうだな。現在のところ、身元の確認ができずにいるのは彼だけだからね。池袋の交通公社に行って、その搭乗券申込みを受付けた係員に聞くほかはないな」

神代はシャツの胸をひろげて云った。

島のならんでいる海の上を飛んで、羽田に戻った。警視庁に帰って係長に報告し、その足ですぐ池袋に向かった。交通公社のあるデパートが閉店する五分前だった。

「タナカヤスオ」は、たしかにそこで八月十四日に受付けていた。刑事二人は顔を見合わせた。十六日より二日前に羽田行の席を予約している。それを受けつけた係が出てきたが、

「さあ、どんな人相だったかおぼえていません。その日もずいぶんお客さんが多かったものですから。それにその人、濃いサングラスをかけていましたのでね」

と、自分で首をかしげていた。

神代と東とが、芝村の特徴をかわるがわる云って、記憶の暗示を与えたが、

「いや、どうもそんな人ではなかったように思いますね。といって、どんな顔かといわれると、はっきりしないんですが」

と、頭をかいて困った顔をしていた。

搭乗申込書には田中安男と漢字で書いてある。むろん、住所も連絡先も同じで、馴れた筆蹟だった。

「これ、その客が書いたのですか？」

神代が係に訊いた。係はのぞきこんで、

「おや、これはぼくの字ですね。あ、思い出しました。そのお客さん、右手の人さし指と中指に繃帯(ほうたい)をしていましてね、この通りケガをしていてペンが握れないから、ぼくの云う通り、君、書いてくれ、と云われたので、ぼくがその通り代筆しました。……それなのに、顔をよく記憶していないのですなあ」

と、もう一度首をひねった。

「筆蹟を隠すところなどは、なかなか巧妙ですな。それにサングラスなどかけたりして顔も分からないようにしている。年齢(とし)もだいぶ若くしてはありますが、タナカヤスオが芝村に間違いありませんよ」

東がデパートを出てから云った。

「ぼくもそう思う」

「たいへんなものです」

二人は中野に回って、交番の協力で「東中野××番地、雑貨商、田中安男」を捜した。予期したように、当該番地は無く、付近には田中という雑貨商は居なかった。

あと、二人は近くの店でビールを飲んだ。東京は蒸し暑かった。

客からはなれた隅のテーブルで、神代が云った。

「しかし、タナカヤスオが芝村だったとしても、彼はどうして十七日の午後一時半ごろ、海鳥号に乗って油壺のヨットハーバーに戻れたのだろうかね。これが依然として謎になっているよ」

「そうですね。それをずっと考えつづけてきたのですが、こういう想像はどうでしょうか？」

東がちょっとてれたように云った。

「芝村は羽田から乗り継ぎして京都に行く。その晩はホテルの屋上に現われ、妻の美弥子を曾根の傍から黙って連れ去る。美弥子の死体は東京の曾根の家の附近で発見されたのですが、その運搬方法の謎はこの際別にします。芝村だけを考えれば、彼が海鳥号に乗って油壺に帰るためには、その晩の伊丹発の飛行機に乗って羽田に着くか、あるいは翌朝の早い飛行機で羽田に飛ばなければならない。その時刻には海鳥号は一路油壺に向かって海上を走っているわけです。そこにはクルーの上田伍郎だけが乗っています。そこで、芝村が海上のヨットに舞い下りるにはヘリコプターで吊り下ろすよりほか方法がありませんね」

「ヘリコプター？」

「つまり、羽田に戻った芝村は、かねて予約しているヘリのところに駆けつけ、それにすぐ乗るんです。ヘリに運搬してもらうと無事海上のヨットに下ろしてもらうことができますよ」

神代は微笑してうなずいた。

「考えたね。面白い想像だ。だけど、現実性がないな」

「いや、実はぼくもそう思ってるんです」

「そうだろう。ヘリに頼めば海鳥号に下りたことがあとで分かるし、ヘリの搭乗員や会社の者全部に口止めするわけにはいかない。次に、ヘリコプターがヨットの上を低く飛んでいたということも他のヨットから望見されるからね、トリックはたちまち分かってしまうよ」

――しかし、二人はあくる日も屈しなかった。三宅島で手がかりを得られなかったとしても、十六日の午後八時すぎ、大文字を見渡す京都のホテルの屋上に芝村が現われ、美弥子を拉致し去ったという確信は強くなっていた。

芝村が三宅島から午後三時半発の飛行機に乗ったとして、それが連絡する羽田発伊丹行の飛行機の時間を二人は調べていた。午後五時発の便がある。これは伊丹空港に午後五時四十五分に着く。芝村はタクシーに乗り、名神高速道路を京都に向けて走らせ、ホテルに着く。この間約一時間とみて、六時五十分ごろにはホテルの玄関に足を入れることができる。大文字の時間には十分に間に合う。

芝村はホテルの屋上にあがり、暗がりの中から美弥子の姿を探し出す。人垣のうしろに立っていた美弥子のうしろ姿を、彼は容易にその特徴から発見できたであろう。芝村は妻の肩を軽く叩く。振りかえった美弥子は、まるでそこに幽鬼でも立っているように仰天し、息を呑む。

芝村に黙って促された彼女は、すぐ眼の前にいる曾根晋吉の背中には一言も声をかけることができなかった。彼女はまるで蛇に狙われた蛙のように、夫に従って階下に降りる。彼女は夫に曾根晋吉との不倫な現場を知られないためには、部屋に残したスーツケースさえ取りに行くことができなかったのである。

芝村は妻と一緒にその晩東京に引返す。美弥子の顔は蒼ざめ、虚脱したような姿で夫のうしろに従っていたであろう。時間表を調べると、午後九時伊丹発羽田行の飛行機がある。また四十分後に出る便もある。とにかく芝村は妻を引立ててどちらかに乗り、羽田に引返すことができる。このとき、芝村の心は妻に対する復讐的な快感に震えていたかもしれない。

羽田で降りた芝村はタクシーを拾って東京都内に入る。このとき、美弥子は夫の前にひたすら恐れているだけであったろう。夫がどのような行動をとろうとも、恐怖のあまり失神に近い状態であったに違いない。夫の無言は自分と曾根との関係を知ってのことだと分かったに違いない。

芝村が妻に晋吉との関係について何も訊問しなかったのは賢明である。なぜなら、もし、それが彼の口から出ると、美弥子は決して夫の云う通りに素直に従ってゆかなかったであろうからだ。

ヨットに乗っているはずの芝村が、どうして急に京都のホテルに現われたか。最初、芝村は美弥子に、ヨットレースは途中で事故によって中止になった、それで、すぐ京都に飛んで君を探しに来たのだ、屋上で見つかってよかったよ、ぼくは東京に用事があるので、一緒に帰ろう、と云ったであろう。しかし、東京に戻ってからの芝村の行動は、無言のうちにおれは何でも知っているというふうに誇示したであろう。美弥子は戦慄(せんりつ)しているだけであった。

――ここまでは、神代と東の考えは一致していた。

15

だが、そこから先の推理は難航した。

「芝村が油壺に海鳥号で帰港したことは間違いないし、そのとき彼は卒倒しそうなくらい疲れていたと、ヨットハーバーの者はみんな云ってますからね」

東は両手で頭を支えていた。彼もヘリコプター説を出したものの、それに現実感がないことは自分でもよく分かっていた。

このとき神代は、芝村が述べた「海鳥号の故障は相模湾で起こった」という言葉の上にふいと立止まった。推理の空を迷いに迷った蝶が何気なく手がかりの花の一つに止ったようなものだった。

「君、さっきの仮説では、芝村がどういう方法でか分からないが、とにかく帰りコースの相模湾の洋上でワイルド・ジャイブを起こし、上田伍郎を殺したのではないかというところまで来ていたね？」

「そうなんです」

うつむいた東は、頭を抱えた。

「しかしね、それも少々おかしいところがあるよ」

「何がですか？」

顔をあげた東は神代の口もとを見つめた。

「つまりだな、もし仮りに、芝村が三宅島に上陸して羽田に飛んだのを永久に分からなくするために上田伍郎をワイルド・ジャイブに見せかけて殺したとすればだね、それは真鶴岬からずっと離れたもっと外洋のほうでやるはずじゃないかな」

「……」

「そのほうが海岸から遠いので安全なのだ。だが、実際に海鳥号がワイルド・ジャイブを起こしたのは相模湾に近いところ、東経百三十九度三十分の直線上よりもかなり西に逸れた百三十九度十一分あたりの海上だったと芝村は云っていた」

その通りです、というように東は神代の眼にうなずいた。

「真鶴岬の突端は百三十九度十分くらいだ。つまり、ヨットがワイルド・ジャイブを起こした海上の位置と非常に近い。芝村は、それを操舵の誤りでちょっと西に寄りすぎたと云ってるがね」

「……」

「しかし、ヨットクラブの連中に聞くと、芝村の腕は相当なものだと云っていたね。その男が帰航コースからもはずれ、ワイルド・ジャイブを起こすほど操舵にミスがあったとは信じられない。やはり、これは上田伍郎を殺すため、ほかのヨットが走ってこないコース外に海鳥号をおいたという疑いが強くなってくるよ」

「あなたの云う意味は分かりました。しかし真鶴岬では、十七日の朝、ヨットが接岸するところを見た者はありませんよ。ご承知のように、航行中の船を調べたが、これにも真鶴岬に近づいているヨットを見た、という者はいないのです」

「難儀なのはそこだな」

神代は眼を閉じた。

やはり問題は真鶴岬だと彼は思った。カメラ雑誌の見開きにあった「真鶴岬の朝」という一枚の写真。そこには一人の人物が海のほうに向かっている。また、焚木拾いの老婆の話でも、茶色の半袖の男が釣道具を持って崖下の径を歩いている。あの径を十七日の午前中に芝村が同じところを下りて行かなかったとはどうしていえよう。

二人は長い間沈黙した。それぞれが事件の復元にあらゆる方法を組立てていた。

遂に神代が云い出した。

「芝村は海鳥号を三宅島にも真鶴岬にも着岸させたのではなかったんだよ。それはわれわれが両方の海岸を見て分かってる。三宅島のほうは、人の少ない所は断崖絶壁で船は寄りつけないし、ヨットが入れそうな入江には漁村がある。われわれが見た熔岩の海岸だがな、あそこは人は少ないが、船は岸に着けない。また、一方の真鶴岬の南端は断崖絶壁だ。岩礁が多く、ヨットが入るような場所ではない。……これまでわれわれは、ヨットが三宅島の岸に着いて、そこから芝村が上陸したと思っていたが、そうじゃなかったんだな。芝村はヨットから海に飛び込んだんだ」

「飛び込んだ？」

「ヨットをある程度まで三宅島の岸近くにすすめ、多分、三、四十メートルの所まできたとき、芝村が海に飛び込んでどこかの岸に泳ぎ着いたのだろう。そこは、附近にほとんど人が居ないということ、空港からはそう遠くないということの条件が揃っている地点だ」

東が急いで三宅島の地図をひろげた。

「どのあたりですか？」

「いいかね、三宅島の空港が近くて人影がなく、ヨットが接岸できそうにない海岸といえば、サタドー岬の北側にある、あの気味の悪い熔岩流の赤場暁の荒い海岸じゃないかな」

「なるほど」

東は眼を据えて考えていたが、

「それでは、芝村は着ていたシャツやズボンをヨットの上に脱ぎ捨てて岸に泳いだのですか？」

「そりゃそうだろう。そのままの恰好では泳げまい。それに、芝村は油壺に帰ったとき、レースのヨットに乗って出発したときと同じ服装だったからね」

「しかし、芝村が京都のホテルに現われたときはちゃんと洋服を着ていたのでしょう。その支度はどこで着更えたのですか？」

「三宅島だろうね」

「三宅島？」

「東君。芝村は京都のホテルのみならず、その前、三宅島の空港から羽田まで飛行機に乗っているんだから、水着の恰好で座席にすわれるわけはないだろう？」

「つまり、京都に現われたときと同じ服装だというんですね」

「その通りだ」

「では、彼には共犯者がいるんですか。そいつが赤場暁の熔岩の上に泳ぎ着いた芝村を待ちうけ、水着を脱がせ、用意してきたシャツや背広を着せてやったのですか？」

「共犯者は一人もいない。それがこの事件のいちばん奇妙なところだ」

「どこまでも芝村の単独犯というんですね」

「そう思うよ」

「しかし、芝村に共犯者があったとすると、非常に都合がいいですね。われわれがずっと持ちつづけていた大きな疑問の一つが解消しますからね」

「芝村がどうして十六日の晩に、京都のあのホテルに妻が曾根晋吉と泊まるのを知っていたか、という謎だな？」

「そうです。それが芝村に分かっているから、前例のない壮大なアリバイを考えたのでしょう。もし、共犯者があって、美弥子と曾根の京都行の秘密な打合せをつかんでいて、それを事前に芝村に知らせたとすれば、謎はすぐに解けるんですがね」

「どうして共犯者が、美弥子と芝村の秘密な約束をつかむことが出来たかね？」

「………」

「たとえば共犯者が美弥子か曾根のあとを尾行して京都まで行き、あのホテルに入ったところを見て、東京の芝村に電話したとするか。だが、そのときはすでに芝村はヨットに乗って海に出ている。美弥子は油壺で、芝村のヨットを見送っているんだからね。彼女の京都行はそのあとだ」

「その通りです。たとえ、共犯者がいても、美弥子と曾根との密約は知り得ないし、もちろん、京都に尾行しての通報も不可能です」

東は大きくうなずいて答えた。

「東君、ぼくは芝村に共犯者は居なかったと断定するよ。彼の単独犯行だよ」

と、神代は短くなった煙草を口から捨てた。

「上田は共犯者とはいえない。ある意味で上田は、海鳥号が三宅島を半周して相模湾上のワイルド・ジャイブを起こした地点までの芝村の協力者だったのだ。この場合、上田は芝村の美弥子殺しの計画を知らなかったから、単に協力者とはいうほかはないね」

「芝村の協力者としての上田は、どんな役割をしたのですか？」

「まず彼は三宅島のどこかで……われわれの推定では赤場暁だが、その岸近くにヨットを接近させ、芝村が海に飛び込むのに協力する。あとは、上田ひとりが海鳥号の操舵を引受けて帰りコースの洋上を走って行ったのだろう」

「それから？」

「うむ。実は、それから先が頭の中でモヤモヤしているんだ。それは、東京から京都に飛んだ芝村がホテルで妻の美弥子を連れ出し、また東京に帰る。そして、帰りの洋上を走っている自分のヨットに舞い下りたという謎にも関連している」

「芝村は、どうして上田伍郎を協力者にするよう彼を説得したのでしょうか？　あなたの推定では、芝村は上田に妻殺しの計画を云ってないと云われましたね？」

「そんなことは彼も上田には打明けてない」

神代は急に緩慢な口調になって云った。

「じゃ、上田にはどう云いふくめたのでしょう？」

「飛行機で三宅島から東京に行くということぐらいは芝村は云っただろうな。しかし、京都を飛行機で往復するということまでは上田に打明けたかどうか分からない。しかし、そのあと芝村が外洋を油壺にむけて戻る航行中のヨットの上に戻ってくるということは約束した。理由はいくらでも云えるよ。ヨットハーバーの連中をおどろかしてやろうという云い方がいちばん無難だろう。もちろん、それもタダでは上田は云うことを聞かない。上田は薄給のサラリーマンだ。芝村は金を持っている。やはり金だろうね、上田が協力したのは……」

「まあ、そこまではいいとしましょう。芝村が三宅島に上陸して飛行機に乗るまでの協力は分かりますが、では、なぜ芝村は航行中のヨットの上に戻ることが出来たんでしょうか？」

「それだ」

神代はその質問を予期していたように自分の額を掌(てのひら)で二、三度叩いて首を二、三度振った。

「そこが頭の痛いところだ」

すると、今度は東が突然云い出した。

「神代さん。芝村は十六日の夜遅く妻の美弥子を連れて京都から東京に帰っていますね。むろん、本人は事実を否定していますが、それよりほかに考えようはありませんから」

「それは間違いない」

「十六日の晩に芝村が東京に居たとすれば、彼は美弥子を殺害して埋め、そのあとで真鶴岬に行くことが出来るんじゃないですか？」

「そうか」

神代が眼をあげた。

「そこで、芝村は人に分からないように林の中か草の上に寝て一夜を過ごしたのでしょう。あるいは、あの掛小屋の中に忍び込んで寝たかも分かりません。夏の夜だから風邪を引く心配はないわけです」

「なるほど、なるほど」

「それから、真鶴岬であの焚木拾いの老婆が云ったように、芝村は崖の上からじぐざぐの径を伝って下に下りる。大体の時刻が上田と打ち合わせてあるから、上田の乗ったヨットが近づいてきます。芝村は三宅島の場合とは逆に下の岩石を伝い海に飛び込み、はなれた所に停まっているヨットに泳ぎ着くのです。そして、芝村を拾い上げた上田は芝村といっしょにヨットを操り、沖合に出たのではないでしょうか」

「うむ、うむ。では、それから、今度は芝村がヨットを操舵し、上田を計画の場所に立たせ、操舵のミスに見せかけたワイルド・ジャイブを故意に起こす。メイン・セールのブームは急激に回転し、上田を殴り倒して海中に突き落とす……そういうことになるんだね」

神代が云った。

「あなたの推定を追えば、そういうことになります。しかし、三宅島の場合はヨットで着ていた服装からどうして洋服に着更えたのでしょう？　真鶴岬ではその洋服からまた前の姿に戻ってヨットの上にいなければならない。これはどういうふうにしたのでしょう？　しかも、真鶴岬の場合は芝村が脱いだという洋服の遺留品も発見されていませんよ。しかも洋服を着たときには靴が必要ですよ」

「ヨットに乗る連中は水泳もうまい。おそらく芝村も水泳の巧者だったのだろう。ぼくの推定だが、芝村は三宅島のとき船から海へ飛び込む際、背広や下着、ワイシャツ、ネクタイ、それに靴、靴下といったものをまるめてビニール袋に入れて密封し、それを頭の上にしばりつけて海岸まで泳いだのじゃないかな。だから、彼が泳いでいるときは水着でなく、パンツ一枚の裸だったに違いない」

「あ、そうか」

東が唸った。

「その恰好で三宅島の赤場暁あたりに上陸した彼は頭の荷物を下ろし、さっそく着込む。このとき、上田の操舵するヨットは海岸からずっと離れて沖合のコースに向かっているわけだ。洋服に着更えた芝村は、東京からきた観光客のような恰好になりすまして空港に歩いて行ったのだろう」

「上陸した所は人の居ない場所だとしても、空港まで行く途中、土地の人や通りがかりの人間に見られなかったんでしょうか？」

「そこまではまだ調べていない。なにしろ、われわれは三宅島の警察に頼んでヨットが着岸した目撃者ばかりを捜してもらっていたからね。したがって、ヨットが接岸しても分からない、人の居ない赤場暁がやはりいちばん考えられる。空港まではわずか二キロかそこらだな？」

「そうです。そんなものですね」

「これからもう一度三宅島の警察に頼んで、十六日の午後二時から三時半の間にあの辺の道を通っていた紳士を見なかったかと聞けば、あるいは目撃者が出てくるかもしれない。しかし、あんまり印象には残っていないかもしれないね。三宅島には東京方面から釣師などがたくさん乗っていたように、島の見物客も珍しくなかっただろうからね……」

話しているうちに神代の語調は妙にゆっくりしたものになった。なんだか間伸びしたような話し方になり、声も小さくなった。東が変に思って神代の顔を眺めた途端、

「そうだ。真鶴岬の茶色の半袖シャツをきた男だ」

と、神代は突然眼を大きく開いて云った。

「茶色の半袖シャツの男ですって？」

「焚木拾いの老婆が見た男だ。片手に釣道具を持ち、片手に紺の風呂敷包みを提げていたと云っている。日は十七日、時は朝の八時ごろ……」

「その理由は？」

「茶色の半袖シャツと紺の風呂敷包みだ。あの場合、芝村は着ていた洋服からその姿に着更えていたのだ。いいかね。彼は三宅島の海岸で船から海に飛び込むとき、洋服といっしょに茶色のシャツをビニールの袋に入れていたのだ。なにしろ、茶色の半袖シャツ一枚と登山帽子ぐらいなら洋服といっしょに包める。そのビニールの袋を頭にしばりつけて載せたのだろう」

「………」

「京都から羽田に戻った芝村は、君の云う通り、美弥子といっしょにタクシーに乗って曾根晋吉の家の近くまで行き、闇にまぎれて声も出ない美弥子を絞め殺す。そしてあの現場に埋める。その兇行後、用意した釣竿を持出し、道に出て別なタクシーを拾い、横浜あたりまで行き、ほかのタクシーに乗りかえて真鶴町まで行ったと思う。町でわざと降りて歩いて岬の突端に出る。タクシーを夜中にそんなところまで行かせるのは不自然だからね。深夜の町の中で降りたら、近くの家に帰って行くように運転手は考えるよ。その晩、芝村は、岬の林の中に一夜をあかす。あるいは、あの夏蜜柑を売っている小屋の中だったかもしれないな」

「そこで背広の上着とワイシャツをぬいで、茶色の半袖に着更えたというわけですね？」

「そう。それからネズミ色の登山帽もね。半袖シャツの茶色や登山帽子のネズミ色は、遠くからみると断崖の色にまぎれて、人目にはちょっとつきにくいよ。芝村はそこまで計算している。黒いズボンはそのままだ」

「なるほどね」

「それから、目撃の老婆は、その男が釣竿を持ち、片方に紺木綿の風呂敷包みをさげていたと云っていたね。あの風呂敷包みを老婆は弁当でも入っているように思いこんでいたが、実は、脱いだ背広をまるめて包んでいたんだな」

「あ、そうか」

「八時すぎに、打合せ通りに上田の操舵する海鳥号が三ッ石の沖からやってくる。芝村は、半袖シャツ、帽子、ズボンをぬいで紺木綿の風呂敷に包み、それをビニール袋に入れ厳重に密封して頭に載せ、パンツ一枚で海にとびこむ。そして、岸に近いヨットに泳ぎついたのだろう」

「釣竿は海に捨てたのですね？」

「そう。竿なんか波に流されてしまうからね。登山帽子もいっしょに海に捨てたかもしれない。……あの崖に向かう道を朝早く歩くのを途中で人に見られても怪しまれないように彼は釣りの支度をしていたのだろう」

「それから、芝村はヨットの上にあがって、船の中にぬいで置いた前の服装に着更え、沖の適当な所に出て、自分が船尾のほうに行って舵をとる。適当な所で何か用事を云いつけて、上田伍郎をちょうどメイン・セールのブームが当たる所に立たせ、都合よくワイルド・ジャイブが起こったようにして彼を殺したということですね」

「大体、そういう推定で間違いないと思う」

神代がいうと、東は大きな息を吐いた。

「全く、これは壮大なトリックですね。これまでだれも考えたことのない、空間と時間とに仕掛けられたアリバイですね」

「アリバイとしてはこういうのは初めてだね。今までだれも考えたことがあるまいな」

ここまではどうにか分かったが、あとは、どのようにしてその裏づけを取るかである。

三宅島でもヨットが岸に着いて人が上がったのを見た者はいないし、真鶴岬でも突端の崖下の海際から人が泳いでヨットにたどり着いたのを見た者はない。この二つの場所は目撃の死角になっていたのだ。もっとも、この可能性には大ぶん幸運が味方している。もし、両方の場所のどちらかに、そのとき一隻の漁船が通って、岸近くにいたヨットを目撃していたら、そのアリバイは破綻を招いたであろう。しかし、計画とは最も可能性のあるところを目ざしてつくられる。

さて、十六日の午後五時以降の大阪便で羽田から発った客の中にタナカヤスオが居なかったかどうかである。同様に、同日午後九時半以降の伊丹発の東京便に身元の分からない男女二人の客が居なかったかどうかである。

二つの航空会社に問い合わせたところ、タナカヤスオの名前はなかった。また、羽田発午後五時以降の大阪便の乗客のリストと、伊丹からその夜に東京に戻る乗客リストを出してもらい、捜査員たちがその一人々々を電話その他で調査したところ、そのうち六人が仮名で乗っていることが分かった。旅客機が安全性を増すと、事故を念頭におかない客が何らかの事情で、旅館やホテルの宿帳なみに、本当の名前を書かなくなったとみえる。

「妙なところで旅客機の信用が出ているね」

と、神代は苦笑したが、

「この六人の中に芝村と美弥子とがまぎれこんでいるんだがな」

と、拾い出した身元不確認の六人の人名をにらんだ。

十六日午後五時発の大阪行の全日空機の中に男女が一組と、その晩の伊丹発九時四十分の東京行日航に男女が一組いた。

年齢は、大阪行のほうが男が五十二歳、女が二十七歳とあり、夜の帰りは男が三十歳、女が二十六歳となっている。

「多分、帰りのほうは、この男と女とだな。住所は違っているが、おそらく芝村と美弥子だろう。搭乗申込みのときは芝村が空港のカウンターで書いたに違いない。また、午後五時発の大阪行は、残りの乗客の中に芝村が入っているのだ」

「その場合、芝村は右手の指に繃帯をしていて、池袋の交通公社に予約したときと同じように受付の女に書かせたでしょうから、指に繃帯をした客のことを聞いて、そいつを捜せばいいわけですね」

神代は東に同意し、全日空について調べた。

指に繃帯をして係員に搭乗申込書の代筆をさせた男がいたことが分かった。羽田の空港で十六日午後五時の大阪便が出る前だった。この便は客があまり混んでないので、いつでも席がとれる。

「どうもよくその人相をおぼえていませんが。たしかにサングラスをかけていた人だったと思います」

中肉中背で背広を着ていた人だったというのが、わずかにおぼえている係員の記憶であった。

次に、日航に頼んで伊丹空港の係に電話で聞いてもらったところ、同じような男が東京行の飛行機が出る前に来て、やはり指に怪我をしたから代筆してくれと係に云い、男の名前と女の名前を書かせたという。この両方の男名前はタナカヤスオではなく、それぞれ違っていた。女のほうも、もちろん、美弥子の名ではなかった。

「どういうふうにして芝村と、この指の繃帯の男とを一致させるかな?」

と神代も東も考えこんだ。もう一歩のところである。

係の者が人相をおぼえていないので、芝村の写真を見せても面通しをしても効果がない。いわば目撃者は一人も居ないと同様だった。

そこに前から調べていたタクシー関係の捜査結果が分かった。十六日の午後十時以後、美弥子の殺された現場近くまで芝村と美弥子らしい男女を運んだタクシーは見当たらないというのである。彼が大阪から羽田空港に戻れば、空港前にならんでいるタクシーを利用したに違いないから、当夜、そこで客待ちをしていたタクシーについて全部調べたが、記憶している運転手はいなかった。

さらに、芝村は美弥子を殺したあと、多分、上馬の自宅から釣竿を持出して真鶴岬にタクシーで走っているに違いないから、捜査本部ではその時刻に彼の家の近くから真鶴まで乗ったタクシーについて調べていた。だが、それも手がかりがない。真鶴はともかくとして、途中、彼が乗りつぎしたことも考えて管外のそれぞれに手配してみたのだが、名乗り出る運転手はなかった。客の顔に見おぼえはなくとも、釣竿を持っていれば運転手にその印象が残っているはずなのだ。

仮りに芝村が真鶴岬に向かう途中で釣竿を買おうとしても、深夜のことで店は閉まっているし、朝が早いので、やはりまだ戸が開いていない。事実、真鶴岬の釣道具屋に聞いてみたが無駄であった。

すると、芝村は自家用車で行ったのだろうか。だが、それだと羽田空港にその自家用車を置いていなければならないし、また真鶴岬に行ったとき、彼がヨットに乗りこむために乗り捨てた自家用車が附近で発見されていなければならなかった。その報告はないのである。共犯者が居ないのだから、彼を空港から目黒の殺人現場へ、さらにそこから真鶴岬へ乗せて行った第三者の車はないのである。

タクシーの捜索に期待をつないでいた二人は、ここでも失望した。

16

二人が考えあぐんだ結果、神代がふいと云った。

「芝村は十四日の日に池袋の交通公社に現われたとき、人差指と中指に繃帯をしていたね。自分の筆蹟を残さない用心に、係の者に搭乗申込書に代筆させるためだった。すると、彼は自分の家にある繃帯を使ったかもしれないが、それを薬屋から買ったというほうが可能性としては強い。自分の家のを使うと、どうしても妻の美弥子に云いつけてとり出させなければならないし、そうすれば、べつに指に怪我をしていないので理由が立たない。どうだろう、彼が繃帯を買った先を調べてみては？」

東がそれに飛びついた。

「それはいい考えですね。芝村は、その繃帯を自分で買っていますよ。そして自分で指に巻いていると思います。怪我をしてないのに巻くのですから他人には頼めませんね。……しかし、その十四日以前に芝村がどこで繃帯を買ったか、その薬屋を捜すのはひどく手間がかかりますよ」

東は、その点を考えて少しうんざりした。

「なに、そう手間はいらないよ。ぼくの考えでは、彼は手軽に近所の薬局から買ったに違いないからね。まさか、それがあとになって、われわれの捜査の対象になるとは考えてないだろうからな。安易な考えで、自宅に近い三軒茶屋（さんげんぢゃや）あたりで簡単に求めたと思うよ」

「そうですね。それは大いに考えられます」

と、東は急に元気づいた。

「いずれにしても近所の薬屋から当たるのが正攻法だ。無駄に終わるとしてもね」

「いや、見込みはありそうですよ」

と、東が昂奮して云った。

「ところで、神代さん」

と、東はその同じ調子の声で、

「例の釣竿ですが、もしかすると、あれだってあなたは芝村が上馬の自宅にあるのを、美弥子を目黒で殺したあと持出したと云っていましたね。その釣竿もあるいは彼の家からそれほど遠くない釣道具の店で買ったかも分かりませんよ。これは薬屋を捜すよりも釣道具を売る店のほうがはるかに少ないので楽です。彼の住んでいる上馬あたりを捜せば出てくると思います。一ついい考えが出ると、あとから妙案が出るものですね」

二人はすぐに繃帯と釣竿を求めに出た。

繃帯のほうは芝村の家から四、五町離れた三軒茶屋の小さな薬屋で事実を発見した。

「十四日の朝十時ごろだったと思います。芝村さんが店に見えて繃帯をくれとおっしゃったので、一包お渡ししました。そのとき、どこか怪我をなさいましたかと訊くと、いや、ちょっとと云って、そのままポケットに入れて出て行かれました」

薬剤師の着る白い上っ張り姿の薬屋の主婦は云った。

「いよいよ、これで芝村を追詰めましたね」

と、東が店を出てから歓びの声を出した。

「うむ。どうやら大詰めのようだな」

「最後は釣竿です」

それも二時間後には発見できた。芝村の家からは相当離れた渋谷駅に近い場所だったが、夜、釣竿一本買いにきた人が、刑事二人の話す芝村の人相に似ていると云った。

「釣竿だけで、餌は持っていかれませんでした。ほかに針も糸もありますが、それだけでいいのですかと云うと、ためしに使ってみるのだから、まあ、これ一本でいいでしょうと、その人は云いましたよ」

主人は魚拓の額をかかげた店で云った。

「さあ、とうとう土壇場に来ました。この二つで芝村を落とせますね」

東が声を弾ませて云った。

「いや、そうもいかないだろう」

と、神代は東を抑えるような声で云った。

「繃帯と釣竿の件だけではまだ弱いよ。それは確実な証拠とはいえないからね」

「しかし……」

「池袋のデパートにある交通公社でその切符を買ったのが指に繃帯をした男だといっても、それがあの薬屋で繃帯を買った芝村と同一人かどうかの立証はできない。交通公社の係は人相を知っていないのだからね。また、釣竿を芝村が買ったからといって、老婆が見た真鶴岬の男がそうだとは必ずしも云い切れない。つまり、事実の裏づけはわれわれの推測が大部分なんだ。事実と事実の一致ではない。事実と推定の組合せだ。だから、これだけで検事が起訴するかどうかは分からないよ。検事は、この程度の証拠では公判が維持出来ないというだろうな」

「では、どうすればいいんです？　これ以上彼を責めつける道具はありませんよ」

「そうなんだ、これで芝村の自白を引出すほかはない。立証としては弱いが、彼の心理を動揺させる強い証拠とはいえるだろう。まあ、とにかくやってみるが、むずかしい。まだわれわれに解けない大きな謎があることだ」

「芝村が、曾根と美弥子とが十六日の晩、京都のあのホテルに行くことになっていたことをどうして知ったかということですね」

「それがどうしても分からない。これは芝村だけが知っていることだ。本人の自白以外、われわれとしてはどうしようもない壁だよ」

「とにかく、芝村を一応訊問（じんもん）しましょう。その反応を見た上で、何とか方法があると思いますよ」

東がすぐ起って、芝村が経営している××金属に電話した。

「社長は箱根の別荘に行っています。まだ身体が十分に回復していないので、一昨日から一週間の予定で静養に参っています」

秘書課の者が答えた。

「そうですか。向うではどなたかとごいっしょですか？」

「いいえ。奥さんがああいうことになりましたので、社長一人です。食事をすぐ近くの夕月旅館というのから運んでもらっています」

「別荘は箱根のどこですか？」

「強羅（ごうら）なんですがね」

「電話番号を教えて下さい」

東は、それを書取って神代のもとに戻った。

「いま、何時だね？」

「五時十分前ですが」

「じゃ、夕食に間もないから芝村は別荘に居るかもしれない。一応かけてみるかな。その後身体の様子はいかがですかと、見舞いみたいに云ったら、それほど警戒されないですむだろう」

「そうですね」

東はメモの番号にダイヤルした。

神代がみていると、東は受話器を耳に当てたままでいつまでも声を出さなかった。

「どうした、留守かね？」

「はあ、信号は鳴ってるんですがね」

「家の者が居ないというから、本人が外に出ていたら、しようがないな。あと一時間ぐらいしてかけてみるかね」

「それよりも、食事を運ばせているという夕月旅館というのに電話してみたらどうでしょう。そこに飯を食いに行ってるかも分かりませんよ」

「それもそうだね」

東は、局に夕月旅館の番号を問い合わせて電話した。が、すぐに受話器を置いた。

「おかしいですね。旅館では昨日の夕方、芝村の別荘に夕食を届けたが、そのとき明日の朝からちょっと旅行に出るから、食事は当分いらないと云ったそうです。今は、その別荘は戸が閉っているそうですよ。神代さん。芝村は感づいて逃げたのじゃないでしょうか？」

東は眼を光らしていた。

「うむ」

神代はじっと机の上に眼を据えて考えていたが、何かに気づいたように起ち上がった。

「東君。これからすぐ強羅に行こう」

ひどく激しい調子の声だった。

「そうですね。とにかく、家の中を見たら、彼がどこに行ったか見当がつくかもしれません」

東は云ったが、それは神代の考えていることとは違っていた。

二人は小田急に乗った。車中で東は、

「もし芝村が逃走したとすれば、おそろしくカンのいいやつですね。だが、そんなことをすれば自分から墓穴を掘るようなものですね」

と云っていた。神代は深刻な顔で窓の外を見ていた。東には、それが犯人の逃亡を懸念している先輩刑事の表情としか映らなかった。

浴衣姿の旅館客が何人もそぞろ歩きをしている湯本から強羅にタクシーを飛ばした。宮ノ下の坂をぐるぐると走り上ったタクシーは夕月旅館前で停まった。

「芝村さんの別荘はどこですか？」

東が玄関の女中に訊いた。

「はい、すぐそこですが」

女中が表に出て右のほうを指した。旅館から少し離れたところに別荘らしい家が外燈の光の蔭に暗くならんでいた。

神代が手帳を出した。

「すみませんが、芝村さんの家を見せてもらう立会人になってほしいんですが」

女中の顔つきが変わった。

五十すぎぐらいの主人が不安顔で出てきた。

「すみません。警視庁の者ですが、芝村さんは今朝から旅行だそうですね？」

「はい。なんでもそんなことで。今朝から食事を届けるのは当分やめてほしいということでした」

「少し事情があって別荘の中を拝見したいんです。案内していただけますか？」

旅館の灯が切れると、門燈だけの別荘がならぶ寂しい道になった。黒い谷底には、宮ノ下から塔ノ沢あたりの旅館の灯が小さく輝いていた。

芝村の別荘はそれほど大きくなかった。二階のない、低い日本家屋だった。夕月旅館の主人の話だと、五、六年前、前に住んでいた人から芝村が譲りうけたということで、いかにも中企業の社長の家らしかった。

「鍵は預かってないですか？」

神代が主人に訊いた。

「いいえ。芝村さんが旅行においでになるときは、いつもわたしのほうでお預かりするんですが、今度はお忘れになったんでしょうね。お預かりしていません」

「では、なんとか雨戸をはずして入りましょう」

神代が眼配せすると、東が懐中電燈を照らして雨戸のこじ開けにかかった。旅館の主人は心配そうな顔でその作業を眺めていた。

五分もすると、その雨戸の一枚がはずれた。中の電燈はもちろん消えている。東、旅館の主人、神代の順で縁側に上がった。

「おや、蚊取線香の匂いがしますね？」

部屋の中のかすかな匂いをかいだ東が云った。

「おかしいですね、ここでは蚊取線香の必要はないのですが……」

主人が云った。

「君、これは蚊取線香の匂いじゃないよ。普通の線香だ」

神代は早口に云い、座敷の中の、長く、ほの白いものに懐中電燈の光を当てた。

光の輪に浮き出たのは、夏蒲団の中に枕を当てて行儀よく仰向きに寝ている男の顔だった。眼を閉じているが、口は開いていた。

「あ、芝村さん」

主人が大きな声を出した。

枕もとには、青磁の線香立てが置かれ、白い灰が溜まっていた。三人は微かな臭い(におい)に気がついた。

神代が蒲団の横に片膝を突いた。

「青酸カリだな」

彼は呟(つぶや)いた。声には後悔と落胆とがあった。

芝村の遺書に付けられた、彼の手記の一部。

「……ヨットは錆ヶ浜の沖を南下し、間鼻(まばな)を回り新鼻(にっぱな)にかかった。風はますます激しく、縮帆して走る。新鼻の磯では磯釣りをする人を見たが、そのほかは海が荒れているためか、南の海岸線には人影らしいものは見当たらなかった。島の南の坪田港を回るころになると風はおさまり、三メートルから四メートルの順風となった。上田伍郎に云いつけてヨットを少し岸に近づける。釜方という岩場のすぐ上が飛行場である。ここに泳ぎ着こうと思ってヨットを近づけてみると、この辺はテングサの干し場で、数人の女たちが見えたのでやめる。すぐ上の小高い所には飛行場の紅白の吹き流しが風に泳いでいるのが見えたが、ここには上陸できない。そのまま北上し、三池浜の海水浴場を左手に見ながらサタドー岬の燈台の下に出る。この岬を回ると島の風景は熔岩の累積によって一変した。暗褐色の熔岩の岩肌がむき出しに眼前に迫っているが、見渡す限り人ひとり居ない。ヨットを寄せるには大そう都合がいい。水深が急に深くなっているから、岸に飛び移れるほどヨットを近づけることができる。しかし、安全を期してやはり十メートル離れた所から泳いだ。船にそれまでの服装を脱ぎ、頭にビニールの袋をくりつけて。

熔岩の岸に上陸してしばらく行くと、熔岩の間に野天風呂があった。野天風呂といっても水溜りのようなもので、家一軒建っていないし、場所が場所だけに人も入っていなかった。ここで湯につかって身体の塩気も落とした。頭につけて泳いだビニールの袋に入ったワイシャツ、ネクタイ、背広、それに靴下や靴をとり出して支度する。飛行場の近くまで歩いて、ようやく人に遇ったが、東京から来ている観光客の一人だと思ったか、べつに怪しまれることはなかった。船から泳いで来たとは夢にも思っていない。自分は

洋服のポケットの中に入れておいた濃いサングラスをかけた。……（略）
……十六日夜十時二十分羽田着の飛行機で、美弥子を京都から連れて戻った。自家用車は空港前の無料駐車場に五日前から置いてある。この辺は七、八日間も置放しにしている自家用車が多いので誰にも怪しまれない。持主はここに車を置放しにして飛行機に乗ってどこかに出かける。美弥子を車の助手席に乗せ、目黒に向かって走る。美弥子は京都以来蒼い顔をして羊のようにおとなしかった。曾根とのことをおれが気づいているかどうか、絶えず窺うような眼つきをしている。彼女は、京都のホテルの電話番号を書いた手帳を自分に盗み見されたとは全く気づいていなかった。ホテルの名は無かったが、京都の電話番号だけで自分には見当がついたのだ。自分は、彼女が以前に大文字を見たいと云っていたことを思い出し、十六日の夜、自分がヨットレースに参加中、曾根といっしょに京都に行くらしいと察した。この推察は当たった。
……曾根晋吉の犯行に見せかけるため、自分は美弥子の死体を雑木林に埋め、道路に置いた車に乗る。紺の風呂敷に包んだ茶色の半袖シャツ、ネズミ色の登山帽と、用意してあった釣竿が車に入っている。出発したのが午前一時ごろだった。
深夜なので、東海道は車が少なく、小田原、湯本経由で、東京から強羅の別荘まで三時間しかかからなかった。別荘近くの空地に車を置いた。夏は、箱根に遊びに来たマイカー族連中がここに三日も四日も車を放置して、誰も怪しまないのを知っていたからだ。自分の車は、二、三日後、社員に云いつけて上馬の自宅に運転して帰らせた。茶色の半袖シャツに着かえ、登山帽をかぶり、紺の風呂敷包みには上衣とビニール袋を入れ、釣竿をもって、宮ノ下まで歩いた。朝五時半ごろになると、附近の旅館の板前がオート三輪で真鶴の魚市場に買出しに行くのを、自分は前から知っていたので、道路に立ち、その一台に便乗をたのんだ。このへんの旅館の板前は、もちろん自分が何者であるかを知らない。どこかの別荘の者だと思って、釣り支度の自分を快く便乗させてくれた。こうした旅館のオート三輪や小型トラックは、この時間、何台も通るので、便乗は計算に入れていた。タクシーだと、あとで足がつくおそれがある。

真鶴町の魚市場前に着いたのが六時半ごろ、それより釣竿と風呂敷包みを持って岬のほうに歩く。太陽はすでに上っている。途中で人に見られても、この釣り姿では怪しまれない。

夏蜜柑を売る小屋のあたりに来たのが七時二十分ごろだった。上田の乗っている海鳥号が打ち合わせた場所に入ってくるまで一時間以上あるので、木立の中に憩む。昨日は一睡もしていないので、寝込まないように要心したが、昂奮のせいでその必要はなかった。このぶんだと、ヨットに上がって計画を遂行し、ハーバーに戻ったころは疲労が甚しくなっていると思う。

八時ごろに身を起こして木立から出た。崖の径を下りる前に、うしろで人の足音がしたが、振り返らなかった。近くの人だろうが顔を見られるのはまずい。わざと肩の釣竿を動かして、そのまま径を海のほうに下りた。

海際の岩かげに身をひそめて四十分くらい待ったころ、三ッ石の岩礁列石の向うの水平線から、海鳥号の帆（セール）が現われて儀式のようにこっちに進んできた。……」

証言の森

一

その犯罪の発覚は、被害者の夫青座村次（当三十一歳）が附近の巡査派出所に昭和十三年五月二十日午後六時半ごろ出頭して、勤め先の神田区神田××番地東邦綿糸株式会社より帰宅したところ、妻和枝（当二十七歳）が何者かに絞殺されている、と届出たことからはじまった。

派出所の巡査はすぐこのことを本庁に電話で報告すると同時に届人の青座村次の案内で同家に行った。そこは中野区N町××番地、N駅より西南一キロで、青座宅は二十五、六戸ばかりの住宅街の一軒であった。すでに同家の門前には、妻和枝の実父石田重太郎と実母石田千鶴が村次の報らせを受けて到着していた。青座村次は帰宅して妻和枝の死体を発見し、妻の両親に電話で報らせたあと、巡査派出所に届出たものである。

所轄署より臨場した警部補大宮一民作成の検証調書によると、その模様がつぎのように記載されている。

現場は中央線N駅より向って左側のN町××番地で、田岡牛乳店と長谷川次郎宅の間にある幅員二メートルの路地を約六十メートルぐらい入り、同所よりさらに約十六メートルぐらい入った木造平家一戸建てであって、入口には高さ六尺ぐらいの潜り戸がある。その潜り戸に沿って同じ高さの塀が囲われている。附近一帯は中産階級の住宅がならんでいるが、現場宅の近所は住宅が密集し、青座宅の両隣は幅一メートルくらいの路地で仕切られているのみである。

玄関にはガラス入りの格子戸があり、玄関土間は間口一間、奥行半間くらいのコンクリートのたたきとなっている。玄関を入った所が三畳、次が六畳、次が八畳の間である。(別紙略図略)。屋内の戸締関係を見ると、勝手および奥八畳の間東側のガラス戸にはいずれも内部から施錠がしてあるが、八畳の間と六畳の間の南面は単に障子だけを閉め、雨戸は開放してあった。検証の際、玄関の向って左隅の板張の上に竹の皮包みの味噌百匁(四百グラム弱)が置いてあった。

六畳左側(玄関三畳の間より向って)にタンス二棹があり、中央に食卓が置かれ、その上には五月二十一日付の夕刊(当時は翌日付夕刊を前日夕方配達した)が一面を上にして置いてあった。さらに食卓の下には四枚のチリ紙があり、うち三枚は新しいままに皺がなく、他の一枚はものを拭いたような皺があり、また食卓の右方には無造作に解き捨てた帯と白足袋一足とが脱ぎ捨ててあった。

模様を見るに、被害者和枝は伊達巻姿で八畳の間左隅の机に接近して仰向けとなって倒れ、顔面はやや右側に傾き、両手は左右に伸ばし、両足も開いて大の字形になり、左右膝下を露出していた。被害者の頭部右側のところに女物単衣銘仙の着物がまるめて置いてあったが、この着物は被害者和枝の上半身を蔽っていたのを被害者の実父重太郎が取除いたものであるという。被害者和枝の頸部は木綿製無地手拭いをもって一重結び（左結び）で絞殺してあった。

被害者の和枝は両眼を開き、口もわずかに開き、舌の先を門歯で食い縛り、両眼瞼には多数の溢血があった。胸部の周囲にはわずかに指の爪で掻いたような痕があるが、その他外傷は認められず、格闘の形跡はない。

被害者和枝の足の下には木綿の浴衣が挿み入れてあり、さらに婦人用木綿前掛一枚が、被害者の足先から約一メートル離れた所に無造作に放置してある。

八畳の間も、六畳の間も、タンス、洋服ダンスなどの調度は秩序整然としていて金品を物色した形跡はない。

被害者の宅は、検証の際、勝手と八畳の間東窓などはいずれも内側から施錠してあり、他はトタン塀にとり囲まれているので、犯人は表入口から侵入し、犯行後侵入口より逃走したものと認められた。

被害者和枝の夫青座村次について取調べたところ、被害者が常に帯の間に入れて持っていた小銭入りの布製の紙入れが一個紛失している。村次の申立によると、二、三円ぐらい在中していたものという。また、被害者が持っていた婦人用丸型銀側腕時計一個と、真珠入り十八金ネクタイピン一本が盗まれているという。

大宮警部補はこの殺人強盗事件について直ちに捜査を開始したが、まず、被害者の夫青座村次を所轄署に招致して証人訊問をしている。

青座村次はA大学を出て八年間、神田の東邦綿糸株式会社の販売課に勤めている。彼の供述は次のようなことであった。

「私は昨日（五月二十日）午前八時三十分ごろ家を出て神田の会社に出勤し、得意先回りをして午後三時半ごろ社に帰りました。昨日は土曜日でしたが、土曜はたいてい四時ごろに仕事を終え、同僚と一緒に一杯飲みに行ったり、麻雀をしたり、玉突きをしたりして午後七時ごろに帰宅するのが常でしたが、昨日は六時ごろから近くの映画館に行く約束を妻としていたので、四時すぎに会社を出て、神田駅から中央線に乗ってN駅には五時ごろに到着しました。そして帰宅したのが五時二十分ごろだったと思います。

玄関の格子戸を開けましたが、いつも出迎える妻が出迎えないので座敷に上って六畳の茶の間を見ても姿が見えませんので、ふしぎに思って奥の八畳の間に入りますと、左側の本箱と机のほうを頭にして和枝が仰向けに倒れていました。私は和枝の傍に寄り、『和枝、和枝』と呼びながら胴体を手で動かしました。私の左手が和枝の右手にふれますと冷たかったのでびっくりして、どこにもふれずに、門に鍵をかけ、すぐに近くの宮沢病院へ駈けつけたのであります。それはまだ和枝が死んでいるとは思わなかったからですが、直感的には和枝は強盗にやられたのではないかと思いました。

私は宮沢病院に駈けつけ、妻が冷たくなっているのですぐに来て下さい、と云うと、受付の人は、ただ今、先生は手術をしておられるがもうすぐに終ります、と云ったので、私は手術の終るのを待つあいだに病院の電話を借り、和枝の両親の石田重太郎夫婦の家に電話をかけ、すぐに来て下さいと云ったのであります。その電話に最初出たのは和枝の妹でした。

そして一旦自宅に戻りましたが、妻が強盗にやられているなら、警察に届けなければいけないと思い、交番に行きました。交番の巡査がすぐに私と一緒に駆けつけてくれましたが、家の前に戻ると、電話で報らせておいた妻の両親が門の前に立っていました。私は門の鍵をはずし、義父石田重太郎夫婦と巡査四人で家の中に入りました。重太郎は真先に和枝の顔や頸のほうにかけてある和枝の着物を取除き、『やあ、頸を絞められている』と叫びました。そこへ宮沢病院の医者が参りましたが、医者は和枝の脈を診て『もう助からない』と云いました。そこへ刑事さんが多勢駆けつけたのであります」

玄関の横に味噌百匁が竹の皮包みのまま置いてあるのは、実地検証の際に警察官が注目したところだ。そこで、これを配達した表通りの荒井酒店方の雇人山村政雄（当二十四歳）が証人として訊問された。

「青座さん方は、最初奥さんが現金で買いに来ていましたが、昨年三月ごろから通帳になりましたので、私が青座さん方に御用聞きに行くようになりました。今日五月二十日は青座さん方には午後二時五分ごろに参りましたが、そのときには裏に回って台所に行きますと、奥さんが流し場で何か洗っていたようでありました。私はこのとき味噌百匁の注文を受けたので、午後三時三十分ごろ、それを持って青座さん方の台所に行き、今日は、と声をかけましたが、返事がないのでガラス戸を開けようとしましたら開きませんでした。

このとき、私はかねて青座さんの奥さんから、台所の戸が閉めてあるときは表玄関に回るように云われていたことを思い出しましたので、私が表に回ってみますと、門は閉めてありましたが鍵がかかっておりませんでしたので、その潜り戸を開け、さらに玄関のガラス戸も鍵がかかっておりませんでしたから玄関に入りました。

すると、玄関の障子は左から右に開けてあって、ここでまた私が、今日は、と声をかけてもやっぱり返事がありませんでしたので、ちょっと家の中をのぞいて見ますと、玄関の三畳から次の間に通ずる襖(ふすま)が向って左は開き、右側は閉っていて、誰も内に居る様子がありませんので、私は青座さんはどこかへ行って留守だと思い、持って行った味噌は玄関の上り口の左側の隅に置いて、玄関の格子戸および門の戸を元通り閉めて家に帰りました。そのほか別に変ったことがあったとは一向に気がつきませんでした」

二十一日付の夕刊が食卓の上に載っていたことは、検証の際に認められた通りである。

警察官は、その新聞を配達した古荘新聞販売店配達人秋野三郎(当二十二歳)について事情を聴取している。

「私は五月二十日午後四時十分ごろ店を出て、いつもの通り夕刊の配達をいたしました。

青座さん宅に配達をしたのは午後四時四十分ごろと思っております。そのとき青座さん方は入口の木戸も、表玄関のガラス戸も、玄関と座敷の間の障子も開けてありまして、座敷には人の様子が見えませんでした。

私は開放してある潜り戸から入って、木戸と玄関ガラス戸の間のところに立って、開放してある座敷に向って新聞を抛りこんだのであります。そして、その先の石川さん宅へ配達して、全部を終ったのが午後六時十分ごろであります。帰り途に山川材木店側のドラ焼屋に寄りまして、ドラ焼十銭を食べて店へ帰ったのであります。すると、約一時間くらいしてから刑事さんが来たのであります。

私は青座さん宅に新聞を配達いたしますときは、朝も晩も表入口の木戸は閉めてありますので、木戸の左側の郵便受の間に突っ込んで参りますが、しかし、木戸に錠が掛けてあるかどうかは引張ってみたことがありませんので分りませんでした。また青座さんの主人は一度も見たことがなく、奥さんは二、三度見かけましたが、格別ものは云いませんでした。また青座さん宅に二十日の夕刊を配達したときに青座さん宅の附近で誰かと出遇わなかったかとのおたずねですが、私はそのとき急いで配達しておりましたので、べつに遇ったようなおぼえはありませんでした。青座さんの奥さんは、いつもキチンとした身なりをしていて、一度も伊達巻姿などを見たことはありません。奥さんは気位の高いひとといった感じでありました」

二

青座村次が盗難に遭ったと称している妻和枝の紙入れ、時計と、村次のネクタイピンとは警察の第二回の現場捜索で発見された。発見者は所轄署勤務の刑事沢橋豊三であった。その捜索報告書はこう語っている。

「命によって五月二十日管内に発生した殺人事件に関し、当日被害者宅で紛失した被害品につき、被害者の夫青座村次立会いのもとに臨場した地方裁判所検事局木田検事以下多数の者が捜索した際発見不能であったところ、翌二十一日の午前九時ごろ再度捜索の結果、同家の勝手茶ダンスの裏の壁に張りつけてあった紙を破った箇所に被害品の布製紙入れと銀側腕時計と封筒入りのネクタイピンが隠匿してあるのが発見された。右の紙入れには二円三十五銭が在中し、盗難に遇った模様はなく、銀側丸型腕時計と共に、証拠品として押収した」

ここにおいて青座村次は妻殺しの容疑者として警察官から厳重に追及された。警察は最初から犯人を青座村次であると考えていたようだ。

彼は否認した。

「私が勤め先から帰って和枝が冷たくなっているのを知り、大変なことになっていると直感しながら、和枝の顔に被せてあった着物を剝いでどういうふうになっているかもたしかめてみないでお医者さんに駈けつけた点についてご不審のようですが、そのとき私は、これは大変なことになったと思いましたが、まだ死んでいないと思い、とにかく医者を呼ばなければならぬと考えたので、どういうふうになっているかたしかめる暇はなかったのです。

それでは、医者がくるまで家に帰り、なぜ、和枝に対して救急の処置をとらなかったかとの疑問に対しては、まったく私の落度であったと申し上げるほかはありません。和枝の父が私宅に駈けつけてきて私といっしょに家の中に入ったときは、まだ和枝の体温があったので、和枝の父が臨場中の警官に向ってしきりに、『頸を絞めたタオルを解いて人工呼吸をさせて下さい』と申し出た際、和枝の夫たる私が何も云わずにそれを傍から見ていたのは不人情と思われるかもしれませんが、医者が来てもう駄目だと申しましたので、私は医者が駄目だというのでは、そんなことをしても無駄だろうと思ったからで、それで何も申さなかったのであります。

それから、私が最初盗難に遭ったように云ったものが、その後家の中から発見され、紙入れと時計とネクタイピンは茶ダンスの裏の壁の中に隠されてあったのが警察官によって見つけられました。実際、私もそんな所から紙入れや時計やネクタイピンが出て来たのがふしぎでなりません。そういうものが家の中に隠してあったとすれば、犯人はどんな範囲の者と思うかというおたずねですが、もし、そうだとすれば、犯人は時計などを隠したりする余裕のある私宅の内部の者か、私の周囲の者と思われますが、私は犯人ではありません。それから、妻は家に居るとき、いつも伊達巻姿かとのおたずねですが、妻はおしゃれのほうで、常にきちんとした支度でおりました。倒れている妻が、だらしない伊達巻姿だったので、よけいに他人の暴行をうけたと思ったのであります」

ところが、この供述は警官の追及によって覆り、青座村次はその翌日に妻殺しを自供した。

「今日まで私は妻を殺した犯人はほかにあるように申し上げておりましたが、何もかもよくお調べが済んでおるようでありますから、本日は偽りのないところを申し上げることにいたします。実は和枝を殺したのは私でありますから、ただ今からその事実を申し上げます。

私は五月二十日の朝八時少し前に起きて洗面を済まし、六畳の茶の間で和枝と差向いで朝飯を食っているとき、『今日は土曜日だから、久しぶりに近くの映画館にでも行こうか。夕食は、その行く途中でもよし、映画が済んでから帰りでもよい』と云いましたところ、和枝はあまり気乗りのしない風でした。そして『その映画館にはどういう映画がかかっているの』と訊きますので、それは日本映画で、こういうのだと云いますと、妻は明らかに不機嫌な顔になって、『そんな映画は低級だから見たくない。あなたひとりで見ていらっしゃい』と答えました。

大体、私は和枝と結婚のときから性格が違うというか、趣味も違い、どうもうまく行っていませんでした。妻は割合と高尚な趣味で、映画は外国映画しか見ないし、音楽会には行きたがるし、かねてから私に対しては、趣味が悪いとか、教養が低いとか云って軽蔑しておりました。私は先妻の村岡妙子とは三年間いっしょに暮しましたが、妙子は和枝とは正反対の性格で、世帯のほうはキチンとやる代り、何の趣味もないつまらない女でした。それで、私は或る人の世話で和枝をもらったのですが、その和枝が教育のある女だということから、妙子の場合の反動としてもらったのであります。けれども、和枝は冷たい女で、絶えず私を見下し、愛情というものはありませんでした。むしろ私のほうが彼女の機嫌を取っていたような具合です。和枝は世帯の点でもルーズで、金遣いも荒く、台所の仕事や洗濯掃除なども投げやりなほうですが、私はそれも我慢していました。私はどちらかというときれい好きですが、なるべく彼女のやり方には眼をつむっていたのです。

五月二十日の朝も私は、私が見たい映画を彼女があたまから小ばかにして同行を承知しないだろうと思っていたので、外で一緒に食事をすることを云い出したのです。ところが、和枝のほうは、同じ映画を見るなら日比谷あたりに行って外国映画を見たいほうだし、また食事も立派なレストランに行って贅沢な食事をしたいほうなのです。和枝は私の給料のことなどはあまり考えない女で、いわば、そういう夢を追っている女でした。けれども、二十日の朝は私も何とか頼んで、ようやく六時ごろから近くの映画館に行く約束を承知させたのであります。しかし、私は朝からの和枝の態度が非常に不快でありました。

私は五時二十分ごろ家に帰りましたところ、和枝は玄関に出迎えもせず、上にあがってみると、六畳の茶の間に帯と足袋とを脱ぎっぱなしにして、伊達巻姿のだらしない恰好で坐っていました。和枝は私の顔を見ても挨拶をせず、プイと無言のまま八畳の間に起(た)って行きましたので、私は『さあ、今から映画に行くから、すぐに支度をしなさい』と云ったところ、和枝は八畳の間の食卓の前へぺたりと坐って、『気分が悪いから今日は行きたくない。そんなに見たいなら、あなたひとりで行ってらっしゃい』と、強張(こわば)った表情で突慳貪(つっけんどん)に云いました。私は裏切られたような気がして、朝からの不快な感情が爆発し、『何を云うのだ、せっかく朝の約束を実行しようと思って早く帰って来たのに』と怒鳴り、思わず彼女の頬を殴りつけました。すると、和枝は怖ろしい顔で私をふり向き、『何をするのです。親からも手を当てられたことのない私を、よくも打ったわね』と云いながら、外出着の着物のかかっている衣桁(いこう)のほうに向って歩いて行きました。

私はそれを見て、てっきり和枝が着物を着更えて、実家に走り帰るものと思い、足早にその前に回り、右手で和枝の胸のあたりを突きますと、和枝はよろよろとして、本箱のほうを頭にして両足を左右に少しひろげたまま仰向けに倒れました。私は和枝の上に馬乗りになって、夢中で和枝の頸を両手できつく絞めますと、和枝は少しも抵抗せず、そのまま手足をぴくぴくさせてぐったりとなって死んでしまいました。そのとき私はやっと自分にかえりましたが、急に自分で自分のやったことが怖ろしくなりましたので、悪いことではありますが、私の留守の間に外から強盗でも入って来て和枝を絞め殺したように見せかけようと考えて、早速、台所から私のタオル、雑巾、手拭いなどを持って来ました。

そして右膝は畳に、左膝を和枝の腹に当てて跨がり、木綿製手拭いを一重に和枝の頸に巻きつけて絞めました。そしてそこにぬぎ捨ててあった和枝のふだん着を彼女の顔にかけましたが、それは和枝の顔を見るのが怖ろしかったからであります。

それから、和枝が暴行されたように見せかけるため、そのとき茶の間に置いてあった和枝の浴衣をとり出して、和枝の股の下に置きました。なお、八畳の間のタンスの中からちり紙を七、八枚とり出して、それをいかにも暴行したときに使用した残りのように装って、食卓の下に置きました。それから、強盗のように思わせるため、まず和枝のタンスの二段目の抽出しに入っていた紙入れを取出し、さらに彼女の手首に巻いていた腕時計をはずし、またタンスの中にある私のネクタイピンを取って、それを刑事さんが発見された場所の壁紙の中に押しこんで隠していたのであります」

三

しかし、被疑者青座村次はその翌日の真夜中に係官のきびしい取調べに遭って、次のように供述の一部を変更した。

「先に申しました和枝を殺した事実について間違っていた点や、申し上げ足りなかった点がありますから、本日は、その点について申し上げます。私が五月二十日午後五時二十分ごろ家に帰ったこと、そして、その日の朝出勤の際にした映画館に行く約束を和枝が一方的に取消したため、私がかっとなって彼女の前に回り、腹立ちまぎれにその胸の真ん中あたりを右手の拳骨で力まかせに突き、彼女がよろよろ倒れたところまでは真実であります。

そのとき和枝は両足をややひろげたまま倒れましたので、着物の前がひろがって股のところが現われました。その乱れた姿を見た私は、急に変な気持になって劣情が起りましたので、いきなり和枝の上に乗りかかって、右手で洋服のボタンをはずし、性行為を遂げました。和枝は私のするがままにまかせておりましたが、その間少しも反抗せずに、いつの間にか身体がぐったりとなってしまいました。それで、私は初めて和枝が死んでしまっている様子に気づいたのであります。まったく和枝を殺す気なんかなかった私は今さらびっくりして、これは大変なことになってしまったが、このままにしては自分が殺人犯人になると思いましたから、先に申し上げたように、外から強盗が入って和枝を暴行したうえ絞め殺して金品を盗って行ったようにしようと考えつきまして、この前申し上げましたような擬装の工作をしたのであります。

和枝がぐったりとなって死んだようになったとき、『まだ実際に死んでいるかどうか分らぬのに何とか手当てをして蘇生させるようにつとめもせず、死んだものときめて手拭いで和枝の頸を絞めたのは、最初から殺意がなかった者の行為としては変ではないか』との仰せでありますが、実は私が拳固で強く胸を突いたとき和枝は変な唸り声を出しましたから、このときすでに駄目になったと思いましたが、そのとき和枝が股をひろげて仰向けに倒れましたので、つい、ふらふらと劣情が起って、手当てをするよりも性行為をしたくなってしまったのであります。

その後、ぐったりとなってしまった和枝の姿を見たときは、とても生き返るものとは思いませんでしたから、そんな無駄な手当てをするよりも、いっそのこと、こんな怖ろしい場所は一刻も早く立去ろうと思いました。そうするには、前に申し上げたように外部から強盗が入ったようにせねばならぬので、今までに申し上げたようなことをしたのです。だから手当てはしなかったので、この点を訂正いたします。

こういうふうになったことについてよく考えてみますと、和枝は平生から気位の高い女で、私と同棲してからも朗らかに打解けて話をするようなことがなく、また私に対して絶えず優越意識をもち、小ばかにしていたので、私は妻に対していつも下手に出ながら、内心は憤懣を抑えていたのであります。こうしたことが自然に積り積って、遂にこんな結果になってしまったのではないかと思います」

その翌日、第四回の取調べでは被疑者青座村次はまたまた供述を変更し、今度は、犯行自体を全面的に否定した。その供述は次の通りである。

「私が和枝を殺したというのは全然嘘であります。それでは、なぜ、私が和枝を殺しもしないのに殺したと偽りのことを今まで申し上げたかと申しますと、当日の私の行動に、たとえば、和枝が大変な状態になっているのを知りながら手当てもせず、すぐ病院に駈けつけ、また病院から戻ると交番に届出たりして他人から見ればおかしく思われるようなことがあったり、和枝が殺された現場や物のなくなった状況などを見ますと、私が考えても外部から入った者のしわざでないように思われるところがあったりして、お調べなさる方々が私が殺したという証拠がいろいろあるような口吻を洩らされましたので、これではどうも私も無事に逃れることは出来ないと思いましたから、いっそのこと私が殺したと申し上げて、一刻も早くそれ相当の処分を受けようという気になりましたので、和枝が殺されていた現場を見て知っている範囲に私の想像を加えてつくり話をいたしたものであります。けれども、実際は私がやったのではありませぬから、ここで訂正をいたします。従って、盗まれた和枝の腕時計、紙入れ、私のネクタイピンなどが刑事さんの発見された壁紙の中にどうして押しこまれていたかということなどは、私には何と云われても理解出来ないのであります」

そこで警察では被疑者青座村次に平生の行動を聞いた。N署の司法主任警部野中宗一作成の第九回聴取書では次のようになっている。

「私の趣味としては、麻雀、将棋、玉突き、読書などでありますが、将棋、玉突き、麻雀はいずれも大したことはなく、読書も系統立ったものは読まず、主に娯楽雑誌などを手当り次第読む程度であります。性的方面は、身体が弱いせいか頗る（すこぶ）弱いほうでありま す。大体、今日まで私が関係した女は、最初は先妻村岡妙子でありまして、その後妙子と別れました年から新宿辺の売春婦と一度、また、それからしばらくして洲崎の遊廓の女と一度関係しましたので、結局、私が性的交渉をもったのは和枝を入れて四人きりであります。私はその方面では弱いので和枝に対しても満足を与えることが出来なかったことと思っておりますが、和枝もどちらかといえばその方面に淡泊であったと思います。和枝に対して私が『頸を絞めながら関係すればとても気持がよいそうだ』というようなことを話したことがあるそうだが、との仰せでありますが、私は和枝に対してそんな話をしたおぼえはありません。会社の食堂で食事をするとき、同僚とそんなばか話が出ることはありますが、それをそのまま和枝に話したことはありません。

私たち夫婦はいつも八畳の間に床を別にして寝ておりまして、関係をするときはいつも私が和枝を私の寝床に呼び寄せてやるのですから、和枝と一緒になってこの方、私が呼ぶときのほか、和枝のほうから進んで私の寝床にやってくるようなことは一回もありませんでした。左様なわけで、先にも申しました通り、私は性関係については自分ながら弱いことを痛感しているくらいで、和枝との性交はことさらにお話をするようなことはありません」

しかし、被疑者青座村次は第十一回の取調べで、またもその犯行否認の供述を翻(ひるがえ)し、和枝を殺したのは実際には自分であると自供した。その内容は前回の聴取書の内容と大同小異であるから略する。ただ、第十三回の取調べでは彼は次のように注目すべき陳述をした。それは第一回の取調べがあってより二十九日目であった。

「私は昨日もこれが最後のお調べで、決して他の人に迷惑をかけるようなことはないから、すべてを話したらどうかと係の方がやさしく申されたので、私の申し上げようですべてが円満に解決するなら、そのようにして早く刑を受けよう、刑を云い渡されるときが私にとっては真の明朗なときだと思いましたので、いろいろ細かい点について間違いを申し上げたことを深くお詫び申し上げます」

一方、警察では関係者たちを証人として訊問しているが、被害者和枝の実父石田重太郎（日東製鉄品川工場電機係監督員当五十二歳）の陳述はこうなっている。

「おたずねのことについて申し上げます。和枝が殺されてから妻から聞いたことでありますが、和枝は昨年十一月ごろ実家に帰ったとき妻に向って、『村次の性格はたいへん吝嗇（りんしょく）で、こせこせしている。また教養も低く、私はああいう男は好きでない。家庭も非常に冷たい』ということを話して、末の見込みがないから別れたい、というようなことを申していたそうです。それで、妻は末の妹娘が嫁入りすれば引取るから心配することはないと云うと、和枝は泣いて喜んだそうです。また姉娘は比較的相当な暮しをしているので、和枝は姉の話を聞くたびに、『姉さんはそんな生活をしているのに、私はあんな男と一緒に暮して悲観してしまうわ』と云ったということを聞いています。また私も村次は陰気な性格で、かつ人情味に欠けている人物のように見ておりました。和枝が殺されたあと、警察の方が家宅捜索をされ、盗まれたという和枝の腕時計、財布、村次のネクタイピンなどが家の中から出て来たとき、私は村次が怪しいと直感しました」

重太郎の妻、つまり和枝の母親の供述も、大体、重太郎の陳述内容と同じであるから略すとして、和枝の姉山根秀子（当三十歳）もこう供述した。

「おたずねのことについて申し上げます。私は石田重太郎の長女でありまして、芝区二本榎××番地山根一郎のもとに嫁入りしております。妹の和枝は私や母に向って、青座さんは金銭の点に細かく、こせこせとして少しも男として落ちつきがない。また女のように家の片づけものや掃除などに口を出してうるさい。その上、趣味が低級で、とても一緒に長く暮してゆけないような気がすると申していましたので、私は妹に向ってときどき、そんな所に我慢しておらないで、早く出て来たらいいじゃないのと云ったこともあります。また母も、そう心配する必要もないから、末の見込みがないならいつでも帰っておいでといろいろ妹を慰めていました。私も青座さんが好きでなく、そういう男と見合結婚した妹が可哀想でありました。今度妹を殺した犯人も青座さんに違いないと思っております」

次は青座村次宅のすぐ隣に住む石川とも子（当六十七歳）の供述だが、この家は青座宅との間は僅かに幅一メートルの路地で仕切られていた。

「本年五月二十一日の新聞に出ていた隣の殺人事件の記事を見ておりました伜が、私に向い、すぐ隣のことだから何か青座さんのところで変った様子はなかったかと申しますので、べつに変った音や声などは聞かなかったと申しました。日ごろからこの辺は近所づきあいが少なく、私も隣のご主人である青座さんとは顔を合せると短い挨拶をすることがありますが、奥さんは少しく威張っている方で、言葉を交さないだけでなく、朝初めて顔を合せてもろくに頭も下げない人です。すぐ隣で殺人事件が起り、相当バタバタしているはずだから、その声や音を聞かぬはずはないではないかとの仰せですが、家の中におりますと、隣の話声や物音は全く聞えません」

つづいて反対側の隣家および青座方のうしろに住む人たちの供述があるが、いずれも石川とも子の供述内容と同じく、犯行の時間に物音を聞いていない。従って、この近所は、東京の住宅街によくある、近所づきあいのない、各戸が閉鎖的な環境をもつ生活状態と思われる。

四

警察は青座村次の先妻村岡妙子（当二十九歳）を訊問した。野中警部作成の聴取書。

「私は今から五年前に青座村次と恋愛関係に陥り、結婚し、東中野××番地に世帯を持ち、二年半ばかり、一緒に暮しました。今では新宿の割烹料理店『銀蝶』のお座敷女中をしております。青座村次は吝嗇で、性格も冷たく、少しも面白くない男でした。恋愛のとき青座のそうした性格が見抜けなかったのは私の落度でありました。世の中にこんなつまらない男はないと思い、その冷たい性格と吝嗇とが身に沁みていやになり、結局、それが別れる原因となりました。私は陽気なほうですが、青座は陰気で、いつも家の中にじっとして居るほうが好きだという具合ですから、今のうちにいっそ別れてしまう気になったのであります。かようなわけで、青座に対しては少しも未練がありません。青座は別れるとき、今後もときどき文通くらいはしてくれ、途で遇ったらお茶くらいは一緒に飲もうと云いましたが、実際、文通する気はなく、事実、私は今まで一度も手紙をやったりしたことはありません。

性交関係についてのおたずねですが、青座には別に変ったところはありませんでしたが、強いて云えば、そのほうは強い人ではないと思います。そんなわけで、性生活について青座に変ったところはありませんし、もしあるとすれば、それは私と別れたのちの変化だろうと思います。青座は一体に気が小さく、家の中の掃除などは少しのゴミでも口やかましく云い、また台所のことも男のくせに傍に来て口を出したりしていました。そのくせ何でもないことに怒ってみたりする人でありました。けれど、ちょっとこちらから云い返すと、もう黙りこんで返事をしないのが癖でありました。青座はわりと映画が好きですが、それも高い映画館には行かず、いつも二番館、三番館に行き、それも日本映画のつまらないチャンバラものが好きでした。またラジオを聞いても、落語や漫才などに大口を開けて笑う男でした。

青座は私と別れたあとは月々私の親に十円ずつ送る条件を約束しましたが、そんなことは全然嘘で、今まで一銭も送ってきたことはありません。そのほか、これといって申し上げるほどのこともございません」

次に青座村次の勤め先の同僚の証言があるが、すべて青座村次は実直で無駄な金づかいはせず、また無口なほうであったと云っている。玉突き、将棋、麻雀などはときどきするが、彼はいっさい賭けごとを好まないので、次第に仲間からはずされるようになったと述べた。

次に、東京地方裁判所医務嘱託鑑定人簗山英二作成の鑑定書。

「解剖所見並びに説明（略）

頸部には全頸囲をほぼ水平に一周する約二・八乃至四・〇センチの索溝一条あり、また胸部周囲に一倍半手掌面大の皮下および筋肉間出血あり、また右側第四乃至第六肋骨間の骨折、胸腔内において左心房の胡桃大の皮膜下および蚕豆大一個、大豆大三個の内膜下出血あり、下腹部において大鶏卵大皮下出血、また腹腔内において回腸壁の大胡桃大出血、肝臓の破裂、膵臓の胡桃大皮膜下出血約一〇〇・〇立方センチメートルの内出血、右下肢において下腿部前側の豌豆大の皮下出血等を存在す。

本屍の死因は絞頸による窒息とす。頸部の索溝は布片の類の纏絡絞圧、胸腹部の損傷は鈍体の強激なる外力、右下肢の皮下出血は鈍体の作用等によるものとす。

本屍に性交の証跡を存す。しかし、その性交の生前、死後の別は不明である。その精液はA型のみか、あるいはO型のみか、またA型およびO型の混在するものと認める。花柳病、殊に淋疾を証明しない。以上」

なお、青座村次はA型、和枝はO型であった。

かくして青座村次はその供述を二転、三転して、結局、自己の犯行を認めたまま、東京地方裁判所検事局検事木田益太郎の取調べを受け、七月十日に予審廷に回された。予審判事に対し青座は、第一回の取調べでは犯行を認めているが、ここに注目していいのは、取調べ中に青座が留置場において同房の池上源蔵と会話し、それを池上が野中司法主任に証言していることである。なお、池上源蔵は元某署の刑事巡査で、詐欺罪に問われて警察を馘首(かくしゅ)され、その後恐喝罪に問われて青座と同じ留置場内の房に留置されていた。

次は予審判事田口政夫と池上源蔵との問答である。

「問　N署に留置中、証人は青座村次と同房したことがあるか。

答　野中警部がN町の或る事件を担任し、私の取調べが延引すると聞いておりますうちに、その事件の犯人と思われる者が隣の第六号室に入れられたことが出入りの模様で判り、やがて看視係の口から、その者がN町の若妻殺しの犯人として検挙された者であることが判り、また新聞を盗読して、その男が青座村次であることも判りました。ところが、警視庁の留置人が全部N署に移された際、青座村次、テキヤの親分、掏摸(すり)、私の四人が一つの部屋に入れられましたが、その晩ちょっと睡ったあと、テキヤの親分と掏摸は他の部屋に移され、その後三日間、私と青座の二人きりでその部屋におりました。

問　その部屋に四人が同居した際、青座の殺人事件についていかなる話があったか。

答　テキヤの親分は面白い男で、N署の留置場に入ると直ちに看視係の隙をうかがい、私に向って『君は何で来たのか』と訊きましたので、私は『強盗だよ』と申しますと、その親分は青座に向って、両手で自分の頸を絞める恰好をしながら『おまえはこれか』と訊きました。青座は『そうだ』とか『そうなっちゃった』とか答えたようでした。そして今度は私が親分に向って『おまえは何で来たのか』と訊きましたが、返事をしません。そのうちに看視の往来が激しくて話が出来ないようになってしまいました。

問　証人と青座と二人になったあと、青座の事件についていかなる話をしたか。

答　翌朝から看視係の隙を見てはちょいちょいと話しました。私はまず青座に向って、『どうしてそんなことをしてしまったのか』と訊きますと、青座は、『やる気はなかったが、こんな風になってしまった』と答えました。

私はそのときまで青座が被害者の夫であることを知りませんでしたので、小指を出し、『イロか』と訊きますと、青座は、『ワイフだ』と答え、私は初めて青座が妻を殺したことを知りました。妻の年齢を訊きますと、二十七とか答えたと記憶します。私はまた、『どうしてそんなことをやってしまったのか』と訊きますと、青座は、『やる気はなかったんだが、そういう風になっちゃったんだ』と云いますので、私はちょっとしたはずみに殺したのだと解釈し、調べはどうだとたずねました。

『調べは故意にやったということになっちゃったんだ』と青座が云いますので、私は、『故意にやったのと過失でやったのでは刑が雲泥の差だ』と申しますと、青座は、『そういう具合になってしまったんだから、もう仕様がない』と云いました。私は、『そんなことは何でもないから、本当のことを云えばよいではないか』と云いましたところ、青座は、『今からでもよいか知らん』と云い、私は、『今からでもよい』と申しました。『検事の調べはどうなったか』と訊いてみますと、青座は、『大宮警部補に話したことと違った話をしたら検事はとても怒った』と云い、『どうしてそんな風に違ったんだね』とたずねますと、青座は、『時計や財布、ネクタイピンはどうしてもおれが隠したと云う。俺は隠したんじゃないが、よく考えてみると、やはりおれよりほかにはないことになる』と申しました」

五

そのつづき。

「私はその話を聞き、時計などがのっぴきならぬ証拠であって、そこを青座が頑張っていると思いましたので、『時計、紙入れ、ネクタイピンなどを隠したのが君ということの確証を握られたとすれば、どうにもならぬだろう。一体、どんな具合なんだ』と訊いてみましたが、青座は黙っていました。

私はそれで、『誤ってやったことになれば罪は軽いし、やろうと思ってやったなら罪が重いし、正直にその当時のことを話して、出来得る限り寛大な処置を執ってもらったらよいだろう』と申しました。すると、青座は、『では、おれは突っ張るだけ突っ張ってみようかな』と申しましたので、私は、『それも損ではないが、おれも出来たことは仕方ないから清算をして行く。自分はたいしたことはなく、せいぜい一年か一年半と思う』と申しますと、青座は、『あなたは先が見えてよいが、自分は先が見えぬ』と云いました。

その次に青座は、『死んでしまおうかなと思った。死んでしまえば一人で心中したようになるから死のうと思ったが、なかなか死ねぬものだ』と話しましたので、『どんなことをやったのか』と訊きますと、青座は、『頸を絞めてみたが、手拭いが短くて力が入らず駄目だ、舌を嚙んでみたが、歯と歯が喰い違って切れない。上下の歯で舌を挟んで顎の下から何かで叩きでもしなければ駄目だが、ひとりでは出来ない』と云いました。私は、『死にたければいくらでも死ねる。警視庁の留置場の便所の前のコンクリートの柵に頭を打ちつけても死ねるじゃないか』と云いました。青座は額の真ん中を指して、『ここが急所だから、ここを打ちつけて死んでしまおうか』と云いました。私は青座が本当に死ぬ気はないと思いましたので、それで、『死んでみてはどうか』と云って見ますと、青座は、『看視に迷惑をかけるからやらない』と云いました。

問　証人はこの点につき警察官の調べに対して、青座は妻を殺した動機は、警視庁の調べでは計画的に殺したようになっているが、実際はそうではなく、喧嘩の末ちょっとしたはずみで殺してしまったと述べたように申しているが、如何。

答　私は警視庁での取調べでも今日申し上げたと同じことを話しました。それを野中警部がまとめられたのです。しかし、ただ今お読み聞かせになったほど、はっきりと青座が云ったわけではありません。私は青座の話を聞き、計画的ではないが、ちょっとした喧嘩で青座は妻を殺してしまったのだと解釈しました。計画的にやったのと誤ってやったのとは刑が違うと話したのです。
問　証人が云う過失で殺したというのは如何なる意味か。
答　計画的ではなく、一時の昂奮からやったのを指したのです。
問　青座はいかなる態度で話しておったか。
答　青座はたいへん沈んでおりました。そして私がたずねても一つ一つ考えてからしか答えませんので、頭の緻密な男だと考えました」
警察官が重要な被疑者に対して、留置中の言動を密かに同房者に偵察させるのは常套手段であった。この場合の同房者は警察に使われるスパイであり、当人はその役目を引受けることによって警察から優遇を受け、また罪状軽減の期待を持っている。いわば両者の取引であった。殊に池上源蔵は元刑事だっただけに、この辺の呼吸をぴったりと心得ていたことは推定に難くなく、従って彼が予審判事に語った青座村次が云ったと称する言葉も、その通りであったかどうかは甚だ疑わしい。あるいは池上源蔵が作為的に青座の言葉を誇張し、あるいは全く創作したかもしれないのである。
この種の「証言」が被告自白の枷となり、責め道具となることも珍しくなかった。

予審廷での被告青座村次は田口予審判事に対し、前に引きつづいて妻和枝を殺したのは自分であると最初は供述していたが、第四回の調べから全面的に犯行を否定した。その主な問答を抜くと次の通りである。

「問　本件について被告が初めてN警察署において取調べを受けたのはいつか。

答　五月二十日の夜であって、その夜中に自宅に帰りました。そして翌二十一日正午ごろ刑事と一緒にN署に行き、その日から拘留されました。警察官の取調べに対し、私が妻を殺害したと申し立てたのは、私が何と弁解してもあたまから否定され、また和枝が私と別れたいと申しておったことも初めて聞かされ、現在の自分がつくづくいやになりましたのと、当時自分の頭や身体が疲れておりましたのとのため、どうにでもなれという自棄的な気持から偽りの申し立てをしたのです。

問　被告が検事に対し、自分が和枝を殺したと申し立てた理由は。

答　検事が警視庁において私を取調べ、横には刑事が二人おりましたから、やはり私が本当のことを云っても通らないので、先に身体が疲れたと申したように、また警察でひどい目に遭いはしないかと考え、諦(あきら)めて偽りを云いました。

問　それでは予審第一回の訊問に際しても被告は和枝を殺害したと申し立てた理由は。

答　やはり自分が本当のことを云っても通らぬと諦めて偽りを云いました。

問　しかし、被告はN警察署において拘留中同房した池上源蔵に向って、自分は喧嘩の末突発的に妻を殺したと話したではないか。

答　自分が殺したとは申しませぬ。

問　それでは、被告が帰宅したときに和枝はどうなっていたか。

答　私が帰宅したのは五月二十日の午後五時二十分ごろでありました。玄関を開けたが、和枝の姿が見えませんので、上にあがったところ、八畳の間に妻が本箱のほうに頭を向け、大の字形に乱れた姿で仰臥しておりました。しかも、頭部には着物が掛けてありました。私はこれまで妻が伊達巻姿でいるのを見たことがなく、思わずその場に立ちすくんでしまい、そして全身に冷水を掛けられたようにぞっとし、ぶるぶる慄え、どうしてよいやらわけがわからず、しばらくそこに立ち竦(すく)みました。そして次の瞬間に、これは泥棒か何かにやられたのではないかと思うと、愕(おどろ)きと怖ろしさと絶望で頭がぼうとし、途方にくれました。

しかし、こうしてはおられぬと気を取直し、そこに跪(ひざまず)いて和枝の伊達巻のあたりを三、四回押えてゆさぶりながら、和枝、和枝と呼んでみたのでありますが、さらに答はありませんでした。私はますます絶望的な気持になりながら、一体、着物など頭から掛けられ、どうしたのだろう。半ば怖ろしさ、そして不憫さに恐る恐るその着物を取ろうとしたとき、私の左手が妻の右手にふれ、云いようのない冷たさを感じ、その瞬間、これは殺(や)られてしまったのではないかと考えたのであります。

しかし、自分には一体どうしたらいいか分らず、昂奮して呆然としてしまい、ただ怖ろしさに支配されていたのです。あの時、私には何の応急策も浮ばず、医者に縋(すが)ったならばと、あわてるおのれの気を無理に鎮めながら起ち上り、あまり遠くない宮沢病院に出かけるため門の鍵を掛けたのですが、これは泥棒ということが頭にあって、妻が家に居てさえこんなことになるといった気持に支配されていたからなのです。医者に行き、そこで妻の両親に電話をかけ、さらに交番に届けたのは前に申し上げた通りですが、帰ってみると、すでに門の前に和枝の両親が来ておりました。その義父が和枝の死体を見て着物を取ったのですが、私はそのとき初めて和枝の頸に手拭いの巻かれてあるのにおどろき、思わず顔をそらしたことでした。義父は何やら叫んでおりました。たしか手拭いを取り、今一度手当てするようにと医者に云っていましたが、私は手遅れということに口も手も出ず、呆然と立っていました。私は次室で多数の刑事に同じことを何回となく繰返し繰返し問われて頭は痛むし、何だかぼうっとしてその当時のことは詳しく分りません。

私は二十一日刑事に連行され、いろいろ問われたのでありますが、何やら分らず、もちろん、食事もせず、休息の暇もありませんでした。このようにしていよいよ言語に絶する調べがはじまりました。調べ方法と申せば、打つ、蹴る、毛をむしる、踏みにじる、逆さにして水を吸わせるという、実に惨憺たるものでありました。私は連日に亙る拷問で頭は痛む、記憶力は減ずる。それを知ってか知らずか刑事さんたちは猛烈に責める。しかし、自分はあくまで真実を披瀝したのです。

妻は私との結婚に対し最初から好感を持っておらず、しかも、妻が再三再四実家の母に対し離別のことを頼んでいたと聞き、おどろきました。私は眼前が真暗になったような、そして自棄的な気持に支配されたのです。そして何日つづくか分らぬ惨憺たる調べを思い、とうとう自棄を起してしまったのですが、刑事さんは私をおどすやらなだめるやらして、何とかして私に罪を認めるように責め立てました。そして今から考えれば男らしくない行為だったかも分りませんが、結局、あの怖ろしい殺人の罪を引受けたのであります。私は妻の和枝が胸にひどい打撲傷を受けていると聞き、自分はそれほどの力がなく、そんな強打が出来るはずがないと云い張ったのですが、刑事さんは承知せず、三十一歳の男が赫となればどんな力も出るものだ、と云って承知しませんでした。あくまで罪を認めないならばこっちにも考えがあると云って私を椅子に坐らせ、木刀で脛を叩き、膝を竹の杖で叩いたり、また、これでも死んだ女房に対して何の呵責も起らないか、と云って、和枝の骨壺の入った箱を持ってきて私の頭をコツン、コツンと打つようなこともしました。そんなことで私も遂にどうにでもなれと思い、身に覚えのない罪を引受けたのであります」

東京地方裁判所刑事部予審判事田口政夫は、昭和十五年十二月二十日に予審終結、被告人の「免訴」を決定した。「本件公訴の事実について、これを公判に付すべき犯罪の嫌疑なきを以て刑事訴訟法第三百十一条により免訴とする」というのである。

この決定に対し検事側は東京地方裁判所検事局の磯谷検事正の名で「予審判事の免訴決定は相当ならず」として直ちに抗告申し立てをした。こうして裁判は東京控訴院よりの命で東京地方裁判所の公判に付せられたのである。

六

公判廷における裁判長と被告との問答は、これまで書いてきた内容とほぼ同じ性質のものであるから略する。要するに、この法廷で被告青座村次は徹頭徹尾起訴事実にある犯行を否認したのである。

このとき証人として和枝の両親、姉、村次の勤め先の同僚などの関係者が喚ばれているが、ここには証人として出廷したN署の刑事巡査沢橋豊三と裁判長との問答を出す。沢橋は青座方より盗難に遭ったといわれる被害者和枝の銀側丸型腕時計、紙入れ、並びに村次のネクタイピンを壁紙の中から発見した人物である。

「問　五月二十一日に青座の家に捜索に行ったか。

答　行きました。

問　それはどんな命令を受けて行ったか。

答　野中主任警部から、青座が盗難に遭ったという時計とネクタイピンと紙入れとが青座の家にあるかもしれないから捜してみろ、という命令を受けました。私のほかに木村部長刑事、酒井刑事、中野刑事が同行しました。そして予審で申し上げた通り、奥座敷のほうから中座敷のほうへ捜索をはじめ、それから勝手へ行きました。

問　その際証人は腕時計、紙入れ、ネクタイピンを発見したということであるが、そうか。

答　そうです。私は勝手の高い所から低い所と片っぱしから全部調べました。高い所は籐椅子や米櫃（こめびつ）を足場にして調べました。ところが、茶ダンスのうしろの壁の、床からかなり高い所に、横に釘づけしてある板と壁の間に手を入れて左から右へ探って行ったところ、その板の右の角まで手が行ったときにバサッという土壁でも落ちるような音がしましたので、土でもあるんだろうかと思って、その下の壁紙を下から上へ揉（も）み上げて行ったところ、板と壁との間の壁紙の破れている所から腕時計が出て来たのであります。

問　腕時計を発見してからどうしたか。

答　すぐ台所で木村部長に渡し、木村部長が電話で上司に報告しました。

問　証人はどうしておったか。

答　ほかの品物を捜すためにそこにおりました。そしてさらにその壁の間を探りますと、下のほうに紙入れとネクタイピンとがかなりズリ下っている状態で発見されたのであります。

問　そのとき大宮警部補は来ていたか。

答　来ていたような気もしますが、はっきり記憶いたしません。

問　腕時計を発見したときバサッと音がしたというが、時計や紙入れやネクタイピンが最初からそこにあったと思ったか。
答　そうだと思いました。
問　壁紙を下から揉み上げたときは時計、紙入れ、ネクタイピンに指がふれたか。
答　下から揉み上げて板の中から出て来たときは時計に手がふれたから、引張り出したのです。
問　板と壁との間はどのくらいすいていたか。
答　指先が五分か六分ぐらい入るくらいです。
問　下からでも発見出来るのではないか。
答　板のところの壁と壁紙の中間にあったのです。
問　その後、壁紙を剝いでみなかったか。
答　私は見ません。その当時はそのままにしておきました。
問　もう一度訊くが時計、紙入れ、ネクタイピンなどが壁紙の裏にあるのを発見したことは間違いないか。
答　間違いありません」
　この裁判長との問答について念のために書くと、第一回の青座宅の家宅捜索ではこれらの品物は発見出来なかったのに、その翌日に壁紙とうしろの板との間にこれが押しこんであったのを見つけたというのである。第一回の家宅捜索も刑事たちは厳重に行なっているはずであるから、壁紙の個所も当然入念に調べているわけである。そのときネクタイピンはともかくとして、腕時計や紙入れのようなものが「板と壁紙との間、指先が五分か六分ぐらい入る所」にあったのを発見出来なかったというのは奇妙な話である。

裁判長久保田判事の沢橋刑事に対する訊問が相当執拗なのは、これらの証拠品が警察官の手で他の場所より発見されたにもかかわらず、わざとそこに埋めておいて、いかにも初めてそこから発見されたようにし、妻を殺したあと、強盗が入ったように見せかけるための青座の偽装工作と思わせる警察官の細工ではないかと疑っているからである。

また留置場で青座村次の言葉を聞き、それを警察に報告したという元警官の池上源蔵のことについて、司法主任である警部野中宗一を証人として呼び出して、裁判長が次のように訊問している。

「問　証人は池上源蔵という者を被疑者として調べていたか。

答　そうです。

問　青座と同じころに調べたか。

答　池上源蔵のほうが先でした。池上に対する事件を調べているうちに本件が起ったのです。

問　池上を調べる際、同人に対し青座の事件の出ている新聞を見せたことがあるか。

答　ことさらに見せたのではありませんが、私の部屋で見たことがあるかもしれません。当時池上は検束していたから毎日調べ室に出すので、その場合見たかも分りません。特別に見せたことはありません。

問　その後池上が証人に対し、青座が本件犯行をやったことを留置場で述べたということを申し立てたか。
答　そうです。
問　そのころは青座に対する事件は検事局に送致したあとか。
答　そうです。検事局に送致した翌日か翌々日か記憶ありませんが、ともかく事件が片づいたあとです。
問　池上はどういうきっかけから左様なことを云ったか。
答　池上に対する事件をいろいろ聞いているうちに、本人は元刑事だものですから、青座から聞いたことを興味をもって話し出したのではないかと思います。それで一応記録を取りましたが、池上は元刑事ですから、そういう聴取書を送ることはどうかと思ったのですが、とにかく青座との談話の状況が事件の或る半面を物語っているように思われたので検事局に追送しました。
問　証人のほうで池上を使ってそういうことをさせたのではないか。
答　そんなことはありません。
問　青座は警視庁では自白しているね。
答　そうです。
問　詳しい自白は第十一回聴取書だが、青座がかように述べたことは間違いないか。
答　その通り自白したことは相違ありません。

問　これは証人のほうで誘導的に、ああでもない、こうでもないかと述べさせたのではないか。

答　そうではありません」

――以上の野中司法主任の答によって、次のことが感じられる。池上源蔵は若妻殺しの青座の犯罪を取調室に置いてあった新聞で読み、それで同房の青座に興味を持ったといっているが、実はこれは警察が「池上証言」を引き出すための伏線らしい。池上を調べるとき、都合よくその記事のある新聞を調室に置いたものだし、それを池上に悠々と読ませたものだという感じがする。

また、池上という男は元刑事だっただけに警察の内部には通じていたから警官の機嫌を取ることを心得ていただろうし、警官のほうも、元刑事である彼には仲間意識があって、他の被疑者とは扱いが違っていただろう。したがって池上は留置されていたN署ではかなり自由な行動が出来、取調べに名をかりて留置場から出されては刑事部屋に遊びに行き、振舞い煙草を喫っては話しこんでいたであろう。池上の卑屈な笑いが目に見えるようである。彼は野中司法主任によろこんで利用されたのであろう。

七

久保田裁判長はなおも野中司法主任に対して種々質問しているが、その中の主なものを拾い出すと次のようになる。

「問　本件が物盗りではないかということについてはどう考えたか。

答　私は最初青座の家に入ったときから物盗りではないという感じがしました。それは室内物色の形跡がなかったからです。物盗りであれば室内を物色しなければなりません。

問　これは不良少年がやったのではないかという感じは抱かなかったか。

答　そういう感じは抱きませんでした。不良が外から入って来てやったとすれば、どこかあわてて逃げ帰った形跡が存しなければなりません。たとえば、襖とか、玄関の戸とか、門の戸などがうしろへ撥ね返るときバタンと閉めて行くようなところが一個所や二個所なければなりません。

問　痴情関係にもとづくものではないかという疑問は持たなかったか。

答　痴情関係ということも頭におき捜査はしてみましたが、痴情関係ならば結婚前に問題が起らなければならないと思います。結婚後一年半も経ってからですから痴情関係ではないと思いました。

問　不良のしわざではないかということについては捜査は進めたか。

答　捜査はしませんでした。

問　和枝の遺骨をN警察署に持って来たことはないか。

答　ありません。

問　N警察署で、これは和枝の遺骨だと称して青座に骨壺を示し、それで青座の頭をこつんこつんやりながら取調べをしたということがあるか。
答　ありません。
問　そのほか、青座はN署で逆さまにして水を鼻から入れられたというが、そういう事実はないか。
答　ありません。
問　証人は青座に対し、おまえがそんなに頑張れば、親類の者も何か手がかりを得るために留置して、警視庁の名においてやる以上徹底的にやる、そのときは親類の妻子が路頭に迷う、それでもよいか、と云ったことがあるか。
答　申しません。
問　証人は数珠（じゅず）を持って青座を説伏したことがあるか。
答　あります。われわれ捜査官は何万人検挙しても、一人でも無辜（むこ）の者があってはいけないんだ、と云って説明したことがあります。
問　刑事たちは被告に頸を絞める実演をさせたというのだが、証人は知らぬか。
答　知りません。
問　証人が青座宅に行ったとき、沢橋刑事が台所の茶ダンスの所にいて、ここに腕時計があると云って指示したか。
答　そうです。

問　沢橋がどこからか時計を持って来て、そこへ入れたのではないか。
答　そんなことはありません。
問　証人と沢橋がその腕時計のある部屋に入って行ったのはいつか。
答　揃って入ったかどうか記憶がありません。
問　沢橋がそこに腕時計を入れる時間的余裕があったか。
答　記憶がありません。
問　しかし、証人は沢橋とそこにほとんど同時に入ったのではないか。
答　記憶がありません。
問　では、沢橋は何と云ったか。
答　ここに時計があるのを発見したと云いました。
問　そこに時計があったか。
答　ありました。
問　その後沢橋が紙入れやネクタイピンを発見したとき、証人はどこに居たか。
答　八畳の間で他の部下と一緒に居たのです。そこへ沢橋が、同じ所の壁紙の下の所にまだ何か入っていますから見にきて下さい、と私を呼びに来たのです。
問　そのとき紙入れとネクタイピンは壁紙と壁の間に入っていたのか。
答　そうです。
問　沢橋が最初に腕時計を発見したあと、再び同じ場所の下のほうに紙入れとネクタイピンを発見したことを不自然とは思わなかったか。つまり、腕時計と同時に発見しなかったということだがね。

答　そういう感じはいたしませんでした」

――裁判長のはじめのほうの質問からは、N署が最初から犯人は青座村次と目星をつけていたために、他より侵入した物盗りだとか、不良だとかの線を全然追っていなかったことが分る。また、あとの質問は、腕時計、紙入れ、ネクタイピンなどの警察官による発見の仕方が不自然で、これは既記のように警察官が青座を犯人と決定するための小細工だと裁判長も感じたためのようである。

また、裁判長は腕時計の発見の際の沢橋刑事と野中司法主任との行動を時間的に聞いているが、野中は都合の悪そうな点はすべて「記憶がありません」と答えている。警察官が法廷において不利益な点はすべて「忘れました」とか「記憶がありません」というのは常套的な答弁である。

また、野中司法主任は被告の青座村次が申し立てるN署における拷問の件は全面的に否定している。もっとも、これを認めると大変なことになるから否定せざるを得ないだろう。しかし、数珠を持って被告を訊問したのは認めている。野中の答は前記のいいわけになっているが、数珠を持って訊問すること自体が被告に対する心理的な拷問を意味する。

こうして法廷の審理は終り、昭和十六年二月十四日、東京地方裁判所刑事第六部法廷において、久保田裁判長は被告青座村次に対して「無罪」の判決を云い渡した。

その理由のなかで次のような説明がある。

「……警察以来の被告人に対する取調べの経過に徴するに、被告人は司法警察官の取調べに対してしばしばその陳述を翻し、あるいは変更したが、その間自ら妻和枝殺害の事実を自白し、予審判事の第一回訊問に際し自己の犯行である旨の自白をし、その上、証人池上源蔵は被告人と同房中被告人が自ら犯行を肯定するかの如き口吻を洩らしたのを聞いた旨証言しているので、以上の諸点のみより判断するときは本件犯行は被告人の所為なりと断じ得られるようである。

しかしながら翻って本件犯行の動機とせられる事情、被告人の性格、その自白の内容、犯行の行なわれた当日における被告人の行動、諸証人の証言その他につきさらに深く省察するときは、必ずしも遽に前記犯行が被告人の所為なりと即断すべからざるものがあるといわざるを得ない。

予審判事並びに当裁判所において被告人およびその他の関係証人につき取調べたところによれば、和枝は被告人に対して不満の色があり、結婚後もその母および姉に対し不満の意を洩らしていたことは事実であるが、平素より特に夫婦中の円満を欠いていたような形跡はなく、被告人において未だ曾て同人に対し憤激粗暴の行為に及んだ事跡は認め難いので、被告人の特別の性格その他何等か特殊の事情の認むべきものなき前記の如き単純な事情のもとに突然妻に対して前記の如き重大なる一撃を加えることがあったと信ずべき根拠に乏しい。

被告人に右の如き特殊の性格があったとの事実および他に被告人が右の如き暴挙に出ざるを得ない事情が認められないので、本件犯行の動機と目せられるところは頗る薄弱の感あるのみならず、被告人が警察以来自白したところは、要するに、如上動機のもとに和枝の胸部を手拳にて突き、または殴打し、同女がその場に昏倒した際同女の裾が乱れたのを見て急に情欲を生じ、同女の頸を絞めながら性行為したのち、手拭い等で同女の頸を強く絞扼したというにある。

和枝の屍体に対する解剖並びに鑑定の結果によれば、右側第四乃至第六肋骨間の骨間の骨折および肝臓の破裂並びに該個所における多量の出血等、頗る強力なる外力に因るものと推測せられる傷害の跡が認められ、かかる傷害は通常人の手拳に因る打撃あるいは単に膝頭で圧した程度の外力では生じ得ないものであることは明白であるから、右自白は以上の鑑定の結果と容易に合致しないものである。

また前記の如き事情のもとに妻の倒れたのを見て急に劣情を催し、進んでこれに性行為したというが如きは、被告人が特殊の異常性格者である場合でなければ容易に想像し難きところである。当裁判所において取調べたいかなる証憑（しょうひょう）に徴しても被告人が特殊の性格異常者であることは到底認められないので、被告人の如上の自白は到底信用できないものといわなければならない」

八

第一審が被告人青座村次を無罪にしたため、検事は直ちに控訴をなした。東京控訴院では昭和十七年十一月七日に原判決を覆し、被告人を「有罪」とし、「懲役七年」の判決を云い渡した。

その理由としては、被告青座村次の最初の犯行自供を全面的に採用、また留置中の被告と同房にいた池上源蔵の証言も採用、被害者和枝の両親の証言を採用、さらに各警察官の証言を採用し、これらを綜合して「仍(よ)って判示事実はすべてその証明がある」とした。

被告青座村次はこれを不服として大審院に上告した。しかし、大審院ではこの上告を「棄却」した。よって被告人の有罪、懲役七年の刑は確定した。

大審院は弁護人より出される上告趣意書を全面的に斥(しりぞ)けているが、弁護要旨の主な点は次の通りである。

①前審判決の理由となったものが警察における聴取書のみに重きを置いて審理されたこと。これらの聴取書は被告がN警察署および警視庁で種々な拷問に遭って出鱈目を云わされたのを聴取書として作成されたのであるから信用がおけない。そしてこれを基礎とした判決は明らかに事実の誤認によるものである。

②　前審控訴院の判決の基礎となった証人の陳述は、いずれも証言中被告人に不利益な点のみを援用している。特に池上源蔵の証言を重視したのは、同人が元警視庁刑事で、詐欺の犯人として検挙され、被告人と同房した際にいろいろと被告人と話を交し、その際被告人が和枝を殺害したと話さなかったにもかかわらず、これを殺したように池上自身が自分の罪をいくぶんでも軽くしてもらいたいため、係官たる野中警部の意志に迎合して証言したのは本意でない。

③　前審は被告人が和枝の胸部を二、三度強く突き、その際肋骨の骨折を生じたように判決しているが、このような行為を以て被害者和枝の骨折を生ずるものでないことは明らかである。何となれば、仮りに科学的捜査として鑑定を命じ、その結果として強力なる打撃によりてと鑑定したるも、手拳を以て骨折することは容易でない。そして一回で骨折を生じたということを以て仮りに被告人の自白が正当だとしても、これは科学的には合致しない。その合致しないものを無理に合致せしめるために、いきおい捜査官の証言を援用せざるを得なくなったものである。これを右被告人の犯罪行為としたのは前審の事実誤認である。

④　被告人青座村次に対して利益なる証人の証言と、被告人の陳述および検証の結果その他において被告人の利益なる点を前審判決には援用していない。

⑤　被告人が五月二十日午後五時二十分ごろに帰宅したとき、妻和枝と約束した映画館行のことから憤慨し、八畳の間で和枝の前のほうに行き、無言のまま右手拳で二突き

三突きして和枝は前かがみになったという記載については、これを判定の資料とするのは事実誤認の原因をなすものである。何となれば、狂人ならいざ知らず、普通人においては、たとえ内心で面白からぬことがあっても、和枝を八畳の間に追いかけ、無言のまま二突き三突きしたこと自体が正気の沙汰ではない。また被告人はそれまで和枝に対してかかる行動はなかった。

⑥　妻和枝が昏倒したのを見て、これと性行為をしたとの認定は不合理である。その情況については、被告人の突撃により和枝が昏倒したのを見て被告人は、とんだことをした、殺してしまったと思ったが、和枝の裾がまくれたのを見て最後の関係を結ぼうと考え、同人の上にのしかかったところ、同人の身体が未だ温かく、完全に死んでいないと思った。

被告人はかかることをした以上、和枝に蘇生されて自己の所業が他人に分れば困るので、決して生き返らぬようにしようと思って、かねて女の頸を絞めながら関係すればどのような気持がするであろうかと考え、猟奇的気持となって和枝の上にのしかかったまま、その頸の両側を両手で扼し関係したところ和枝はぐったりとなってしまった故、いよいよ死んだと考えたものだという事実認定の趣旨である。

しかしながら、右の如き行動は鬼畜もなおこれをなし得ないところであって、前審判決は被告人が右の行為を映画館行の話により妻を喜ばさんとして帰宅した際偶発的に遂行したというものである。被告人が性格異常者ならばともかく、右のような行動を認めた前審判決は不合理の事実認定を敢てしたものである。

⑦　和枝の実父石田重太郎並びに妻千鶴の証言によれば被告人に周章狼狽(ろうばい)の態度がなかった点を前審判決は証拠としているが、被告人は帰宅して妻の変り果てた姿を見て呆然自失したことは、すでにN署における第一回の聴取書以来見えているところである。然らば、妻の遺体を見て必ずしも号泣狼狽するとは限らず、人によっては驚愕のあまり常識では判断出来ない行動に出ることがかえって自然である。

また被告人は和枝を殺害したものであるから、恐怖の念に駆られて被害者の傍に居ることが出来ず、また何らの応急手当てを加えなかったとの事実にもとづき、これを以て被告人の犯行と認定しているが、突然の異変に遭い呆然自失した場合はかかることも起り得なくはない。

されば、もし被告が真犯人にして他人の眼をごまかそうとすれば、かえって大げさに妻の死体にとりすがったり、阿鼻叫喚したり、必要以上の狂躁の体を装うのが通常である。前審判決はこの点についても事実誤認をなしている。

以上が弁護人の上告趣意書の大要であった。

ところが、大審院刑事部第三部法廷では右の弁護人の上告趣意書を全面的に否定した。

判決文は、

「被告人が妻和枝を殺害したことは看取され、記録を精査検討してもこの事実の根柢に重大な誤認があるものと認めることは出来ない。すなわち、前審判決の事実認定並びに証拠理由とも正当である。また係官が被告人を不法不当に取調べて嘘の供述を記載したということを認める証拠がない」

というのである。裁判長は大審院判事御蔵修太郎という人であった。

この御蔵修太郎という判事は、戦後になって自分の体験を本に書いて出版している。その著書の一節に次のような文句がある。

「公判判事は事件発覚の当時捜査に関与していないし、被疑者、関係人の事件当初の取調べにも立会っていないから、事件に対する印象の深さは、直接これらの取調べに当った警察官や検事よりも遜色があるのは致し方のないところである。従って、これらの取調べの中から、これまで誰も気がつかなかった新しい手づるを発見することは割合と少く、判事の新しい発見は証拠物を仔細に点検することによってなされる場合が多い。特に書証は警察官の手によって重要な点が気づかれずに終るということから、判事はその経験に基いて綿密な検討を加える余地がある。書証を眼光紙背に徹する眼で検討すると、当事者の破綻が思わない所に潜んでいることもあって、検討を重ねると意外の収穫をみることがある」

その御蔵修太郎判事が、この事件で被告人青座村次を妻殺しとして認定したのである。

——御蔵判事の若妻殺しに対する事件の関係書証を見る眼はこうなっている。すなわち、警察官が最初から犯人を被害者の夫であると予断して他の方面の捜査にはあまり眼を向けなかったこと、青座はその犯罪において異常性格に近い行動をしているが、日ごろ彼にはそのような性質はみられなかったこと、青座には、それほどの膂力があるとは思えないのに、被害者の妻を一突きか二突きぐらいしてその肋骨の骨折や脾臓が破裂するくらいの強打を与えていること、またその犯罪の認定はほとんど青座の自白のみによること、その自白は警察の拷問や誘導訊問によると思われること、元刑事だった同房者を証人としてその密告を傍証にしていること、以上のことなど御蔵判事は一切否定してしまったのである。

書証に対する御蔵判事の眼光紙背に徹するていの判断は、妻に映画見物を拒絶されて逆上した夫の暴行が映っているだけのようだった。被害者の体内に残っていたA型は最も普通の血液型なのだが、御蔵判事は、これを青座犯行の物的証拠とするに躊躇しなかったようである。

大審院の判決が確定して青座村次が刑に服して間もない昭和十八年の七月のことであった。事件を扱った所轄N署に、私が若妻殺しの真犯人です、と名乗って出た男がいた。彼は青座村次宅に御用聞きに来ていた山村政雄であった。

彼は警察でこう述べた。

「私は青座さんの家に御用聞きに行っているうちに、あの奥さんが好きになりました。気位の高い奥さんでしたが、私には気軽に口を利いてくれました。あの日、青座さんの家に味噌百匁を午後四時半ごろ届けに行ったとき、裏の戸は開いていました。声をかけると、奥さんはいつになくきれいにお化粧して出て来ました。それで、私は奥さんが外出の支度をしているのだと思い、奥さん、どこかにお出かけですか、と冗談めいた口で訊きました。奥さんは、あと一時間したら主人が帰ってくるので、いっしょに映画に行くのよ、と云いました。

私は味噌を裏口の横の台所の板の間の上に置き、奥さん、それはお愉しみですね、と云いながらじっと立っていると、奥さんは酒屋の御用聞きの私など問題にしていないので、眼の前で平気で帯を解き、上の着物を脱いで横向きになって坐り、平気で足袋も両方脱ぎ捨てました。そのとき、長襦袢と蹴出しの赤い端が見えました。

私はそれを見て急に劣情が起り、思わず座敷に上りました。奥さんはびっくりして、信じられないといった顔つきで私を見ていましたが、急に私が立っている反対側の衣桁の方へ逃げました。私は逸早く迫って奥さんの前に回りました。奥さんは真蒼な顔をして今にも大きな声を出そうとしたので、私は声を出されると隣に聞えるので、思わず力を込めて奥さんの胸のあたりを二、三度突いたのです。

すると奥さんは声も立てずに倒れました。私は日ごろ重いものを運搬したり配達したりしているので力は人より強い方です。それで奥さんもひとたまりもなかったのでしょう。倒れたままぐったりとなってしまいました。

私は倒れた奥さんの腿のあたりを見ているうち、どうにも気持を制しきれず、奥さんの身体の上に馬乗りとなり、自分のズボンをズリ下げて、奥さんの股を開き、目的を達しました。すると、その行為の最中に開いている奥さんの眼が私を睨みつけているようなので怕(こわ)くなり、その顔を手で横のほうに向けました。けれど、ただ二、三度突いただけでは死んだとは思えず、もし意識をとり戻したら私の行為が分って主人に告げられると思い、台所にあった木綿手拭いを奥さんの頸に巻きつけ、力いっぱい絞めました。もう、これで大丈夫だとは思いましたが、時間的にいって、味噌を届けに来た私がやったことが警察に知れると困ると思い、いかにも強盗の所為に見せかけるため、奥さんの股の下に浴衣を押込んだりしました。その浴衣は押入れの中にあったのです。ついでに奥さんの脱ぎ捨てた普段着も顔に掛けました。それは奥さんがかっと眼を開いているので怖ろしくなったからです。

それだけでは泥棒のしわざと思えないので、私は奥さんが帯を解いたとき置いたらしい紙入れを取り、また奥さんの手首から銀側の腕時計をはずしました。まだそれだけでは足りないと思い、タンスを荒すつもりで引出しを開けたところ、品物がいっぱい詰っていました。けれど、あと一時間くらいして主人が帰ると思うと気がうわずってしまい、結局、ネクタイピン一本を盗んだだけでした。恰度(ちょうど)、家の中が焼けるとき大事なものをとり出さないで、つまらないものを持って逃げるときの気持と同じです。盗んだ三点はふところに入れて表口から出ようとしましたが、味噌が裏口に置いてあるのを思い出し、裏口から入ったと思われてはまずいと考えて、裏の戸を内側から閉めて錠を掛けました。

それから自分の靴と味噌とを両手に持って玄関に行き、味噌の竹の皮包みは玄関の脇に置き、靴をはいて表から出ました。それというのが、奥さんは日ごろ、裏が閉まっているときは表から入って、そこに品物を置いておくようにと云われていたからです。青座さんの家は玄関も門の戸も錠が掛かっていませんでした。

そうして店に帰り、よその配達をして回りましたが、ふところには、あの家で盗ってきた腕時計、紙入れ、ネクタイピンが入っていて、気が気ではありませんでした。玄関に味噌を置いてきたので、いずれ警察が聞きにくると思い、その言訳を考えていました。するとその晩八時ごろ刑事さんが来て私に事情を訊きましたので、私は、三時半ごろ青座さんの裏から入って、今日は、と声をかけたが、返事がなかった。それで玄関に回り、味噌を左の隅に置いて、玄関の戸を閉めて戻りました。そのとき青座さんの家では誰も居ないような様子で、玄関の障子は左から右に開けてありましたというふうに述べました。刑事さんはそれだけを書きとめて、ほかに変ったところはなかったか、と聞きましたので、私は一向に気がつきませんでした、と答えますと、刑事さんはああ、そうか、どうもありがとう、と云って帰りました。それで私もほっとしました。それからは一度も警察からは来ませんでした。

けれど、隠して持っている腕時計、紙入れ、ネクタイピンの始末に困り、どこかに埋めようかと思いましたが、人に見られそうな気がしてそれも決断がつきませんでした。すると、翌日の朝刊を見ると若妻殺しの記事がでかでかと出て、銀側時計や紙入れ、ネクタイピンなどが盗まれていることが載っていました。私は警察がこうした盗まれた品を捜しているのだと思うと気が気でなく、捨て場所を求めましたが、その朝早く、ちょうど青座さんの近くに配達の用があって行ったとき、その三つの品を青座さんから一軒離れた家のうしろのゴミ捨て場のところに捨てて来ました。

　あとで私は、その三つの品を警察が青座さんの家の中で発見したと聞き、ふしぎな気がしました。私はたしかに一軒おいた隣の家の裏のゴミ捨て場の横に棄てて来たのです。私の血液型はA型であります。

　青座さんが奥さんを殺した罪に陥れられて刑務所に入れられたということを聞き、私は良心に責められて、思い切って自首に来たという次第です。私はあれ以来、このことが気になってならず、夜寝ていても殺した奥さんが恐ろしい顔で私の枕もとに立っている顔を何度もみました」

　しかし、所轄N署では山村政雄の自首を聞いてもとり上げなかった。このとき野中司法主任は他の署に転出していた。後任者は山村の供述に狼狽し、彼をこっそり呼んだ。

「今さらそんなつまらないことを云い出してもらっては困る。青座村次が真犯人であることに間違いはない。それは裁判を三回もやって、最高権威の大審院判決でもそう確定したことだ。青座は今はすっかり罪を悔いておとなしく刑に服している。そんなことを云いにくるおまえは頭がどうかしているのではないか。今は戦局が重大なときで、国民こぞって米英撃滅にご奉公しているのだ。そんな妄想にとりつかれてくよくよする人間は非国民も甚だしい。今度は聞き流してやるが、二度とこんなことを警察に云って来たり、またほかの人間に云いふらすことはならん」

司法主任はそう説諭した。

九

——昭和十九年四月、池上源蔵は三十七歳で老補充兵として召集された。東京で編成されたその部隊は朝鮮の龍山に行き、そこで大阪、九州から来た各部隊と一緒になった。この新編野戦師団は戦局不利なフィリッピンに持って行かれる予定であった。

龍山で輸送船が仁川港に入ってくるのを待っているこの部隊は、毎日毎日、三メートルばかりの櫓(やぐら)を組んでその高所から飛び降りる練習ばかりをしていた。台の両側に梯子をかけ、砂の上に飛び降りるのだが、これは輸送船が潜水艦にやられたときの海上待避演習であった。

兵隊たちは悄気(しょげ)た恰好で砂地に飛び降りた。まるで死の訓練をしているのと同じである。龍山の部隊は、兵舎がほかの兵隊でいっぱいだったので、この部隊は講堂や、急造したバラックなどに詰め込まれていた。

池上源蔵は、同じ東京から来た兵隊の中に、互いに自分の住んでいた所を話している兵隊のなかで、三十ぐらいの眼の大きな新兵に興味を持った。山村という名である。山村はときに非常に沈み込んでいるかと思うと、ときに躁(はしや)ぎ回るような男だった。彼は沈んでいるときは真蒼な顔をして考え込み、放心したような状態になった。

「おまえは東京のN町だそうだが、N町はどの辺に居たんだ」

と、元刑事で詐欺を働いていた池上源蔵一等兵は山村に訊いた。雨の日で、飛込み演習が休みの内務班であった。だれも聞いていなかった。

「N町は××番地です。自分はそこで酒屋の店員をしていました。だから、そこが自分の家ではありません、家は八王子の田舎です」

「なに、××番地か。……たしか、その辺で四、五年くらい前に若妻殺しというのがあったな。亭主が女房を殺したという事件だが」

池上は思い出して云った。

「あれは、自分の近所で起った事件です。おや、古兵どのもあの事件のことを知っておられますか」

山村は訊き返した。

「当時、新聞に派手に出ていたからな」

池上は咳払いをしたあと、ちょっと考えていたが、急に思い当ったような顔で山村に問うた。

「新聞記事には、その被害者の家に犯行時の前と思われる時間に、酒屋から御用聞きが味噌を届けに来たとあったが、さてはその御用聞きというのがおまえだったのか？」

「はい。自分であります」

山村は眼を下にむけた。

「そうか。あれが、おまえだったのか」

池上は感慨深そうに、つくづくと山村の顔を見た。

「古兵どのは、あの事件のことをどうしてよく知っておられるのですか？」

山村は池上の表情から少しふしぎそうに訊いた。

「うむ、ちょっとな。やっぱり新聞記事だが……。それで、おまえはあの時、警察からずいぶん調べられたろう？」

池上は訊いた。

「いえ、それほどでもありません」

「そうかな。しかし、犯行時間の直前におまえが被害者の家に味噌を届けているんだからな」

池上は、いつか刑事の口吻に戻った。

「けど、刑事は一回しか訊きに来ませんでした」

「そうか」

そうか、と云って自分を見つめている池上の眼の鋭さに、山村はかすかに怯(ひる)んだようであった。そのときの池上の眼つきは刑事のそれであった。

それから一週間経った。輸送船が仁川に入って、いよいよ明日の朝早くフィリッピンに向けて出港するという晩であった。山村が講堂の板の間に多勢と一緒に坐っている池上のところに匍い寄ってきた。

「古兵どの、この前、自分の町内に起った若妻殺し事件のことをおたずねでしたが、古兵どのもあの事件に多少とも関係をお持ちだったのですか？」

「おまえはどう思う？」

　池上は問い返した。

「古兵どのは警察の方ではなかったんですか？　この前の眼つきでそうだと思いました」

「実は警察にいたことがある。だが、N署ではない。だから若妻殺しのことは関係なかったよ」

　池上は詐欺罪以前の経歴を洩らした。

「やっぱりそうでしたか」

　山村はしばらく考えていたが、

「古兵どのは、自分がその後、あれは自分がやったと云ってN署に自首したことをお聞きになりませんでしたか？　青座という殺された女の主人の刑が決ってからですが」

「なに、おまえがあれをやったと云って自首して出たのか？」

　池上は眼をむいた。

「そうです。N署に訴えたから、他署の刑事さんの仲間にも知れ渡ってると思いました」

「いや、おれは聞いていないよ」

と、池上はまだ当時も刑事だったように装ったが、それよりも山村の意外な告白にびっくりしていた。

「そうだ。おまえが犯行時間の前に味噌を届けていたからな。一体、自首の内容はどういうことなんだ？」

「はあ、こういうことであります」

と、山村はN署に行って司法主任に述べた通りのことを池上に話した。

「そうか。それで謎がよく分った」

話を聞いた池上は深くうなずいていたが、

「それで、署のほうではおまえをどうして逮捕しなかったのだ？　その自首を聞いてどう云っていた？」

「あの事件は大審院の判決も済んだことだから、よけいなことを云うなと怒られました」

「ふうむ」

「しかし、古兵どの、実は、あの事件は自分が犯人ではありません」

「なに、では、どうしてそんな訴えをしたのだ？」

「……よく分らないのです。あのときの自分の気持が」

「おまえがやったのではないというのは嘘ではないだろうな？」

「嘘ではありません。警察に自首して述べたことが嘘だったんです。古兵どのは、犯行時の前に自分が味噌を届けたことをおぼえておられましたが、その時刻に青座さんの家に行っているのは自分だけではありません。新聞の配達人もいます。新聞配達のほうが自分よりあとであの家に行ってるんです」

「うむ」

と云ったが、池上は心では唸った。

そういえば、夕刊は郵便受の中に突っ込んであったのではなく、あの新聞記事では、たしか八畳の間の食卓の上にその夕刊は載っていたとあった。してみると、殺された人妻は夕刊を取りに郵便受に行ったか、あるいは、その夕刊を直接配達人から受取ったかしたのだ。門の戸は錠がしてなかったし、玄関の格子戸は開いていた。その新聞配達人は腕力の強い男だったかも分らない。そして、A型の血液型の男だったかもしれぬ。

「新聞配達人か。で、その新聞配達は警察にも調べられたのだろう?」

「調べられていますが、自分と同じように一度きりです。その新聞配達は間もなく辞めて居なくなりましたよ」

池上は、山村が自首して述べた内容が事実かどうか、まだ判断が出来なかった。山村が犯人のようでもあるし、そうでないようでもある。もし犯人でなかったら、なぜ、そんな嘘の自白をしに自首したのだろうか。

その晩、池上は睡れなかった。ほかの兵隊も寝つかれないようであった。明日輸送船に乗船しても、果してフィリッピンに無事に着くかどうか分らない。敵の潜水艦が東支那海を横行している。現に、この師団が出る前の輸送船は三隻ともやられて、満載の将兵のほとんどが海底の藻屑となっている。飛び込み演習も役に立たないのである。

このとき池上の頭を掠めるものがあった。

もし山村が犯人でなかったら、なぜ、嘘の自首をして出たか。その謎を解く考えが浮んだ。山村は兵隊にとられたくなかったからではないか。だからあの自首は嘘でも本当でもどちらでもよかった。彼はただ、刑務所に入れて貰えればよかった。戦争が進むにつれて未教育の若者がどんどん補充兵として召集されている。それを逃れるには重要犯罪人になることである。刑務所は安全な場所だ。現に青座村次は七年の刑だった。少くともこの七年間、青座は生命が安全に保障されているのである。山村政雄も青座のその安全な場所を狙ったのではなかろうか。……周囲では睡られぬ兵隊たちがしきりと寝返りをしていた。

——池上と山村とが乗った輸送船は、翌日の夕刻、敵の潜水艦のために早くも済州島附近で撃沈された。

種族同盟

一

人間の不仕合せは、ほんのちょっとしたはずみから起る。あたかも空気中に見えない菌が浮遊していて、指の一端に接触するようなものだ。

私の場合、それは東京地裁の廊下で起った。何かの用事で歩いていると、向うから同業の楠田弁護士が小脇にふくらんだ風呂敷包をかかえ、忙しそうにくるのに出遇った。私たちは、そこで立ち話をした。

「だいぶん忙しそうだね？」

「うん、国選弁護を少し引受け過ぎた」

楠田弁護士は小脇の風呂敷包をゆすりあげて見せた。もちろん、事件書類が詰っているのだ。

「君は精力家だから、何とかこなせるだろう？」

「それはいいのだが、少し困ったことができた。仙台の母親が危篤だと云ってきた。長いこと床についている年寄りで、今度はいけないかもしれない。それで、ぼくも二、三日は帰ってきたいのだが、この通り仕事をかかえているし、弱っている」

彼は顔を曇らせて云った。そんなことから、私は彼を手伝うことになったのだ。

国選弁護というのは、資力が無いため弁護人を傭えない被告人に代って国家が費用を出して弁護に当らせるのである。したがって、法廷弁護料はおそろしく安い。ある程度、数でこなさないと引合わない。国選弁護人は弁護の仕方が杜撰だとか、粗いという非難を蒙る。たしかに、ひどいのになると、ろくに記録類も見ないで、カンで法廷で大弁論をぶつという弁護人も居ることは居る。だが、全部の人がそうではない。この楠田君は良心的な弁護士である。私にも、貧しい被告人のために働こうという正義心はある。

楠田君は私が手伝いを申出たので、ひどくよろこんで、それでは面白そうな事件があるから、これをやってくれないかと云って渡したのが阿仁連平にかかわる婦女暴行事件であった。第二回公判は二日後に開かれるということだった。

楠田君は廊下の隅で事件の内容について手短かに要領を話した。その話によって、この事件の「面白い」という意味が分った。その記録類はあとで私の事務所に届けさせるということであった。

夕方、私が事務所に戻ると、すでに楠田君からの事件書類は到着していた。私の仕事の助手をしている岡橋由基子が風呂敷包を解いて、検事の起訴状などを読んでいた。

先生、これはどうしたんですか、と彼女が云うから、楠田君から引受けたのだと云い、どうだ、面白いかね、と訊くと、岡橋由基子は、この被告は無罪かも分りませんね、とても興味のある事件のようです、と云った。

岡橋由基子は、或る大学の法科を出るとすぐに私の事務所に働きに出た。もう、四年経っている。別に自分が弁護士になろうとか、この道で生活を立てて行こうとかいう気持ではなく、好きだからやっているということだった。頭のいい女である。私は記録書類の整理とか索引づくりなどを一切彼女に任していたが、まことに繊細に神経が行き届いていた。単に、整理だけでなく、記録の読み方に慣れると、こちらで気づかない発見などをした。私は、彼女の着想にたびたび助けられていた。これは普通の頭脳の持主には出来ないことである。いまでは、彼女は私のかけがえのない助手になっていた。秘書という名は、私は嫌いである。

彼女が、この被告は無罪かもしれない、と云ったので私は興味が増した。楠田君の意見もそうだったが、それは未だ私の感興を大きく動かすに至っていなかった。だれにも、担当事件には身びいきがあるからである。しかし、岡橋由基子がそう云うからには、そうかもしれないという強い予感が湧いてきた。

およそ、事件の弁護でも、情状酌量による量刑の軽減論や、捜査の不十分による小さな事実誤認の指摘、いわば揚げ足とりのような弁論ほど味気ないものはない。何といっても、死刑か無罪かというスリリングな設定に立つ事件ほど昔から弁護人を昂奮と功名心に駆り立てるものはないのである。

私は、気持を昂ぶらせて、阿仁連平の事件記録を早速に読むことにした。なにしろ、公判が明後日に迫っていることだ。私はビルの一室の事務所に居残った。

普通、書類を家に持ち帰ってゆっくり読むところだが、私の妻は半年前から胸を患って療養所に入っていた。子供が無いので、家に帰っても誰も居ない。出来るなら、家を往復する面倒が省けるから、この事務所にベッドを持ちこみたいくらいだった。

岡橋由基子は、私が夜ここに残るというので、買物に行き、湯沸し場で簡単な夕飯をつくってくれた。近ごろは、湯をわかす程度の流し場にも、いつの間にか彼女によって、アパートの台所の真似事のような設備が出来ていた。

由基子は自分の手でこしらえた夕食を私といっしょに終ると、あと片づけをし、いつものように、別れの作法をした。その作法は私が彼女の額と両頰に唇を当てることであった。

「先生、あまり遅くまでご無理をなさらないで」

彼女は私の指を握ってから出て行った。出て行く前に、これもいつものことだが、急には去りがたいように部屋の中に五分間ぐらいぐずぐずしていた。

ドアが閉り、彼女の靴音が階段の下方に消えてしまうのを聞き澄ましてから、私は「阿仁連平被告に係わる強盗・強姦・殺人事件」の記録に眼をさらしはじめた。警察官の捜査報告書、検視調書、死体解剖の鑑定書、領置調書、被疑者供述調書、被告人供述調書、参考人供述調書、起訴状などの写しである。

事件の内容の概略はこうである。

東京都の西のはずれに近いところにT川の上流がある。川幅は二十メートルくらい、水勢はかなり急で、川の中には岩石が出ていて白い泡を噴いている。付近はかなり深い渓谷で、景色がよかった。春から秋の末にかけて、東京からの遊覧客が多い。一本の街道に沿って電車が通じているが、この街道は往昔、江戸に供給する木炭の運搬路であった。山林は渓谷を遡るに従って深くなっている。

去年の四月二十五日の早朝、この川に架った吊橋から二、三十メートル上流の南岸で、水中に浮んでいる若い女の死体を、付近の者が発見した。川の中央ではなく、岸に近いところだったし、岩石が出ているので、死体がそれにひっかかっていたのである。そこは、大きな岩礁が露頭しているので、流れもせきとめられて淀んでいた。

死体の女は、まだ若かった。赤いセーターとスカートをつけて、その淀みに漂っていた。すぐ横は鬱蒼とした林で、岸は低い断崖になっている。一体、この辺の地形は、北岸に旧い街道があったり、電車が通ったりしていて、人家が多いが、南岸はひらけてなく、山林だけであった。だから、遊覧客は自然と吊橋を渡って、野趣のある南岸に行く。橋をまっすぐに行くとY村に入るが、途中の岐れ道から神社のある山の麓に出る。

土地の警察署員が来て死体を引きあげた。川に流されたのか、あるいは物盗りが持去ったのか、死者のハンドバッグは無かった。死体の手足に擦りむいた傷がある。年齢二十二、三歳くらい、栄養は良、色白の、ちょっと肥った女で、顔立ちも悪くはなかった。

検屍の警察医は、死後経過十四、五時間と推定した。すると、前日の午後六時から八時ごろまでの死亡となる。切傷はなく、頸部に絞殺の痕もない。警察医は、溺死だと云った。

死体は解剖のため立川病院に送られたが、所持していたと思われるハンドバッグが無いため身元の確認ができなかった。衣服からもその手がかりは得られなかった。だが、この土地の者ではなく、一見して当日東京から遊びにきた女であろうと想像された。四月二十四日といえば、この渓谷に見物にくるには少し早い。しかし、その日は土曜日であった。したがって、この渓谷にくる人の降りるO駅の乗降客はふだんより多かった。駅員に聞いてみると、たしかに、そうした女が午後六時十分着の電車で新宿駅からの切符を出して改札口を通ったという記憶があると云った。しかし、そのときは二十人くらいの客が降りたので、果して彼女に男の同伴者があったかどうかは分らないと云った。

女の解剖の結果が判明した。やはり溺死である。しかし、腹部にAB型の精液が残っていた。あいにく水中に長時間漬かっていたので完全な状態ではなかったが、死亡直前の性的交渉であることは認められた。パンティにも精液の斑点があった。ただし、それが強姦によるものか、和姦によるものかは分らなかった。強姦の場合に起りがちな、腹部周辺や両股に負傷の個所はなかった。といって、直ちにそれが暴力によるものでないとは云い切れなかった。手足の擦過傷に彼女の抵抗を推定させるものがあったからだ。

だれもが考えるのは、その女がひとりで東京から来てそこを見物したのではないということだった。必ず男の同伴者があったに違いない。二十四日午後六時十分着電車の降車客という駅員の目撃に間違いがなければ、見物に来たわけではあるまい。すでにあたりはうす暗くなっているころだ。あいにくとO駅の改札掛はおぼえていないが、いっしょに降りた二十人の降車客の中に相手がいたという可能性は強かった。改札口を通った二十人のうち半分以上は男で、土地の者ではない。若い男も七、八人はいたと駅員は云った。

二

この付近は、そうした遊覧客やアベックのために川沿いにいくつかの旅館が建っている。刑事は、旅館や飲食店・土産物屋などを調べたが、手がかりはなかった。しかし、うす暗くなるころに女がそんな場所にひとりで見物にくるわけはないから、必ずアベックであろう。陽気が暖くなると、旅館には入らないで、川沿いの深い木立の中で抱擁する男女も少くない。村の若い男で、わざわざそれをのぞきに行く者もあった。

すると、ここに有力な目撃者が現われた。吊橋の北側の東寄りに木炭問屋がある。その家の娘が、二十四日の午後七時前、裏の戸を閉めようとしているとき、吊橋を渡ってゆく赤い洋服の女と、その向うにいる男の姿とを見た。この家の位置からいうと、吊橋はちょうど斜めに見える。

それがどうして七時前と分ったかというに、テレビがニュースの前の天気予報をはじめたばかりだというのである。戸を閉めながらアナウンサーの声を聞いていたから間違いはないとその家の娘は云った。だが、娘の見たのは女の姿だけで、その傍を歩いている男は、折からの濃い夕闇と女の陰になっているような位置だったので、洋服もはっきり分らなかった。それに、赤い服の女は吊橋の中ほどから向うを歩いていたので、いわば、その赤い色だけが眼に残っていたのだった。炭屋の娘は、こんな時間、見物でもなし、また次の村に行くような人でもなさそうだし、この季節にもう早々とアベックが茂みに行くのかなと思って、雨戸にかけた手を止め、しばらく見送ったということだった。

そうすると、その女がO駅で降りたのが六時十分だから約四十五分から五十分の間がある。その間、彼女はどうしていたのか。この謎はまだ解けなかったが、多分、いっしょに歩いていた男が次の電車でくるのを、O駅付近でぶらぶらしながら待っていたのではないかという想像になった。このO駅付近は商店街が発達し、その時間にはかなりの人出がある。このへんの中心地だ。それで、待合せている彼女の姿も格別人の注意を惹かなかったものとみえた。

とにかく、炭屋の娘という目撃者の証言で、若い女が男づれで七時前に吊橋を南側に渡ったことだけは確実となった。女の死体が浮いていた現場と吊橋の南端とは、距離にして二、三十メートルである。そこで、付近一帯の密林の中が捜索された。ハンドバッグは出てこなかったが、溺死していた所からさらに上流に向って五十メートルのあたりに雑草がひどく乱れた所が発見された。ちょうど人が寝転んだ跡のようである。これが果して溺死した女と相手の男との行為の跡であるかどうかは決定できなかったが、有力な参考にはなった。ただし、密生した草が深いために足跡は一つも発見できなかった。

もし、その女が男といっしょに現場に来ていて溺死を遂げたなら、相手の男から川の中に突き飛ばされたという可能性もある。彼女は手足に擦過傷を負っているので、そのときの抵抗と推定されなくもない。所持していたと思われるハンドバッグの紛失も強盗説が考えられるけれど、相手の男が女の身元を知られたくないために持ち去ったというほうが自然の見方であろう。そうすると、生前の性交は合意のものではなく、男の暴力によってなされたということも考えられる。

男は女を伴って夕方の七時五分前（娘の聞いた天気予報の状況によりテレビ局に問合せた）に現場で語り合った。そのうち男が女に情交を迫った。女は聞き入れない。男は無理に彼女をねじ伏せて行為を遂げた。そのあと、女が怒り、彼を罵倒した。男は怒って女を川の中に突き飛ばした——こういう情景が想像されるのである。

その翌日、つまり、二十六日に女の身元が判明した。新聞で見た新宿の「ウインザー」というバアからの届出で、死んだ女は自分の店に働いているホステスの杉山千鶴子に違いないというのである。杉山千鶴子は土曜日の夕方店に電話をかけて、今夜は店を休むと連絡してきている。バアの経営者に死体を見せると、間違いないと確認した。

杉山千鶴子は、大久保の「若葉荘」というアパートの一室を借りてひとりで住んでいた。二十三歳の女だ。管理人に聞くと、その日午後四時半ごろ、彼女はアパートを出かけたという。別にどこに行くということも云わず、また男と待ち合せるということも云わなかったという。しかし、バアのホステスという身元が判れば、それが他殺なら、犯人の範囲はぐっと狭まる。

「ウインザー」にくる客で、千鶴子と親しかった者が警察によって洗われた。店の評判では、千鶴子は特定の恋人は持っておらず、ただ金のために誰彼となく一時の交渉はするようだと云った。そうなると、彼女が土曜日の夕方O渓谷に行ったことも分らなくはない。やはり金のために男に誘われたと思われる。

そうなると、彼女の死の直前の性的交渉は暴力によるものではなく、合意ということに傾きそうだった。ただ、そのあとに争いが起ったとすれば、金銭上の問題という推定が強くなる。つまり、彼女の要求した額が法外に高いので、相手の男が怒って喧嘩がはじまり、その兇行になったのではなかろうか。その説を強めるように、午後七時すぎ、現場から女の叫ぶ声を聞いたという者も出てきた。殺人の線はいよいよ有力となった。

杉山千鶴子のハンドバッグは安物の黒革で、中にはいつも千円か二千円しか入れていない。ためた金は銀行に預け、ほとんど小遣らしいものは持たないという主義だった。もし、それが事実なら強盗説は消える。しかし、彼女はいつも頸に細い銀鎖のペンダントを下げていたという。当日の外出のときも管理人はそれを見ている。

そのペンダントは彼女が以前に客からもらったもので、楕円形にビーナスの彫刻がリリーフになっているイタリア製品で、中を開くと小さな写真などはさむようになっている。彼女は恋人の代りに死んだ母親の写真を入れていたという。これが見当らないところを見ると、やはり身元を知られないように相手が鎖を引きちぎって逃げたのかもしれなかった。糸のように細い銀鎖だから、少し力を入れただけでも切れやすい。

杉山千鶴子と親しいバアの客からは有力な容疑者は挙がらなかった。「ウインザー」は小さなバアだから常連はきまっていた。彼らには、いずれも当日のアリバイがあった。ただ、千鶴子はフリの客でも金銭のためなら、その晩でも旅館に行きかねないので、相手が常連とは限らなかった。しかし、この店に、一、二度くらい来た客では名前も分らないし、捜しようもなかった。

三、四日経つと、所轄署の捜査は現場付近の聞込み重点に戻った。こうして浮んできたのが、阿仁連平である。

阿仁連平は鹿児島県の生れで、三十二歳であった。彼は吊橋の北側から約二キロ東のほうにはなれた、つまり、T川の下流に寄った「春秋荘」という旅館の番頭であった。番頭といっても、雑役夫みたいなもので、風呂の掃除や庭の掃除、使い走りなど、つまらない仕事をしていた。彼はこの家に二年前に傭われた独身者で、住み込みであった。それまでの経歴は千住の金属の町工場に工員をしていたが、そこが倒産したので、「春秋荘」の出した新聞広告を見てきたのである。

阿仁連平が捜査線上に浮んだ理由は、二十四日の午後七時三十五分に、彼が往還の西のほう、つまり上流のほうからひとりで急ぎ足に戻ってきたのを「春秋荘」の隣の主婦が見ていたからだ。この時間の記憶は、その主婦が東京からくる客があって、到着する時間を気にして腕時計を眺め、眼をあげたときに、阿仁の姿を見たのだから、間違いはないというのだった。彼女は自分の腕時計は正確であったと主張している。そのとき、彼女は阿仁に声をかけたけれど、彼は知らぬ顔をして、あわてたように「春秋荘」に入ったという。いつも、冗談口をきく男なのに、おかしな様子だと思った。この内緒話が捜査員の耳に入った。

「春秋荘」について調査すると、阿仁は二十四日の午後六時十分ごろ、投宿客の使いで駅前のカメラ店にフィルムを一本買いに出かけた。ちょうど杉山千鶴子が駅で電車を降りたときだ。その際折あしく、自転車はほかの者が乗って出ているので、彼はブツブツ云いながら徒歩で出かけた。「春秋荘」から駅前に行くには、一部、道路工事中の川沿いの街道に従って、一キロほど西に向い、途中から北に折れた坂道を、また一キロほど歩かねばならない。普通の歩行速度で、カメラ店までは約三十分を要する。事実、彼はフィルムを買ってカメラ店を六時四十五分ごろに出ている。フィルムを求める時間が約五分。

さて、このカメラ店から杉山千鶴子の溺死体が浮んでいたところ、あるいは、草の乱れがあった場所に到着するには、駅前通りの岐れ道を通っても、吊橋などあったりして、徒歩で十五、六分は要する。この岐れ道は狭くて迂曲し、通称「A通り」といわれている。さらに、この現場から「春秋荘」に徒歩で戻るには二十分くらいはかかる。

図解すれば次頁の通りである。

「春秋荘」から駅前のカメラ店を往復するには、以上の通り一時間もあれば十分である。すなわち、往路が三十分、復路が三十分、それにカメラ店でフィルムを求める時間が五分間として、六十五分なら普通である。

ところが、阿仁連平は「春秋荘」を六時十分に出発し、七時三十五分に「春秋荘」の門に戻っているのであるから、彼は往復に約八十分を費した。往路はまず普通だが、帰りに五十分もかかったことになる。すると、二十分間の時間的余剰が出る。二十分といえば、人間の行動では相当な余裕があるというのが捜査当局の考えであった。

こうして阿仁連平は捜査本部の注目を浴びることになった。しかしまだこれだけでは彼を引張るわけにはゆかない。捜査員が「春秋荘」についての彼の内偵をつづけているうち、少し見込みのある傍証を得た。彼の煙草の吸殻を得て鑑定にまわした結果、血液型はABであった。すなわち、杉山千鶴子の死体から出た精液と同じ型である。

ここで必要な知識は、血液型には分泌型と非分泌型とがあって、非分泌型では唾液にも精液にも血液型が現われないことだ。たとえば、当人がA型であっても、それは血液からは証明されるが、以上の分泌物からは証明ができない。阿仁連平の場合は分泌型であり、犯人と思われる男も分泌型だった。但し、採取された精液は、被害者の膣液と混

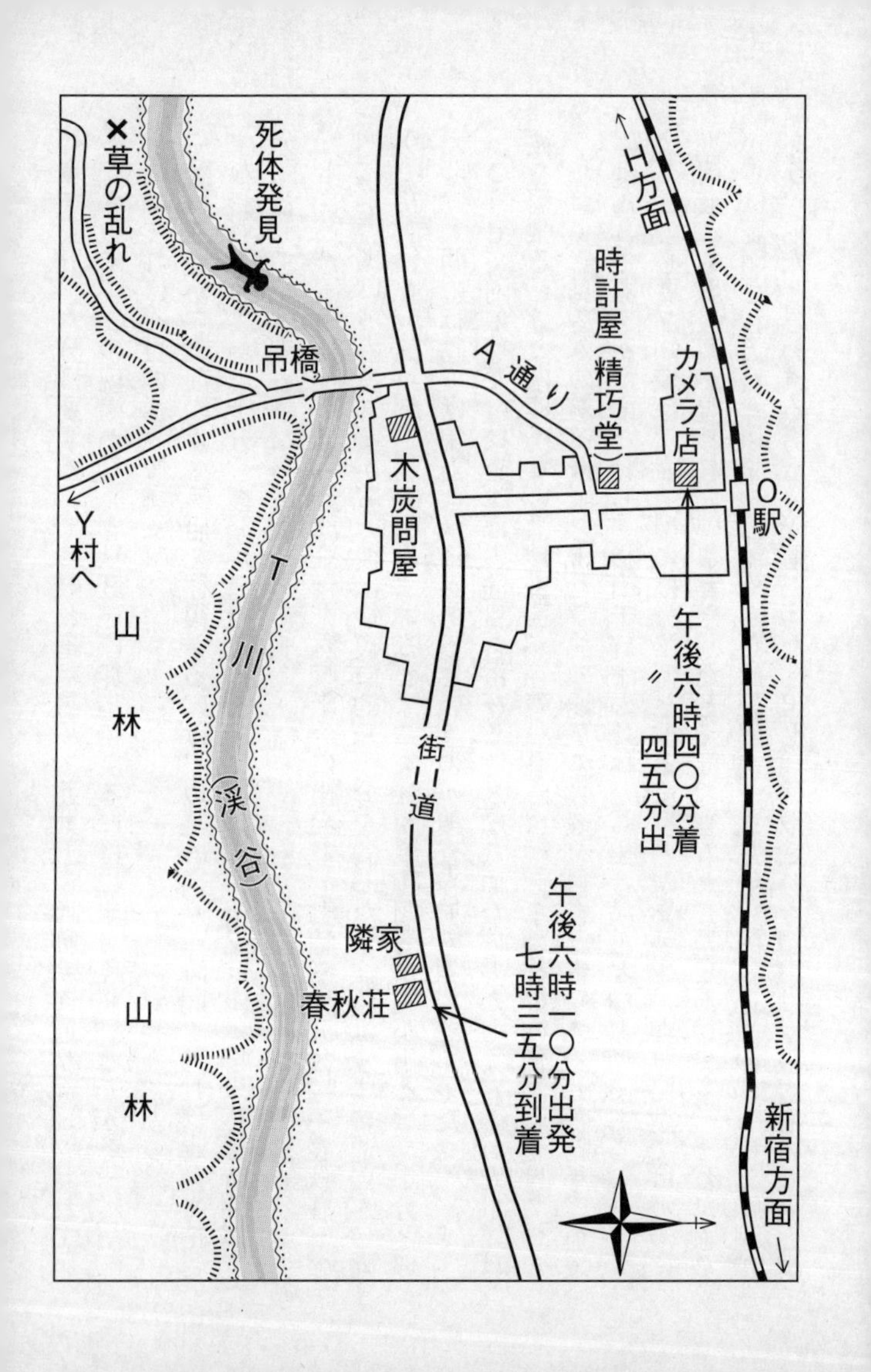

×草の乱れ
死体発見
吊橋
Y村へ
山林
山林
T川
(渓谷)
木炭問屋
A通り
時計屋(精巧堂)
カメラ店
H方面
O駅
午後六時四〇分着
〃四五分出
街道
隣家
春秋荘
午後六時一〇分出発
七時三五分到着
新宿方面

じったものであるから、それによる影響も考えなければならぬ。このことは、あとで出てくる。

三

捜査本部では阿仁連平を引張ってきた。このときの阿仁の答弁はこうである。

彼は、客からフィルムを買うように頼まれ、百円札二枚をもらい、「春秋荘」を午後六時十分ごろ出かけた。いつもなら自転車に乗るところだが、あいにくとほかの者が使用していて、徒歩で行かなければならなかった。この日はかなり疲れていたのと、約二キロも歩かねばならない大儀さとで、ぶらぶらと足を運んで駅のほうへ向った。途中、駅へ向う曲り角の手前で顔見知りの村の某(なにがし)とすれ違った。互いに短い挨拶をした。さらに、街道の岐れ道から駅に向かって行く途中でも顔見知りの別な旅館の女中と出遇った。彼女とも二、三話を交している。フィルムを買って帰り、商店街ではショーウインドーをのぞいた。そんなことで、ふだんなら往復一時間とみて充分だが、のろのろと歩いたので時間がかかったというのである。

彼の話によって途中で出遇ったという村の者と某旅館の女中とが喚ばれたが、二人の証言は彼の云うことと間違いなかった。最初に出遇った村の者は、六時二十五分ごろに彼と遇ったといい、某旅館の女中は、彼と遇ったのは、六時四十分に近かったと云った。

阿仁の歩行速度は、この二人の証言によってたしかめられた。

阿仁の血液は間違いなくAB型である。しかるに、被害者の血液を検査するとA型であった。この点でも阿仁は甚だ悪い立場に立たされた。

次に阿仁の原籍地の町役場について照会したところ、彼は前科二犯であった。一つは詐欺罪、一つは喧嘩による暴行罪である。戸籍謄本には前科は記入されてないが、原籍地の市町村役場には犯罪人名簿が備えつけられてある。

阿仁を重要参考人として捜査本部に留め置いている間、彼の住んでいる「春秋荘」の部屋を強制捜索した。だが、ここからは杉山千鶴子を殺したという証拠は何も出なかった。

ところが、その直後に大変なものが発見された。「春秋荘」の女中で鎌田澄子というのが、犯行当日と思われる二十四日の晩に、阿仁から細い銀鎖のついたペンダントをもらったと云って、警察に提出してきたのである。ペンダントは表面がビーナスの横顔の浮彫で、中をあけると、被害者の母親である老婆の顔写真が挿んであった。捜査本部は直ちに阿仁を殺人犯人として逮捕状を取り、本格的な調べに入った。

その部分の阿仁の供述をみると、次のようになっている。

「わたしはカメラ店でお客さんに頼まれたフィルムを買い、そこを出ましたが、カメラ屋の正面にある時計が六時四十五分になっていました。もう、こんな時間になるのかと店員に話したところ、その店員もふり返って、その時計の針を見ていました。それからもとの道をぶらぶらと引返したのですが、前にも申しあげた通り、その日はたいそうくたびれていたのと自転車が無いのとで、少々ゆっくり帰ってやれという気持になっていました。旅館に帰れば、すぐに働かされるので、商店街のウインドーをのぞきながらぶらぶら戻っていたのです。そうしますと、A通りに入る手前に精巧堂という時計屋がありました。そのウインドーの時計を五分ばかり眺めていました。というのは、わたしは自分の時計がもう古くなっていたので、新しいのが欲しかったからでもあります。そうして眺め終って、ふと足もとを見ると、同店の角に何やら白くて小さいものが落ちているのが目に入りました。拾い上げると、それが女がよく頸に下げているペンダントでした。西洋人の女の横顔が彫ってあります。前からここに落ちていたのを通行人に気づかれないままに残っていたものと思われました。わたしは左右を見まわしたが、別に落し主も見えないふうなので、それをポケットに入れて戻ったのです。帰り道はあいにくと知った人に出遇いませんでした。そんなことで、『春秋荘』に帰りついたのがだいぶん遅い時間となりました。たしかに隣のおかみさんから何か云われたおぼえはありますが、使いの時間が少々遅くなったので、門のところでは気持が急いでいたのです。

わたしは買ってきたフィルムをポケットから出して女中の鎌田澄子に届けるようにたのんで、ふと、もう一方のポケットに入っているペンダントをこの子にやろうかなと思いました。けれども、なんだか、そんなものをやると変に思われそうなので、もう少し経ってから機会をみて彼女に渡すつもりになりました。鎌田澄子はいつもわたしを庇ってくれているので、何となく好きだったのです。そうして、あれは午後十時ごろでしたでしょうか、わたしが風呂の水をみるために別館に行く途中、別館の入口から出てくる鎌田に遇いました。そこで、ポケットに入れていたペンダントをとり出し、これはその先で拾ったのだが、よかったらあげるよ、と云って渡しました。鎌田澄子は、どうもありがとうと云って、それを眺め、これは舶来ものらしいから大事にとっておく、と礼を云いました……そんなことで、わたしはそのペンダントをA通りに入る手前の時計屋のウインドーの下で拾ったのであります。決して他人のものを盗んだのではありません」

女中鎌田澄子の証言によれば、阿仁連平の供述と一致していた。阿仁が七時半ごろ「春秋荘」に戻ってきたとき、どんな様子であったか、と係官にたずねられて、彼女はこう述べている。

「阿仁さんは、そのとき、少し息をはずませていたような気がします。どことなく落ちつかない様子でした……わたしがあのペンダントのことを早く刑事さんにお話ししなかったのは、まさか、あれが川で死んだ女の人の持物とは知らなかったからです。阿仁さんが警察に調べられてから、こんなものを持っていてはどんな災難にかかるか分らないと思い、それで警察に届けたわけです。ペンダントを阿仁さんがくれたときは、ただ、こんなものを拾ったんだが、よかったらあんたにあげるよ、と云っただけです。そのときは別に変った様子もありませんでした」

なんといっても有力な証拠が出てきたので、阿仁連平の容疑は決定的となった。彼は起訴された。
次に検事の起訴状を読むと、被告阿仁連平の罪状立証として次の点が挙げられている。
①　阿仁は被害者のペンダントを持っていた。O町で拾ったというのは嘘である。
②　被害者の膣内に残留していた精液から検出された血液型はAB型であり阿仁の血液型AB型と一致する。
③　「春秋荘」からO駅前のカメラ店まで徒歩で往復しているが、所要時間が長すぎる。すなわち、普通五十分乃至六十分で済むところを七十八分もかかっている。これは阿仁が現場において杉山千鶴子に対する犯罪をなしたためと考えられる。
④　往路には阿仁と出遇った目撃者はあるが、帰路には誰もいない。しかし、推定するに、阿仁は帰路、大急ぎで「春秋荘」に戻ったと思われる。「春秋荘」の隣の主婦が目撃した「非常に急いでいて返事もしなかった」という証言、並びにペンダントを阿仁からもらった同荘の女中鎌田澄子の「使いから戻った阿仁は落ちつかない様子で、少し昂奮していた」という証言等によって、犯行後の犯人の態度を推察するに十分である。
以上によって、検事は阿仁連平の犯行を次の如くに推定している。

「阿仁連平は『春秋荘』を六時十分ごろ徒歩で出発し、途中、二人の知人と遇い、駅前のカメラ屋に六時四十分ごろに到着した。客から頼まれたフィルムを買うのに約五分間かかり、六時四十五分ごろ、同店を出た。このとき、多分、駅前にいたと思われる杉山千鶴子を見かけ、多分は被告のほうから話しかけたと思われる。被害者杉山千鶴子は、午後六時十分到着の電車でO駅に降りたが、吊橋を七時五分前に渡ったのであるから、それまで同駅付近を逍遙していたことと推定される。そして、時間的にいって、駅前通りで被告と出遇ったことは間違いない。被告は被害者と面識はなかったが、欲情を覚え、甘言を用いて被害者を誘い、吊橋への近道であるA通りを歩き、七時前に、二人で吊橋を渡ったものと考えられる。同吊橋の北岸の東側にある木炭問屋の娘の証言によれば、テレビが七時前の天気予報をやっていたときに、吊橋を渡ってゆく赤い洋服の女と男の姿があった。もっとも、男の姿も服装も折からの夕闇と遠距離のために証人は確認するに至らなかったが、このときの赤い洋服姿が被害者杉山千鶴子であり、いっしょに橋を渡っていた男が被告であると推定するに困難ではない。

吊橋を渡った被告は、被害者を誘い、おそらく、現場検証によって発見された草の乱れたる場所において突然情交を迫ったものと思われる。被害者は極力抵抗したため、被告は被害者の頸から銀鎖つきのペンダントを力ずくで奪ったか、あるいは被害者が被告と争ううちに細い銀鎖がはずれてペンダントと共に下に落ちたか、どちらかであろう。被告は遂に被害者を組伏せ脅迫し、被害者の抗拒不能に乗じて欲望を遂げた。その後、被害者が怒り、警察に届けるといったか、あるいは大声で喚(わめ)くかした。午後七時すぎに、現場と思われる方面から女の叫びを聞いている人がある。被告は殺意を生じ、被害者の身体を背後より強く突飛ばしてT川に転落溺死せしめたものと推定される。けだし、被害者の手脚の擦過傷は抵抗中に生じたものであるが、川または海に背後より突飛ばした場合は、被害者に負傷なきことは、これまでの事犯例によっても明瞭である。しかして、被害者の溺死体は下方に流れたるも、その辺にある岩礁の淀みのために遮られ、発見現場に残留していたものであろう。

被告は被害者より強奪したるハンドバッグを川の中に投じたるも、T川の中央近き部分は水勢すこぶる激しきためハンドバッグは水底に沈没せず、下流に押し流されたため、その後の発見は不能に至ったものと思料される。

被告は兇行後、ペンダントをポケットに入れ、何喰わぬ顔で『春秋荘』に七時三十五分ごろ帰着した。普通、駅前のカメラ屋から『春秋荘』まで三十分乃至三十五分で済むところを約五十分も要しているのは、この兇行に費消したるがためである。

しかして、阿仁は『春秋荘』に帰着したるも、被害者より奪いたるペンダントを、大胆にもかねて好意を寄せている同荘の女中鎌田澄子に与え、彼女の歓心を買わんとしたものである。

被告は警察官に対しても本官に対しても頑強に犯行を否認し、自己の供述を同様に繰返しているが、以上の物的証拠ならびに情況証拠によって被告の否認にもかかわらず、杉山千鶴子をT川に転落させ、溺死に至らしめたのは、被告の計画的犯行によるものと思料される」

四

私は、その晩、十一時すぎまで事務所に残って、この「阿仁連平にかかわる強盗・強姦・殺人事件」の関係記録書類の全部に眼を通し終った。

これは、むずかしい事件である。

どこからみても、被告阿仁連平の犯罪を指摘する検事の主張は崩れそうもない。まず、ペンダントという証拠品がある。血液型の一致がある。被告と被害者とが駅前で遭遇したという時間的一致の可能性がある。被告が働いている「春秋荘」から駅前のカメラ屋を徒歩往復した所要時間も長すぎる。

どこから崩したらいいだろう。私はそれから一時間あまりも、メモを取っては考え、ひとり住いの家に戻ってからも床の中で思案した。考えているうちに、唇のふれた岡橋由基子の額や頰が浮んできた。そして、彼女と被害者の杉山千鶴子の幻想とが重なったりして、いやな気分であった。由基子は、この被害者のように、教養の低い（？）、不純な（？）女では決してないのに、ふしぎなことであった。私は自分の頭からこの不快な複合を分離することに努めた。

何といっても、難物は銀鎖つきのペンダントである。これだけでも、被告の罪状は決定する。

しかし、ペンダントが、なにも他の力によって頸からはずされるとは限らない。自分でかけていて知らない間にはずれ、紛失したという例もあるからである。してみれば、被告阿仁が精巧堂の角でそのペンダントを拾ったということもあり得ないことではないのだ。

私はその略図を見た。その時計屋は、駅前通りからA通りに入る角から、駅に向って二軒目であった。そうすると、被害者は吊橋を渡って現場に行ったのであるから、当然、A通りを通過したことになる。だから、その通りに入る角の近くでペンダントを落したと云っても、理由は成立つ。

しかし、これは被告の申立てであって、裁判官を承服させるのは困難であろう。

第二は血液型である。これも鑑識の結果、被害者の体内に残っていたものと被告のものとが一致している。だが、被告ならずとも、他のＡＢ型の男性が被害者の死の前に彼女と性的交渉を持っていたならＡＢ型を残す可能性がある。

こう考えた場合でも、やはりこれも被告の無罪を証明するには説得力が弱すぎる。

次に、やや有望なのは時間的な問題である。被告が駅前のカメラ屋から「春秋荘」まで帰る時間は、なるほど、普通よりは長くかかっている。しかし、普通の所要時間と思われる三十分を規準にして考えれば、被告の費した時間は約五十分であるから、二十分くらいの余剰でしかない。

ところで、わずか二十分間に、被告が被害者を現場につれて行き、暴力をもって欲望を遂げ、さらにその後被害者を川の中に突き飛ばすということが出来得るであろうか。いま、現場から復路の「春秋荘」の徒歩所要時間を標準的にみると、二十分といわれている。したがって、この時間は駅前のカメラ屋からA通りを通って現場に行き「春秋荘」まで帰るのとくらべると約五分の違いとなる。つまり十五分から二十分の間に阿仁の犯行が可能であるかどうかが問題だ。検事は可能とみている。だが、それは不可能のようでもある。しかし、あるいは可能かもしれないのだ。

この辺が、この事犯の弁護を受持った楠田弁護士の着眼点である。彼も約二十分の時間にこの犯罪が成立するかどうかを争うつもりであったと私に話した。

しかし、それを圧倒するのが、やはりペンダントの問題と血液型の問題である。あとの、被告が「春秋荘」に到着した際そわそわしていたとか、昂奮していたとかいうのは証人の主観的な印象であるから、これは薄弱として斥けることができる。

翌日、私がいつもよりは少し遅れて事務所に出ると、岡橋由基子は来ていて、事務員の太田君に裁判記録の謄写を頼んでいた。それは、ほかの事件だったが、彼女は私の顔を見ると、

「先生、いいお考えがつきましたか？」

と微笑しながら訊いた。

「いや、なかなか、むずかしいね」

と私は云った。

「昨夜は、遅くまでお調べになってらしたのでしょう？」

「ああ、家に帰ったのが十一時四十分ごろだったかな」

「わたくしも、昨日、先生が事務所に裁判所からお帰りになる前に、楠田先生からのあの書類が届いたので、ざっとお先に目を通してみたんです」

由基子は少し頰を赧らめて云った。それは、私より先に読んだためではなく、事件の性質が性質だからであろう。裁判記録だから、婦女暴行も歯に衣をきせぬ筆致で、極めて客観的に叙述されてある。

「あ、そう。君は、昨日、ぼくに、これは見込みがあるかもしれないと云ったね。それは、やはり被告の現場往復の所要時間のことかね？」

私は彼女から視線をはずし、煙草に火をつけながら云った。

「そうなんです」

「しかし、ほかにむずかしい証拠が揃ってるよ」

「それは分ります。でも、わたくしは何だかこの被告が無罪になれそうな気がするんです」

「どうして？」

「この記録を読んだとき、これと似たような事件例を何かで見たような気がしたんです。どうしても思いつかないので、昨夜、家に帰って考えているうち、やっと思い当りました。それで、今朝、少し早くここに来て、棚をさがしてみました。……これですわ」

由基子は私の机の一隅を指さした。それは紙が赤茶けている古い洋書だった。ロンドンの法律家協会が出している『英国著名刑事事件裁判報告集』("A Casebook of English Criminal Court" by the Lawyers Association of London, 1925) であった。七百ページもある分厚なものだが、その真ん中あたりに付箋がはさんであった。

「よく、こんなのを見つけたね?」

「まあ、お読みになって下さい」

私は椅子の上に落ちつき、付箋のところから読んだ。それは次のように翻訳されよう。

「最も異数にして且教訓に富む事件はホルロイド判事(Mr. Justice Holroyd)の係で千八百十七年ウォアーウイック秋季巡回裁判に於て裁判されたエーブラハム・ソーントン事件であろう。午前七時頃暴行された上、水穴に投込まれ溺死したものと思われる若い一婦人の溺死体がとある水穴で発見され、ソーントンは其の犯人として起訴されたのであった。此の事件に於ける情況事実は次の通りであった。

被害者の帽子、靴、袋が水穴の土手上で発見され、水穴から四十ヤード離れた叢には人が寝転んで居た一箇の痕跡があり、其の足の方の跡の地上には多量の血が流れ、数箇の太い靴跡があり、此所から水穴の方に十ヤードの所迄は歩道の一方の端から約一フィート半の叢の中に血痕があった。死体の発見された時には叢の中には全然足跡なく、血の附いて居る草には朝露が宿って居て、此の情況から叢の血は誰かが被害者の身体を抱いて歩道を運んで居る際に滴り落ちたものに相違ないとされて居た。死体検査の結果は胃袋の中に約半パイント（一合七勺）の水と水藻のあることが発見され、之に依り被害者は生きて居る中に水穴に突込まれたことが判明したが、姦淫を和姦と見ることを得ない身体上の徴候は存在しなかった。

死体発見の直後、水穴のある畑に接する耙で地ならしをした許りの畑に被告人と被害者の左右の足跡が発見され、此の足跡は足幅及足跡の深さの関係から被告人が駈けて居る被害者を追跡し、結局追付いたものであることを物語って居た。被害者が被告人に追付かれた所から畑の中の両人の足跡は歩調を揃えて水穴及人の寝転んだ跡のある叢の方に向い、水穴から四十ヤードの所迄続いて居たが、それから先は土が堅くて足跡は之を認めることが出来なかった。

尚、水穴から前記の地ならしをした畑を横断して走り去って居る被告人の足跡があり、之に依り被告人は問題の婦人を水穴に突込んで一人で畑を横断して逃走したものであると主張された。此の外に尚、水穴の縁の近くに男の左足の靴跡（此の靴跡が被告人のものであるということは証明されなかった）があったが、被告人の穿いて居た靴は左右揃の靴であったことが証明された。被告人のシャツ及ズボンには血痕が附着して居り、被告人は被害者と情交した事実は認めたが、情交は合意に依るものであると主張した」

五

文章はつづいている。

「以上の如く情況事実は被告人に極めて不利で、被告人が真犯人なることは一見決定的の観があったが、被告人は不在の抗弁を提出し、完全に之を立証した。即ち、被告人と被害者は前晩居酒屋でダンスをして、真夜中頃一緒に居酒屋を立出で、朝の三時半頃事件の現場付近にある段々の所で共に語らい、其後四時頃被害者は前日着物を入れた袋を預けて置いたエルジントン所在のバトラー夫人の家を訪問したが、其時被害者は上機嫌に見え、着物の一部を預けて居た着物と着替え四時十五分頃同家を立去った。

被害者の自宅に帰る道は畑の中にあり、其の一部は最近地ならしをした許りで、水穴は此の地ならしをした道に接する畑の中にあった。被害者がバトラー夫人の家を立去ってからの行動は、数人の者が次々に見て居たが、それに依れば、被害者は一人で公道を自宅の方へ歩いて居り、此の公道に於て被告人が被害者と一緒にいたとすれば被告人の姿は遠くから之を望見することができる筈であった。最後に被害者を見掛けた人が被害者の姿を認めたのは被害者が右夫人の家を立去ってから十五分以内即ち四時半前後であった。

次に被告人の方であるが、四時半頃、少くとも四時三十五分前に、被告人とは一面識もない四人の者が小路を被害者の家とは反対の方向に悠々と歩いて行く被告人に出会い、四時五十分頃には更に他の者が四時半頃被告人が前記四人の者と出会った場所から一マイル許り離れた所を依然悠々として前と同じ方角に歩いて居る被告人に出会い、被告人から声を掛けられて十五分間立話をし、又其の後五時二十五分には更に別の人が半マイル許り離れて居る家の方へ歩いて行って居る被告人に出会ったのであった。バトラー夫人の家から水穴迄は一マイル四分の一余の距離があった。

さて、被害者が此の間を二十分で歩けるとすれば、被害者がバトラー夫人の家を出て水穴のある所に着いたのは四時三十五分頃と思われるが、被告人が最初に四人の者に出会ったのは如何に想像を逞しゅうするも四時半乃至四時三十五分の間であり、此の場所から水穴迄は二マイル二分の一あるから四時三十五分頃に被告人が水穴の所に居合わすということは不可能であった。

被告人を真犯人と仮定すれば、被告人は被害者がバトラー夫人の家を立去って後、被害者と一緒になり、且被告人は三マイル四分の一余を歩き——其の間幾分かは被害者と連立って——二十分乃至二十五分の間に追跡、情交、殺人を行ない、その上被害者の帽子、靴、袋を土手上に揃えて置いたこととせざるを得ない。被告人は被害者の死体発見後二、三時間内に逮捕されたが、彼はアリバイを主張し、此の抗弁は検屍陪審、捜査官憲の取調に於ても亦公判に於ても終始一貫して主張されたものであるが、原告は之に対して反駁を為さず、又右抗弁を立証する証人の証言の信憑力に対しても何等反対がなかった。

時間の点に関する証人等の証言は証人に依り甚（はなはだ）しくまちまちであったが、事件発生の翌日慎重に比較検討して一般の時の標準に直されたので、証人等の証言せる真実の時間に付ては疑問の余地がなかった。こう見るならば、被告人を其の起訴にかかわる犯罪の真犯人とすることは到底不可能であるが、此の事件は強く世間の憤激を買っていたため、被告人に対し無罪の判決が下されると、其の判決は世間から大きな不評を蒙った。然しながら、此の事件は裁判に携わる者が沈着冷静に其の使命を果した好個の実例を提供せるものである。

大体、この事件に於いては、陪審が拠（よ）って以て被疑事実を推理すべき罪体に関する決定的の証拠が全然欠けて居たのである。被害者は被告人の誘惑に依り情交して被告人と別れると、失敗ったことをしたと後悔して其の瞬間に水穴に飛込んで自殺したものかも知れず、また被害者は居酒屋で被告人と会った日の朝は歩いて市場に行き、夜は夜でダンスに熱中し、更に終夜食事も摂らずに畑の中を歩き廻ったので、水穴の縁に行った時、ダンス靴を前日穿いて居て袋に入れて持って居た長靴と穿き替えんとして腰を下し、其の際疲労の為に水穴の中に落込んだのかも知れない。

被告人が被害者を強姦し、其の発覚を恐れて之を水穴に突込んだと云う主張は単なる臆測に過ぎない。いや、被害者が従来一面識もなかった被告人と終夜外出した事実、及び、バトラー夫人の家に於ける被害者の行動よりすれば、情交が合意の情交で、被害者がバトラー夫人の家を訪問した午前四時——被害者は此の時家人に対し何等の訴もせず、却って平気で陽気な顔をして居た——以前に行なわれたことは疑いないところである。更に、血の附いて居る叢の露が落ちて居なかったという事実に依る推論も亦同様に根拠薄弱である。けだし、叢の露が血の附く以前に宿ったものであるという証明なく、却って、被告人及被害者は夜中確かに反対側の叢の中に一緒に居たことがあったのであるが、其所にも両人の足跡を認め得なかったことが判明したからである。

立場を代えて、被告人の不在証明が不完全で、被告人は被害者と別れて後他人と出会ったことなく且足跡のない叢の血滴に依り示唆される推論は被告人と被害者が当夜確かに一緒に居た反対側の叢に其の足跡のなかった事実に依り何等の影響を受けるものでないと仮定すれば如何なる結果となるか——此の場合には、被告人の有罪なることは疑いの余地のないものと考えられ、被告人が死刑となることは確実であるが、以上指摘した情況事実は孰れも明かに有罪の徴憑と思料された事実とは別な独立の事実であり、事実このような釈罪的情況事実ある以上、被告人の無罪たるべきは当然である」

——読み終った私は、その全く似た事件例におどろいた。これは外国の事例だが、地球上に人類が生活を営む以上、共通の現象は起り得るに違いない。

それにしても、岡橋由基子がこの報告文を以前にちゃんと読んでいて、記憶していたのには感心した。私はこの本にはあまり眼も通していなかったのだ。だが、これは彼女の記憶の正確さではあるまい。彼女の誠意、つまりは私に対する愛情を感じることができた。というのは、この本のなかから、この記事の部分を探し出すのは、容易なことではなかったろうからだ。ロンドンの法律家協会の会報は二十冊近くも棚にならべてある。聞けば、彼女は昨日その記事のあったことを思い出し、今朝は八時から事務所に来て、本のなかから捜し出したということだった。

ふしぎなもので、似たような事件例が無罪になっていると思うと、私に勇気が湧いてきた。その勇気のほとんどは、由基子が私に与えたものである。

このとき、由基子は私にこんなことを話した。

「この事件の起訴状を読むと、阿仁被告は被害者の杉山千鶴子さんを甘言をもって現場に誘ったとありますが、それまで杉山さんは阿仁さんと一面識もありません。女は、見ず知らずの男の人に話しかけられると、本能的に警戒するものです。ことに、被告は旅館の番頭さんですから、風采も貧しかったに違いありません。そんな男の人に、被害者がのこのことついて行くはずはないと思いますわ。淋しい場所で、しかも暮近くの時刻でしょう。被害者はバアの女(ひと)で、お金目的(めあて)でお客と浮気していたそうですが、被告にはそんなお金なんかありませんもの」

これは適切な助言であった。なるほど、いかに杉山千鶴子がバアの女でも、駅前で被告の阿仁に話しかけられたからといって易々(やすやす)と夕闇の逼(せま)るあの寂しい現場について行くはずはなかった。また、たとえ金で誘われたとしても、杉山千鶴子だって誇りはあろうし、警戒心もあったに違いない。どうみても、これは不自然であった。

「そうすると、君は、杉山千鶴子があの現場に行ったのは、ほかに恋人がいて、それといっしょだったという想像なんだね？」

「それしか考えられませんわ。杉山さんは六時十分の電車でO駅に降りています。吊橋を渡ったのが七時ですから、彼女はその間、駅前をぶらぶらしながら次にくる電車の恋人を待ち、そこで落合って現場に行ったのかも分りません。あの電車は三十分おきに到着していますから、相手の恋人が来たのは六時四十分ごろでしょ。そうすると、恋人ふたりが愉しそうに話しながら歩けば、あの吊橋にはちょうど七時前ごろに着くことになりますわ」

　駅前から吊橋までは普通の歩行速度で約十分である。しかし、女が恋人と話しながら歩けば、たいてい、その速度は落ちる。いわゆるぶらぶら歩きになるから、吊橋の袂（たもと）の木炭問屋の娘が七時五分前の天気予報の時間に吊橋を渡る赤い洋服の女を見かけたのは、由基子が云う通り時間的にも合うことになる。

　私はここに検事の論告を崩す突破口が見つかったような気がした。

　何しろ、第二回の公判は明日に逼っている。これから拘置所に行って阿仁被告に面会したいのだが、その時間もなかった。国選弁護人の常として、法廷で初めて被告と顔を合せるという仕儀となった。だが、拘置所に行く代りに私は知合いの法医学者のところに駆けつけた。これも由基子のちょっとした言葉の暗示からだった。暗示というのは、彼女が女としての羞恥心からはっきりと言葉に出して云えなかったという意味である。

翌日の法廷で、私は被告の阿仁連平の顔を初めて見た。彼は体格はいいが、三十二歳よりやや老けた感じで、蒼白い顔をしていた。阿仁は初め、国選弁護人の私にそれほど期待していないようであった。どうせ、いいかげんなお座なりの弁論しかしてくれないと思っているようであった。もっとも、これは阿仁被告に限らず、国選弁護人のついた被告には共通の心理でもある。やはり自分で金を出して頼んだ弁護士でないと真剣に弁護してくれないと思いこんでいるのだった。だが、私の弁護が進むにつれ、彼の眼は輝き、その横顔はときどき私のほうに向いて強い眼差を送るようになった。

六

私の弁論要旨というのはこうである。そのあらましだけを書いてみる。

「起訴状によれば、被害者の銀鎖のペンダントを被告が所持していたことが唯一の物的証拠となっている。なるほど、被害者が死の直前に所持していたものを持っていたとすれば、犯罪を証明する強力なものになりそうである。しかしながら、被告は、このペンダントはO駅前通りの精巧堂という時計屋の角で拾得したと供述している。ペンダントは細い鎖についたもので、これがときどき頸からはずれて落ちることは婦人の場合よく聞く話である。この証拠品のペンダントを見るに細い鎖がはずれているが、必ずしも暴力によってちぎられたものとは決められない。鎖の環がルーズな場合、環から抜け落ちることは極めてありうるからである。婦人がこのようなペンダントを紛失した場合、ほとんど銀の環がはずれたことによって生じるのが多い。してみれば、被害者が精巧堂時計店の角で、このペンダントがはずれて落下したのを気づかずにいたということも大いに可能性があるのである。すなわち、被告がこのペンダントを持っていたところで、それが直ちに犯罪と結びつくとはいえないのである。

しかも、被告は、自分の働いている春秋荘の女中鎌田澄子に二十四日の午後十時ごろ与えている。被害者の死亡時刻は二十四日の午後七時すぎから八時ごろまでの間と思われるが、犯人の心理として被害者から奪ったものを、その数時間後に他人に易々と与えるであろうか。事件から相当日月が経った時期ならともかく、おのれの犯罪の証拠品となるものを、その直後に他人に与えるという心理になりうるだろうか。犯人は当然警察の捜査を予期しているであろうから、そうしたものはできるだけ他人の眼にふれないところに秘匿するのが自然の心理である。つまり、これをもってしても被告が銀鎖のついたペンダントを路上で拾取した事実を逆に裏書きするものである。

次に、起訴状によると、被害者の体内から出た精液の血液型はAB型である。しかして、被告の血液型もAB型である。何びともこれをもって被告が被害者を犯したとみる。しかして、被害者の血液型はA型である。性的交渉の場合注意すべきことは、男性の精液に女性の膣液が混合していることである。この事件では被害者がA型で、被告がAB型である。被害者の体内から出た精液はAB型であるが、これだけですぐに被告の精液とは認めがたい。何となれば、被害者はA型であるから、もしここにB型の男がいて、彼女と性的交渉があった場合、彼女の膣液がそれに混合するので、検出された精液はAB型となる。しかして、仮りにA型の女がAB型の男と性的交渉があった場合も、その膣内に残留した精液はAB型となるのである。これは法医学界の定説となっているところだ。したがって、本事犯の場合、被害者の体内から検出されたAB型の精液が直ちにAB型の男性のものであるということは云われないのである。あるいは男性はAB型であったかもしれない。あるいはB型であったかもしれない。要するに、被害者のA型を考えれば、男性はAB型ともいえるし、B型ともいえるのである。こう考えれば、被告がAB型であるからといって、直ちに真犯人と決定することは出来ないのである。

次に、被害者の解剖所見によると、手脚には擦過傷があるが、太腿内側、外陰部などには、強姦の場合しばしば見受けられる表皮剝脱、皮下出血などの所見が無い。してみれば、これを強姦と決定するのは甚しく危険である。むしろ、合意の上の情交を思わしめる。起訴状によれば、被害者の手脚の擦過傷は抵抗によって生じたものであると推定しているが、現場は自然の山林中であり、雑草の密生している所である。被害者が相手の恋人と情交を遂げているうちに、そうした灌木や木の枝、棘、茅などで負傷したかもしれないし、あるいは、被害者が川の中に墜落する際、岩などにふれて生じた傷かもしれないのである。

以上によって起訴状にある物的証拠は覆(くつがえ)されたと思うので、次に情況証拠に移る。

被告がこの犯行をなしたと推定されるもう一つの根拠は、被告の春秋荘からO駅前のカメラ屋への往復時間である。普通の徒歩速度ではこの距離を歩くに五十分乃至六十分だとされている。現に、被告はカメラ屋に行く途中、同村の知合いの男と他の旅館の女中とに出遇っている。二人の証言時間を綜合するに、被告の歩行速度は、往路は普通に近い状態であったようにみえるが、被告の供述によれば、旅館から使いを命じられた際、折悪しく自転車が他の者によって使用されていたため、往復約四キロの間を歩かなければならぬと心理的な疲労を感じたと云っている。のみならず、被告は、その日、かなり労働に従事していたので身体的にも疲労の度が加わったと述べている。すなわち、当時の被告の状態は心理的にも肉体的にも疲労があったのである。被告は自転車が使用できなかったために往復の徒歩が苦痛だった。してみると、平常の徒歩速度よりも時間が長くかかったということは自然に解釈され得るであろう。

起訴状によれば、被告はこのカメラ屋への往復に約八十分を要し、普通の往復六十分を差引くと二十分の過剰があるので、これが犯行の時間であると推定されている。しかしながら、わずか二十分間に、果して被告がこのような犯行をよく為し得るであろうか。検察官の推定によれば、被告はカメラ屋を午後六時四十五分ごろに出て、被害者に遇い、連れ立って通称A通りを通り吊橋を渡ったとある。このとき、被告は甘言をもって被害者を同行せしめたというのである。されば、橋詰の木炭問屋の娘が目撃した赤い洋服の女の伴れの男は被告であると推定している。七時五分前に同吊橋を渡った被告が現場に到着するには少くとも五、六分は要したであろう。現場は山林中の径である。そうすると、犯行時間は残り十五分になる。この十五分の中には現場から吊橋に戻るまでの五分も含まれているから、それを差引くと、被告は十分間で被害者を暴力をもって捻じ伏せ、強姦し、そのあと、川に突き落したことになる。これが十分間に出来得る犯行であろうか。検察官はそれを可能としているが、本弁護人はむしろ不可能を立証するものと思っている。

カメラ屋より通称A通りを経て吊橋に至る時間は普通十五、六分であるとされているが、被告は疲れていた上に、被害者の女性づれであるから、どうしても普通の歩行速度より緩慢であったとみなければならない。すると、犯行の十分間はさらに短縮されるであろう。本弁護人が現地に行って実地につき踏査するに春秋荘からO街道を通り、途中の岐れ道からO駅に向い、カメラ屋に到着するのに約三十分を要した。そして、カメラ屋より通称A通りを通って吊橋を渡り、兇行現場とみなされている山林中の草の乱れた所に到るには二十分を要した。さらに、現場より春秋荘への帰路は二十五分であった。春秋荘の近くは、当時、道路工事のため悪路となっていたから、なおさらである。すなわち、何ら疲労怠惰の条件を持たない本弁護人が歩行してすら、以上、検察官が推定する経路による往復に七十五分を要しているのである。この間、弁護人は少しも立停らず、現場に到っても休むことなく往復したのである。

被告がこの犯行をその往復所要時間の約八十分の中になし遂げることの不可能な事が

明判するであろう。

さらに、起訴状によると、被告は右のカメラ屋にフィルムを買いに行ったとき、偶然、駅前にいた被害者杉山千鶴子を見て話しかけ、甘言をもって現場に誘ったとする。しかしながら、一面識もない被告の言葉に一人前の女性が唯々として、あの寂しい、しかも夜に入ろうとした時間に従って行くであろうか。

検察官は、被害者杉山千鶴子が金銭のためにさまざまな異性と交渉を持ったという日ごろの性格を考えて、被害者が被告とつれ立って現場に到るのは不自然ではないとしているようであるが、本弁護人は全く逆の解釈でいる。すなわち、被告は旅館の雑役夫であり、服装もみすぼらしいし、一見して金を持っているとは思えない。また被害者がそのような性格であればあるほど相手を選り好みするものであるから、いかに被告が〝甘言〟をもって誘ったとしても絶対に応じるはずがないのである。かりにそうだとしても、被告が旅館その他屋内に被害者を誘うならともかく、真暗になりつつある寂しい現場につれ込むとすれば、当然、被害者は身の危険を感じるはずであるから、吊橋をいっしょに渡って行くはずはない。起訴状によれば、〝甘言をもって〟と甚だ抽象的に表現されているが、検察官は被告がいかなる〝甘言〟をもって被害者を誘ったとなしているのであろうか。被害者はバアに働いている女性である。男の裏は知り尽している職業である。容易なことで応ずるはずはないのである。

さらに被害者が持っていたと思われるハンドバッグは今もって所在不明である。被害者が頸にかけていたペンダントのことは先に述べたが、このハンドバッグが被告の周辺、又は、明らかに被告の作為による場所から発見されぬ限り、この事犯を被告の犯行とすることはできない。

以上をもって本弁護人が考察するならば、被害者杉山千鶴子は、二十四日午後六時十分ごろ、新宿から乗ってきた電車でO駅に降車し、駅前付近において、次に来る電車に乗っていたであろう別の男性を待合せていたと考えられる。次の電車は六時四十分の到着である。その男性は、おそらく、この電車に乗車したであろうから、被害者がその男性といっしょに通称A通りを通り、七時五分前に吊橋にさしかかったことは時間的に合致する。このように考えれば、被害者のペンダントが被告の拾得せるA通りに入る前の精巧堂時計店の前に落ちていたことが十分合理的に理解される。また、相手の男が被害者の恋人であれば、かえって、その時間、人気のない密林の中に相伴うて入ってゆく被害者の心理が容易に解けるのである。

かく推定せば、被害者の身体が、手脚に残る僅かな擦過傷以外、別に負傷もなく、特に大腿部、膣部に強姦の場合に見られるような特徴の無かった理由が正当に解釈されるであろう。すなわち、被害者は、その男と林の中において合意の情交を遂げたのである。しかして、その男の血液型は、前にも云う如く、AB型であったかもしれないが、またB型であったかもしれないのである。

しからば、なぜに被害者は川の中で溺死したのであろうか。これも、その情交のあと、被害者と相手の男との間に紛争が生じ、逆上した男が被害者を川の中に転落せしめたかもしれない。あるいは、そうではなく、被害者が水を飲むために川縁にしゃがみこんだとき、身体の重心を失い、転落したのかもしれない。この場合、相手の男は大いにおどろくが、彼にとってこの被害者との媾曳は他人に知られたくない秘密であったから、そのまま打棄てて逃げ帰ったかもしれない。

要するに、以上の諸点によって、被告阿仁連平が被害者杉山千鶴子を強姦の上殺害したという証明はどこにも存在しないのである。すなわち、被告阿仁連平は絶対に無罪である」

この弁論の中で、私が岡橋由基子から見せられた「ソーントン事件」を引用したことはいうまでもない。

七

阿仁連平被告は一審で無罪判決をうけた。私の主張を裁判官は全面的に認めてくれたのである。もちろん、検察側は「事実誤認の疑い」で控訴した。

結論だけを云うと、二審も無罪であった。それで、検察側は自信を失ったのか、最高裁への上告をとりやめた。

この二審の判決の前夜、私はよく睡れなかった。この裁判はジャーナリズムの話題に上った。これまでも新聞や週刊誌は事件の内容や裁判の過程を書いてきていた。何といっても、事件が事件だけに、世間の好奇心を唆ったようである。そして、一見して崩れそうにもない物的証拠のペンダントや血液型の問題を破砕した私の理論を賞讃してくれた。さらに、往復の徒歩時間による犯行時間の短いことを割出した情況証拠の撃破は、他の有名事件にも共通するところがあった。

それは、被害者に外傷がなかった点から、「外部の攻撃によって溺死したとは限らず、被害者が過って河中に転落したかもしれない」という推論が、楔の一つになっていた。それならば、この殺人事件は雲散霧消してしまうのである。これも由基子が拾い出してくれた「ソーントン事件」がヒントであった。

二審が原判決を覆して、被告を有罪とすれば、当然、私は最高裁に上告するつもりでいた。もし、二審が原判決通りだとすれば、検察側は最高裁に上告するであろう。私はそう覚悟していたが、一方では、一、二審とも無罪となれば、あるいは検事上告は無いかもしれないという気もした。この予想は、五分五分であった。

私が二審判決日の前夜、睡眠がとれなかったと同様に、岡橋由基子も、ほとんど睡れなかったようである。彼女は、その朝、赤い眼をして私と法廷にいっしょについてきた。

「阿仁さんも、昨夜は拘置所でよく睡れなかったでしょうね」

由基子は裁判所に向う車のなかで云った。

「うん、そうだろう。二審がヤマだからな」

私は、一審以来、阿仁連平を拘置所に訪ねて、彼と頻繁に会っている。阿仁連平は、身体のがっしりした男で、いかにも南九州の生れらしい、大きな眼と、扁平な鼻と、厚い唇を持ち、頰骨の張った顔であった。口数は少く、動作は緩慢で、知能は高くないが、善良そうな男だった。拘置所の職員に訊くと、柔順で、模範的な拘置被告だと云った。

「阿仁さんは自分が無罪になると期待していますか？」

由基子は、私に訊いた。

「口にははっきり出さないがね、むろん、その希望は持っているよ。内心では二審の成行を心配しているが……」

ここで、私は思い出して云った。

「そうそう、そういえば、阿仁君は無罪になって釈放になったときのことを考えていたな。もう春秋荘では傭ってくれないだろうし、働き口を心配していたよ」

車の中で、私たちは運転手に気づかれないように手を握り合せていた。由基子は、しばらく考えていたが、

「ねえ、先生。その阿仁さんに事務所に来ていただいたらどうでしょう？」

と、云い出した。

「ぼくの事務所に？」

「いま、お使いに行ってもらう人がいないでしょう。太田さんでは、ちょっと気の毒な

ことあるんです。阿仁さんなら気軽に雑用が頼めますわ」

「それはいいかもしれない」

由基子の云う通り、私の事務所にはそうした走り使いの男がいなかった。阿仁なら、掃除そのほかの雑役をさせることができる。私は、阿仁なら便利は便利だが、心の隅には、すぐにその話に乗っていけないような微かな躊躇があった。今から思うと、それが予感というものかもしれなかった。どこかにひっかかるのだった。

しかし、阿仁の面倒をここまで見てきた私には、由基子の提案を斥ける理由はなかった。ある意味で、私は阿仁連平の事件のためにかなり有名になったともいえるのである。阿仁の世話をするのが私の義務のようでもあった。

二審では勝った。検察側が抗告しないと決定してから、それは完全となった。

検事側には検察一体の原則というのがある。それは一種の種族同盟のようなものといってよいだろう。弁護人側にはこの検察側と対抗する連帯意識がある。これも一種の種族同盟かもしれない。検察は公益を代表し、弁護人は被告人個人の利益を代表する。検察は罪を重くしようとし、弁護人は、それをできるだけ軽減しようとする。一つの犯罪の状況、一つの法令の条文をめぐって、両者はそれを両極に引張り合う。二つの種族同盟は永遠に対立する存在であるかもしれない。

国選弁護人が、これほど熱を入れたということも話題となった。前にも云う通り、国選弁護人といえば、たいていおざなりの弁護でお茶をにごすものとされていたのだ。その誠意と努力も世間に買われた。

どうみても勝ち目のない不利な裁判を見事にひっくり返した手腕に、私は弁護士仲間からも見直された。先輩もほめてくれた。論理の構成が裁判官を説得し、検察側を敗北させたのである。

人間は、いつ、どこで、どんな事件の巻き添えを喰うかもしれない。この生活の恐ろしさも、一般市民にあらためて自己周辺の危険と自覚を与えたようであった。

第二審が確定すると、私は裁判所の前で待ち構えていた報道陣にとり巻かれた。私は新聞・雑誌のカメラやテレビ・ニュースのカメラを浴びながら、集った記者に、この事件弁護の苦心談といったものを語らせられた。その日の夕刊には、私の写真入りでこの判決のことが報道されていた。

私は或る意味で一夜にして小さな英雄になったのである。私は由基子と二人で、その晩、心祝いの食卓を囲んだ。都内のある一流レストランでわれわれなりの豪華な食事をとった。グラスを合せ、彼女から、おめでとう、を云われたとき、私の眼の中は熱くなり、向うの顔が滲んだ。

「これも君のおかげだ」

と、私は彼女に感謝の言葉を述べた。

「君が居なかったら、ぼくはあの弁護に成功しなかったかもしれない。したがって、無実の人間をあるいは死刑台に送ったかもしれないよ」

私は幸福に酔った。ひとりの人間を死刑から救ったという正義感と、弁護士としての自分の才能がこのことで自覚できたという満足感と、世間に私の名前がひろがったという誇りであった。なかでも、由基子の私に寄せる愛情がさらに緊密になったという歓喜はいいようもなかった。

その帰り、私たちはダンスに行った。私は長い間の苦労から解放されたのである。もはや何の苦労も無かった。今はただ由基子と手を取り、一つのリズムのなかに虚心に身を任せればよかった。

その帰り、私は由基子を伴って、あるホテルに入った。二人とも酔っていた。

私の妻は、療養所に永く行っている。由基子との関係を、ただ、それだけの理由で解釈されるなら、私は心外である。私の由基子に対する愛情の発生は、たとえ、妻が健康で、常に家に在ったとしても、変りはなかったであろう。

由基子は理知的で、心がやさしかった。妻はそうではなかった。私は妻を非難するつもりはないが、由基子に事務所で毎日接していると、日ごろから妻に感じていた不満、それを諦めていた心が、睡りから醒めたように由基子に向った。私が現在の妻と結婚したのは互いの不幸であり、私が由基子と出遇ったことは、妻だけの不仕合せであった。

私と由基子とは、一カ月に一度くらいホテルに泊っていたのだが、この関係は誰にも知られなかった。とかく、女助手との間は他人から色眼鏡で見られるので、極めて注意深く彼女と遇わねばならなかった。

もとより、妻にも気づかれなかった。事務所には事務員の太田がいるので、私たちは慎重に動作しなければならなかった。その抑制が互いの焦燥と情熱を駆り立てていた。

私は未婚の由基子をこのような立場に置かせたことに苦痛を感じていた。だが、由基子は、私とも、そして他の男性とも結婚する意志はないと云った。彼女はいまは私の愛情に生きればいいと云い、将来のことは全く考えていないと云った。

私は妻の死をひそかに願わないでもなかった。胸部疾患の妻がそう長生きするとは思えないが、現在では医術が発達していて、肺結核などは容易に治癒してしまうのである。だが、なかには短命な患者もいる。私は、決して由基子には話していないが、妻がその不幸な短命の組に入るのを希望していた。

その夜は、私の幸福に由基子も参加して、二人だけの何の気兼ねもない、強烈な陶酔に溶け入った。私は声を出して泣いたようである。

八

阿仁連平が私の事務所に雑役夫のような仕事で入ってきたのは、彼の無罪が確定してから二日後であった。身寄りの無い彼のために、私と由基子とは拘置所の前まで身柄を受取りに行った。阿仁は私が持参した心ばかりの祝の品、背広を着て、うれしそうに出てきた。由基子を見て、ちょっとまごついたようだったが、私が助手だと云うと、合点がいった。

私は阿仁を事務所に使うことにしたが、そのためには彼に独身のアパートを世話した。阿仁は遠慮して、事務所の隅に寝かしてもらえばいいと云ったが、このビルでは宿泊は出来ないことになっている。それに寝かせる所も無い。阿仁は、一切の費用を私が出したので、ひどく感謝していた。

彼は、これも私が用意したのだが、こざっぱりとした詰襟を着て、翌日から事務所で働いた。勤勉であった。動作は多少のろのろしているし、あまり教育をうけてないので、使いに出す際も、噛んで含めるように用件を云い聞かせねばならなかったが、何をするにしても少しも嫌がらなかった。彼が来てくれて、事務所内の掃除をする由基子や太田の手間が省け、さらに使い走りがどんなに便利になったかしれない。

阿仁連平は、はじめ由基子を、お嬢さん、と呼んでいた。何度も注意したあと、彼はようやく、岡橋さん、と呼べるようになったが、彼女を見ること、まるで女主人のようだった。私の云うことよりも由基子の云うことをよく聞いた。

「いいひとが来てくれてよかったわ」

と、由基子はよろこんでいた。

しかし、それは今から考えると、束の間の平和であった。二カ月もすると、阿仁連平は、そろそろ、その本性を現わしてきたのだ。彼は放免直後、私に向って、

「あの事件はもう片づいたのですね。わたしは今後絶対、あの事件で喚ばれることはな

いんですね？」

と、しつこく念を押したことがあった。

「そうなんだ。裁判は一つの事件について判決が確定すれば、本人についてあとでどんな不利益なことが出ようと、もう、それは問われないことになっているんだよ」

私はそう云って彼を安心させたものだった。

しかし、あとから考えると、それは阿仁が身の安全の確認をとるためであったのだ。

阿仁は事務所の金を少しずつごまかした。たとえば、何かを買いにやらせると、ツリ銭を落したという。持たした金をそのままそっくり落したと云って再び金を取りに戻ることもあった。また事務所からときどき小さな金が紛失した。あるときは、太田の財布が、壁にかけた洋服のポケットからそっくり無くなったこともある。

私はいやな気分になった。由基子も顔を曇らせた。それまで一度も無かったことだけに阿仁のしわざに間違いはなかった。だが、直接に忠告するのははばかられたので、彼の居ない間に、金銭の点はみんなが十分に気をつけるように云った。太田は若いだけに腹の虫がおさまらないようであった。

阿仁は盗癖だけではない。彼は由基子に妙な素振りをみせるようになった。彼女はいちいち私に告げることはなかったが、あるとき、湯呑場で阿仁から突然手を握られたと云った。また、太田も出てこない前に彼女が事務所へ出ると、掃除していた阿仁が妙な笑い方をしながら近づき、突然、彼女の背中を手で撫でたと云った。

「わたしの判断が甘かったわ」

と、由基子は私に云った。阿仁が出所したら、この事務所で使おうと云い出したのは彼女だったからだ。

「あの人は、こちらで考えたように善良な性質ではなかったようですわ」

私たちは不安な眼を見合せた。単に阿仁がそうした不良性を出してきただけではない。彼が無罪となったあのT川の事件も、あるいは、という気がしてきたのである。そんなことはない、そんなことがあり得るはずがないと、私は心に云い聞かしたが、その不安は阿仁の不行儀を見るたびに増してきた。

だが、阿仁は三十四歳になった男である。独身で収入も少いから、何の愉しみも無いであろう。もし適当な女がいたら、いっしょにさせてもよい、そうすれば彼の異常性もおさまるだろうと、私はひそかに思っていた。

私はそれとなく阿仁にそのことをほのめかし、暗に由基子に対する不作法を匂わせたのだった。阿仁はヘラヘラと笑って聞いていた。これも私には不愉快だった。一体、阿仁がうす笑いするとき、その厚い唇は不敵な表情になるのである。

ある日、由基子が血相を変えて私に云った。

「先生、阿仁さんは駄目な人かもわかりませんわ」

「どうして?」

「今朝も事務所に出たら、太田さんが来てなく、阿仁さんひとりでそのへんを片づけていたので、わたしも警戒して、すぐドアから外に出たんです。すると、いきなり阿仁さんがドアのところに追いついてきて、うしろからわたしを抱き締めて、首筋に……」

熱い息を吹きかけ、その唇を項に押し当てたというのだった。しかも、彼女を羽交締めにしてからだという。

「あれが夜だったら、どんなことになったか分りませんわ」

由基子は蒼い顔をしていた。

私は我慢が出来なくなった。もうあの男は追出そう。そうしなければ事務所の平和は保てないと思った。まるでわれわれの間に爆発物が置かれたようなものである。いつ、どんな不祥事が起きないとも限らなかった。これではおちおち仕事が出来なかった。

いままで、彼の弁護人として働いた私としては、ここで彼を解雇するには忍びなかった。殊に、事件は世間に大きな話題となったものだ。元被告を冷遇すれば、世間は私を何と見るであろうか。人情のない弁護士と思うだろう。また、阿仁のおかげで、私の名前が知れたのであるから、私は阿仁を道具にして名を売ったと思うかもしれない。

げんに、阿仁は、このビルの人や近所の者に、

「うちの先生は、わしのために出世なさったのですよ。わしは先生の恩人です」

などと吹聴しているらしかった。そういうことを、由基子も太田も、よそで聞いてきて私に話すのだった。

私はこれまで我慢していたが、とうとう堪りかねて、阿仁を呼びつけた。由基子と太

田をわざと外出させたあとだった。

私が、阿仁に由基子に対する彼の非常識な行動を咎め、馘首をほのめかして厳重に戒告をすると、彼は平気な顔でそれを聞いていた。

阿仁連平は頭を下げるかと思いのほか、ポケットから煙草をとり出して喫いはじめた。

「先生は、わしに嫉妬をやいているんですか？」

彼は、両足をひろげて立ち、おどろくべきことを云った。

「なに？」

「そんなに顔色を変えても駄目ですよ。わしは、先生と由基子さんとがどんな関係だか、ちゃんと知ってますからな」

「君は、何を云うのか？」

「かくしても駄目ですよ。先生が、どんなに口先のうまい弁護士でも、わしの眼はくらませませんよ。わしはあのO町の旅館に働いていたから、男と女の間は、イヤというほど見てきてます。これでも、そっちのほうの眼は肥えてますからな」

阿仁連平は、あざ笑った。私が咽喉に言葉を詰らせていると、彼は揶揄するような調子でつづけた。

「先生には、ちゃんと奥さんがいなさるでしょう。それに由基子さんをモノにしている。前からここにいる太田さんも気がつかないのだから、巧いもんですな。わしは女房が居りません。わしにも、ときどきは由基子さんに触らせて下さいよ」

私は叱った。

「君は根も葉もないことを邪推して何を云うのだ。そんなことを云うようでは、とてもこの事務所に置くことは出来ない。出て行ってもらいたいな」

「え、じゃ、先生はわしをクビにするんですか」

彼は別におどろきもせずに云った。

「君が、そんな不純な気持を持っている限りやむを得ない。ぼくは君のために裁判以来、手弁当でずいぶん骨を折ってきたが、もう世話を見きれなくなったよ」

「先生、あなたはわしに恩をきせてるのですか。弁護料がロクに入らないので不足なんですね。ふん。けどね、わしからいえば、先生は、わしのおかげで出世なさったのですよ。こっちでおつりをもらいたいくらいですな」

「君は、よその人にもそんなことを云いふらしているそうだな」

「耳に入りましたか。おおかた、由基子さんや太田さんが先生に告げ口をしたのでしょうが、あれは当り前ですからな」

「よろしい。とにかく、これ以上、云い合う必要はなさそうだ。君もここをやめたほうがよかろう」

「そうですか、分りました」

阿仁連平は、しばらく煙草をふかしつづけていたが、うすら笑いをしながら私を見下すように云った。

「先生。それじゃ、私があのＯ事件の真相を世間に洩らしてもいいですか？」

「真相？」

「あれは、わしが犯ったのですよ。真犯人はわしです」

阿仁連平は自分の扁平な鼻の頭に人指し指を当てた。

ああ、やっぱりそうだったのか。私は胸の中に固い物が落下してきたような衝撃をうけた。

「もう、わしがこんなことをしゃべっても、裁判にかけられる心配はありませんからな。それは、先生がちゃんと保証してくれましたよ。その代り、先生のほうが不為になりますな。なにしろ、わしの犯ったことではないと一生懸命に弁論して、真犯人のわしを無罪にしてくれたのですからなあ。弁護士さんとしての腕は買われても、世間の悪口は先生に集りますよ」

阿仁は云った。

「君が真犯人だって？　じゃ、どうして、あの短い、十分間という時間に、あの犯罪がやれたのだ？」

ペンダントを拾ったというのは阿仁の嘘かもしれない。しかし、彼はどうして被害者の杉山千鶴子を一面識もないのに、あの夕方の現場にたやすく誘うことができたのであろう。いや、春秋荘からの往復歩行時間をどう短縮しても、あの犯行は無理なのに、それが可能といえるのだろうか。

九

この私の疑問に、阿仁連平は、ニヤニヤ笑いながら答えた。

「それはですな、こうですよ。……わしは春秋荘をあの日、夕方の六時十分に出て、駅前のカメラ屋に六時四十分ごろ着いた。そのとき、あの女が駅前でぶらぶらしているのを見たのです。わしは、東京の者らしいがいい女がいるな、と思いながらカメラ屋に入り、客から頼まれたフィルムを買いました。お金を出したりなどして五分ばかり経って店を出ると、あの女が男といっしょにA通りのほうへ曲ってゆくうしろ姿がみえました。それを見てわしは、いま時分、A通りを東京の者がアベックで通るのは、吊橋を渡ってあの寂しい茂みの中に入るのだな、と思いました。わしはあの旅館にいたから、アベックが、夜になると、あの場所に入って抱き合うことを知っておったんです。で、まだ季節も早いのに早速現われたなと思い、ひとつは、あの女の顔がちょっとよかったので、そっとあとを尾けたのですよ。だいぶん距離をおいていたので、吊橋を渡ったとき、男伴れの女のほうは炭屋の娘さんには見えても、すぐそのあとで娘さんは雨戸を閉めたというから、あとから尾けて行くわしの姿は幸い見られずに済んだのですよ。

思った通り、その二人は林の中の草を踏み分けて川岸のところに行きました。わしがそっと忍んで近づくと、二人は立ちながらさかんにキッスをしておったです。どうやら、相手は中年の男らしい。わしが固唾(かたず)を呑んで見ていると、男は女を草むらに寝せてしまった。いよいよ、始まるな、と思いました。

このとき、わしに妙な気がむらむらと起ってきた。あんないい女をほかの男に、初めにやらせるのは勿体ないという気持です。わしは、もう、面白いとか、のぞいてやれとかいう気分も飛んでしまい、長いこと女の肌にふれていなかったから、わしは思わずそこへ飛び出した。すると、男のほうはびっくりして女から放れたです。こら、と一口いうと、どういうわけか、紳士風のその男は一目散に遁(に)げて行きました。多分、そんな所で面倒を起し、女を伴れていたことが分っては困る家庭の事情の男だったかも分りません。だが、それにしても薄情なもので、女を放ったらかして自分だけ遁げたのです。

わしはその場から逃げようとしている女に近づき、おれの云うことを聞け、と前に立ちはだかったのです。女は怖れて口もきけない。わしがその肩に抱きついたとき、はじめて声を出したし、云うことを聞きそうにもないので、わしは女の横面を五、六回、つづけざまに殴ったです。女は、それで、おとなしくなったです。わしは女を倒して馬乗りになり、思いを遂げたのです。

女は、そのあと起ち上ると、恐ろしい顔でズボンのバンドを締めているわしを睨みつけました。わしは女が警察にすぐ訴えるなと思ったから、女の肩に手を当て、強く押しました。女はよろけて身体をくるくる二、三回まわしたが、その背中をこちらに向けたところをどんと川に向って突き放したのです。女は声も立てないで、まるで石のように川に落ちましたよ。

そうしておいて、ふと下を見ると、暗くなった草の間に何やら光るものが落ちている。それが、女の持っていたペンダントです。揉み合ううちに首からはずれたとみえます。わしはそれをポケットに入れた。なんだか勿体ないような気がしたのと、こんな所にこんなものが落ちていてはバレるような気がしたからです。そうすると、もう一つ、そこにハンドバッグが落ちていた。こいつはいけないと思い、それを拾って、あれから五十メートルばかり離れた林の中の樹の根方を掘って、その中に埋めておきましたよ。そして上から草をかぶせておいたので、だれにも分らずに済んでいます。何しろ、あすこは深い木立で草がいっぱい生えていますからな。

そんなことで帰るのに手間がかかっては春秋荘の者に怪しまれると思い、大急ぎで吊橋を渡って戻りかけたのです。幸い誰も見ていませんでした。わしは早く帰らねばと思い、木炭屋の横からトラックのうしろに飛び乗って、春秋荘の三十メートルばかり手前まで来たのです。吊橋の袂の木炭屋のところから春秋荘の近くまでは、歩けば二十分だが、トラックなら僅か三、四分ぐらいですからな。このわしがトラックのうしろにへばりついていたときは、幸い、人に見られませんでしたよ」

「トラックで？」

私は喘（あえ）いだ。

「そのトラックとは、どういうのか？」

「通りがかりのトラックです。あの街道はよくトラックが通るです。木炭屋のところが少しカーブになっているので、トラックは徐行する。また、春秋荘の手前は、そのとき、道路工事を深夜からやっているので、道が少し掘り返されていた。それは先生も実地調査とやらをやられたそうですから知っているでしょう。そこでもトラックは徐行する。わしはこの二つの地点の徐行で、トラックのうしろに飛び乗り、飛び降りたのですよ。こいつは誰も気がつかなかったですな。検事さんも、道路工事にもっと気をつければよかった。いや先生も分りませんでしたな。わしはトラックをとび降りると、いかにも駅前から歩いて帰ったふりをして、春秋荘に入った。幸い、隣のおしゃべりのおかみさんが、わしの姿を見ていてくれたので、助かりましたよ」

私は、うなった。その私の顔を見て、阿仁連平は眼を細めた。

「これでも、先生は、わしが犯ったのじゃないと思いなさるのかね？　まだ、疑いが残っているようだね。そいじゃ、いいものを見せてあげますよ」

阿仁連平は、いつ用意したのか、きたない風呂敷包を湯呑場の戸棚の中から持ち出してきた。彼はその結び目に手をかけた。

「先生が、今日あたり、そんなことを云うじゃろうと思って、家からこれを持ってきたのですよ。まあ、見て下さい」

彼は、勝ち誇ったように、その風呂敷を解いた。私は眼をむいた。現われたのは、泥まみれのハンドバッグだった。黒い革で、彼がなかを開くと、女持ちの財布、「ウインザー」の名前のついた客の飲み代の請求伝票などが現われた。杉山千鶴子のものであった。

「一昨日の日曜日、わしは夕方にO町に電車で行って、これを樹の根の下から掘り出してきましたよ。どうです、先生。これでも、わしがやったのじゃないと思いますかね？」

蒼白い顔になった私を見ながら、阿仁連平は煙をこっちに吐きつづけた。

「さあ、これで、もう間違いはないね。判決はきまったから、わしはもう引っ張られることはない。ただ、これから、先生の世間の信用がガタ落ちですよ。これを、わしがみんなに云いふらしたらね。先生はわしの事件で出世しなさっただけに、その揺り返しがひどいですよ。いくら、弁護士の腕がよくても、人殺しを無理に無罪につくりあげたということでね、先生は、みなから白い眼で見られますよ」

まさに、その通りであった。これが分れば、私は多くの人々から非難されるだろう。その非難は、法律によってではなく、道徳からであり、世間の常識からである。私のこれまで得た分不相応の評価は、逆に「悪徳弁護士」の名に転落するのだ。

「わしは、ここにまだまだ置かせてもらいますよ、先生」

と、阿仁連平は、私を脅迫しはじめた。

「どんなに、先生がわしを嫌がっても、憎んでも、わしは由基子さんに想いをかけつづけますよ。もし、由基子さんをわしの眼からかくすようなことをなさると、わしは、このことを人に云いふらすだけでなく、先生と由基子さんが出来合っていることを、病院に行って先生の奥さんに告げ口しますよ。そして、世間にもしゃべり散らしますよ」

――私は、いまこの毛虫に対する殺意を生じている。

私はこの先、自分がどうなるか分っていない。

由基子はどこまでも私といっしょに行くと云っている。たとえ、刑務所でも、墓場でも……。

山

1

女の話声が聞えた。青塚(あおづか)は立ったまま障子を細目に開け、片目をのぞかせた。

この指月館(しげつかん)の前には小川が流れていて小橋がかかっている。門の前のは客用のもので広く、通用口の前のは狭い。その狭い橋を渡って車の通る道を横切り、畔道(あぜみち)を向うに話しながら歩いているのは指月館の女中たちだった。簡単服の四人が一列にならんでいる。午後一時半ごろになると、きまって山菜を採りに山のほうへ行く。山菜は夜の食膳に出る。いちばんあとから歩くエビ茶のカーディガンに黒のスラックスがキクだった。

畠には麦が熟(う)れかけていた。民芸趣味の人ならよろこびそうな石を置いた檜皮(ひわだ)ぶきの屋根が十五、六軒かたまっている。麦畠の向うが桑畠になり、また麦畠となっている。それは遠くまでない。すぐ山につき当るからである。

山はいくつもの襞(ひだ)をもっていた。近景からいうと緑の雑木山が二つの峰を重ねていた。その向うが杉と檜(ひのき)の林で、これは奥が深い。色が黒っぽかった。両方から峰が落ち合って谷のようになっているが山は別々である。それから正面の遠景が中央に鞍部をもった青い山で、土地ではそのかたちから二子山とよんでいる。何処にでもある平凡な山だ。近くの山々はかなり複雑な組み立てで高くせり上っている。近景の雑木山の急な斜面には赤いツツジが咲いていた。

指月館の女中たちは桑畠の細道からやがて山道にかかろうとしている。キクはまだ列のうしろを歩いていた。そのほかに人影はない。雲が陽を遮っては動いているので、山林の上に斑が流れていた。

青塚一郎は障子を閉めて、赤茶けた畳の上に転がった。五月の半ばだが、山国の空気はうすら寒い。あと二十分ばかりして、散歩する恰好で旅館を出ようと思った。キクがほかの女中の後尾を歩くのには魂胆がある。或る場所までくると、みなとさっさと別れようというのだ。ひとりになって青塚のくるのを待つのである。

山菜を摘む女はさみしいからなるべく仲間といっしょになるが、キクにはそれでは都合が悪い。いい場所を見つけたから、わたしはそっちのほうに行くといって途中から朋輩と別れる。彼女はこの温泉旅館では古参のほうだったから、わがままがきいた。

だが、いくらわがままでもそれは変だ。山菜が豊富な場所なら、ほかの者を誘うはずだが、彼女はいっしょに行きたいという女中も断っている。入ってゆくのは、女ひとりでは怕いような密林の奥だ。何かあると誰でも感づくだろう。

もう旅館の者はみんな知っているにちがいないと青塚は仰向きに煙草を喫いながら思

っている。ほかの女中たちの自分を見る眼が違ってきているし、番頭の顔つきでもそれと分る。

上山温泉といった。中央線のM駅からバスで一時間、木谷のほうに入ったところである。旅館は五軒しかなかった。湯がぬるく、冬はむろんのこと今でも焚(た)かないと入れない。しかし、近ごろはもの好きな客がふえてこの山湯もけっこう賑わってきた。四人の女中がそろって山菜を採りに行くのもそのためだった。

——青塚一郎はつとめ先の金を使いこんで逃げてきた男である。そのトラック運送会社につとめる前は北陸のある都市の地方新聞社に六年間、記者として勤めていた。重役の女に手を出したのが分って居たたまれなくなり、近県の運送会社の経理課に職を得たのだった。三年目に会社の金を費消した。バアの女に好かれて、いつとはなしに五十万円ほど使いこんだ。会計検査があると知って脱走した。田舎の、小さな運送会社だから警察沙汰にしそうだった。ついでのことに、二十万円ほど懐にして逃げた。このくらいはないと何処にも動けない。

まっすぐに大阪か東京に行きたかったが、そんなところだと手配が回っていそうなので、塩尻で乗り換え、中央線でM駅に降りた。ホームの看板で上山温泉のあるのを知り、急に思いついたのである。

指月館に入ったのも偶然で、三、四日程度の逗留(とうりゅう)のつもりだった。それが、今日で二週間になる。他処に移るのも同じだという気持もあったが、一つにはキクと関係が出来たからだった。

キクは、はじめから彼の部屋の係女中だった。三十を越していると思ったが、あとで聞くと彼よりは二つ上の三十三だといった。背の低い、小肥りの身体つきであった。そのかわり色が白い。笑うと桃色の歯齦が出るのが難点だが、顔は、それほどまずくはない。腫れぼったい目蓋の細い眼も少しく魅力的である。――と当座は思った。

三日目の晩に床をのべにきたキクに当ってみた。朋輩の眼があるので夜は困ると彼女は云った。同じ部屋にいっしょに寝ているので脱け出すのがむつかしいという理由である。朝早くならいい。早番だから、床を片づけるふりをして七時にくると云った。

青塚は、女中の逃げ口上かとも思ったが、唇を吸ったときに女の息使いが激しくなったので、半分本当にして朝を待った。キクは七時に襖をそっと開けて入ってきた。帯を解き、単衣の着物を脱いで白い半襦袢姿で青塚の横にすべりこんだ。その襦袢も下の湯文字も洗濯したばかりのものに更えていた。白い胸はもりあがっていた。

キクは五年前に亭主と別れたといった。子供は一人あるが、姑が育てている。それだけの夫婦生活の経験が、夜が明けて間もない床で青塚にたちむかった。女は、はじめから羞恥を忘れていた。

夫婦別れしてからすぐにこの指月館に住込んだというから、五年の間にキクが男関係をもたなかったとはいえない。温泉旅館の女中なら客との情事も一再ではあるまい。金銭ずくのときもあったろうし、それだけではないときもあったろう。げんに青塚の誘いに乗ってきている。キクの求めかたから、しかし、彼女は長いことそういう関係を跡切れさせていたのだと青塚は思った。

旅館の女中は、早番と遅番とが一日置きにかわる。キクは朋輩の監視があるので夜中には青塚の部屋には来られなかったが、二日に一度のわりで朝七時ごろに彼の床にきた。すぐに着物を脱いで、熱くなった身体を彼に寄せる。それがだんだん大胆になった。

いっしょに過ごすのは四十分ぐらいしかなかった。ほかの早番の女中からいつまでもかくれているわけにはゆかない。四十分はいかにも短かった。キクは求めてやまなかった。

青塚はキクに五千円ほどやったが、彼女は金が目的でないことは分った。彼女の欲情は旺盛である。背のひくい小肥りの、柔かい白い皮膚は無限の精力を内蔵しているようだった。

四、五日の滞在予定が十日ぐらいになったころ、キクが山での逢引を云い出した。山菜を採りに山に行くから、そこで逢えばもっと長い時間がもてるというのである。一日置きの四十分の朝に彼女はずっと不満を持っていた。

青塚は二時ごろに散歩のふりをして旅館を出ると、キクに教えられた通りに山道を上った。急な坂がつづいて息苦しかった。一方が雑木の密林で、一方が崖となっている。

道を登るにつれて間の谷は深くなる。谷のいちばん深いところは十五メートルはありそうだった。こっち側は雑木と草に蔽われた斜面だが、向い側は裸の断崖である。絶壁の下は大きな落石が散っている。こっちの山道は屈折していた。

いくつか曲った角にキクの姿があって手招きした。眼を据え、歯齦を出して、にっと笑った。青塚は木立の中に連れこまれた。キクは山菜を入れる籠を横に置き草の上に横たわった。濃い若葉のむせるような中だった。野性的な境地でキクの情欲は奔放であった。青塚にしても初めての経験で、これに昂奮した。

キクは教育のない女だった。生れはこの県の南部だが、小学校しか出ていない。前の亭主も農夫だった。だが、世間なみの常識、というよりも旅館の女中として、それなりの世智には長けている。独りだから、給金やチップを溜めて小金を持っているらしかった。キクが青塚に心を許したのは、彼からも金を要求しないかわり、彼にむしり取られることもないと思ったためらしかった。

キクが朝の床にこない日は、山林での密会となった。青塚はキクの誘いを断りきれない。毎日なすこともなくぶらぶらしていると、彼にも体力があまってくる。温泉宿には若い夫婦者もくれば、中年男が商売女を連れて入ることもある。それが彼の心をうずかせる。

夜遅く、青塚が風呂に下りてゆくと、隣の女湯では女中たちの賑やかな話声が聞えていた。キクの笑い声がひときわ高い。それが「男」を得た女の満足感に聞えた。

青塚は不愉快になった。費いこみで追われてなかったら、こんな山間の温泉に逗留するはずもないし、宿の女中にかかり合いをもつわけもない。あっても、一晩か二晩の慰みだった。だが、他処をうろうろ出来ない弱味が当分ここに尻を据えさせている。弱味といえば、キクの身体から脱(のが)れられないのもそれだった。ここに居る限りは自制ができない。だが、年上の、宿の女中というのが青塚に屈辱感を持たせ、ひけ目になっている。

しかし、この指月館に居る間は仕方がないと諦めていた。上山温泉には不見転(みずてん)芸者もいなければ女按摩も居ない。町から呼ぶには遠すぎた。こういうことも旅先の何かの経験である。出来ることをしているだけだと思った。このままキクとずるずるの生活に入るわけでもないし、長くてもあとせいぜい半月ばかりだと思っていた。関係が重なるにつれてキクの愛情は深くなったが、だからといって男が旅館から出て行くのを引きとめることもないはずだ。たとえ振り切って出たからといって男のあとを追うこともないだろうと、青塚はなるべく先のことは考えず、現在の、さっぱりしない愉しみだけに浸ることにした。――今日は五月十日だった。

2

仰向いて喫っていた煙草の灰が咽喉に落ちたのをきっかけに青塚は畳から起きた。キクがほかの女中と山に向って桑畠を歩いてから二十分経っていた。

青塚は宿の着物をきて杉の下駄ばきで出た。山に上るとは思わせない支度である。だが、番頭はうすうす知っていて、うすら笑いしながら見送った。彼は番頭の眼を避けて、いったん大通りを右に歩き、そこから麦畠の中に入って部落のうしろからあと戻りした。いつもの山道を上った。杉下駄では歩きにくかった。着物の裾が脚もとにからみつく。彼はそこから尻からげした。急な坂道は曲り、山が深くなる。一方の谷間は底に沈む。向い側の断崖の肌が荒々しい。鶯が啼いている。道の前をシマヘビが横切った。草がだいぶん伸びていた。

キクが出てきたのは、いつもの所である。この逢引があたり前になってとくに笑顔を見せるでもなかった。片手に籠をさげ、片手で青塚の袖を捉え、細い横道をいっしょに上って林の中に入る。場所もきまっていた。四方を木立に塞がれた草の上だった。行為の間、青塚はだれかに見られているような気がはじめはしていた。山には炭焼きも入るし、若い者が木を伐りにもくる。気がかりで落ちつかなかったものだが、今は安心していた。こういう野趣のある情事の仕方にも馴れた。

二人は一時間で起きた。キクが黒いスラックスをはく。互いに草を着物から払い落した。草は肩から背にかけてからみついている。キクのエビ茶のカーディガンの背中には草汁が青く滲んでいた。

二人はその場所から道に出た。このまま下ると麓の桑畠に出る。だが、キクは籠に山菜を満たさなければならないので彼と途中で別れなければならぬ。キクが見つけた沢にはまだほかの女中が知らない山菜がかなり生えている。それでなければ、摘菜から抱擁の時間を短縮することができなかった。

　別れるところが一方に崖のある道の上で、その半分近く降りてきたとき、キクが立ちどまって谷のほうを見た。

「あんなところに人が歩いている」

　青塚ものぞいた。

　キクが、あんなところ、と云ったように谷間の底から向い側の急な斜面を男が灌木を手がかりにしながら登っていた。崖は灰色の岩肌を見せているが、その低くなった麓近くは低い木と雑草にかくされていた。いちばん高所の断崖の上は眼もさめるような新緑の雑木林で、それが中腹の杉林につづいていた。

　灌木の間を泳いで登っている男は黒いセーターに鼠色のズボンをはき、同色のハンティングをかぶっている。こっちからは後姿の上に距離があるから若者か中年男か分らない。見ている間も、男は灌木の斜面を匍い上っているが、そのよじ登りかたはあまり上手とはいえない。だが、忙しそうな恰好だった。

　その様子からすると、同じ斜面を谷底に降りて、もう一度登ってゆくようにもみえた。また、麓の山裾からずっと谷底まで歩いてきて、そこから斜面にとりついたようでもある。いずれにしても、谷はだれも用事のないところで、径一つついていない。キクが、あんなところ、といったのは単に灌木の斜面のことだけではなかった。

　何をしているのだろう、あるいは、していたのだろうと青塚は考えた。男の姿は、その間にやっと斜面の上に辿りついて、上の林の奥に消えたのである。

「へんな人だわね」

と、キクは見送って云った。

「この辺の人間ではなさそうだな」

青塚は云った。

「どこかの旅館に泊っている客かもしれないけど、あまり見かけないわね」

上山温泉は旅館が指月館をふくめて五つしかないから、よその滞在客はキクにたいてい分っていた。

「あんな所に降りても仕方がないのに」

キクは谷底を見て云った。

実際、しかたのないところで、谷は矮小な木と雑草と、その間に落石の石塊が露われているだけであった。

「滞在客が退屈まぎれに行ってみたのだろう」

青塚は、それを無聊な客の行為とみるほか解釈のしようがなかった。

しかし、二人にはそれ以上の興味はなかった。キクは飽和した満足感を身体に残しながら義務のために山菜のある沢のほうへ去った。青塚は、味気なさを味わいながら山道を降りる。宿の杉下駄だから下りは上りよりも歩きにくかった。

疲れたので、途中で腰を下ろした。天気がいい。煙草を二本喫った。考えるともなくこれから先のことを思った。どうなるか自分でも分らない。金を使った女のことは遠くなっている。もとに引返すには警察が怕い。大阪や東京をぼんやり考えたが、そこでも刑事が待っていそうだった。いっそ、この山の温泉宿の番頭にでもなってキクと一時期共働きしようかとも思ったが、ここも安全とはいえないし、第一、こんなところに停滞する気は起らなかった。三十一歳、まだ希望があった。地方紙ながら新聞記者の経験が前途の野心を遠望していた。

　そこで三十分くらい過した。睡くなったので腰をあげた。麓の道に下りかかったところで青塚の足はまた停った。

　青塚は、その山道が下の村道に突き当ったところで人が立ちどまっているのを見た。その男がさっき斜面を上っていた鳥打帽に黒いセーターの人間だと知ると、彼は木の蔭に身を寄せた。べつに隠れる気持はなかったが、さっきまで警察のことが頭にあったので、咄嗟にそんな行動に出たと見える。

　彼の位置からすると、鳥打帽の男は山道を下った正面に立っていた。男はしばらくあたりを眺めている様子だったが、前に見たときは遠かったのでさだかには顔が分らなかったけれど、今は横顔が二十メートルくらい先に見えているので、はっきりと眼に入った。痩せた男だが、四十六、七くらいだろうか。鼻が隆く、頰が少しくぼみ、わりと端正な顔であった。帽子を被っているので髪のかたちは分らないが、あるいは、もっと年齢がいっているのかもしれぬ。帽子を被ると、男は若く見えるものだ。

その男は一度だけ、こっちの山道のほうを見上げた。それで、はっきりと正面の顔が分ったのだが、端正な顔の印象がもっと確かになった。上品な紳士である。やはり都会からこの温泉場に遊びに来ている客だった。

その男がこっちを見上げたのは、この山道を上ってみようかというふうにとれたが、すぐに思い直したらしい。そのまま横に歩き出して左側の木立の蔭に消えた。

青塚は、その男が横切ったあと、下に降りた。男の横切った路に出て彼の立去ったほうを見ると、黒セーターの姿は山裾と桑畠の間の道を遠ざかっていた。

すると、あの男は、この上山温泉に泊っているのだろう。さっき、キクは見たこともない人だと云っていたが、昨夜よそに入った新しい客まで彼女に分りようはあるまい。そんなことを青塚が思っている間に男の姿は桑畠に曲る路に消えた。……ただそれだけのことである。だから、その場は青塚もべつに疑問が起らなかった。

青塚が鳥打帽の男の行動に不審を起したのは翌日である。それも赤茶けた畳の上で無聊(ぶりょう)を持てあましているせいであろうか、ほかに考えることもなかったのが、ふと天井を向いて吸っている煙草の煙の中にそれが泛(うか)んだのだった。

あの男は、あんなところで何をしていたのだろう。――

もし、最近にこの温泉場に来た客だったら、ああいう谷間をうろつくはずはない。いくら此処に見るところがないといってもあんまりもの好きすぎるではないか。しかも見たところ、ちゃんとした中年の紳士であった。

はじめ、植物学者かな、とも考えたが、それにしてはあの灌木の急斜面を忙しそうに登っていたのがふしぎだった。手に草の葉一つ握ってなかったが、それは目ぼしい植物が見当らなかったことで解せるにしても、行動が変である。あの様子ではあの斜面から一旦は谷に下降して、もう一度上に戻ったという感じが強かった。

——あれは、谷で何かを探していたのではあるまいか。

この考えに突き当って青塚は好奇心を起した。これも退屈がなせるわざである。わざわざ着物をスポーツシャツとズボンに更えたものだ。あの場所なら杉下駄というわけにはゆかない。

彼は、久しぶりに宿の着物を棄てて出たのを珍しそうに見ている番頭にわざとステッキを借りて桑畠に向って径を歩いた。今日はキクとの約束がないので、番頭に見られてもひけ目を感じなかった。キクといえば、ほかの女中とあとから山菜を採りに行くだろう。

3

青塚は、いつもの路を変えて谷に入るほうへ向った。谷の入口まではかなり歩かねばならない。

谷の入口は伸びた草で蔽われていた。一方は茂った木立の斜面だが、左側は露出した岩石の崖がはじまっていた。奥に行くほど断崖は高くなり、遂には谷が行詰るのである。谷は奥に彎曲していて、路面からは正面が見えず、中に入ってゆくにつれて崖の展望がひらけてくるのである。路の入口から崖の突き当りまでおよそ千五百メートルくらいあって、懐はかなり深かった。

青塚は宿のステッキで草を叩きながら奥に進んだ。昨日、男が匍い上った斜面がやがて見えたので、そこで立ちどまり、一方を見ると、草の斜面の上は、まさしくキクといっしょに男を眺めていた地点であった。

青塚は、男が灌木を手がかりに上っていた斜面の下に出た。そのへんには何の変化もなかった。また奥に進んだ。谷底は広かったので、草一面のひろい谷から何を見つけるというあてもなかったが、とにかく行詰りのところまで辿ってみることにした。

やがて草の間に大きな石ころが転がっている崖の正面の下に来た。転石がほうぼうにあった。入口からだんだんにせり上った断崖も、ここでは十五メートルほどの高さになっていて、崖の上には雑木林が新緑を輝かせていた。

転石の間を歩いていた青塚の眼に草が少し倒れかけているところがうつった。それが断続して筋になっている。いったんは倒れた草が、時間が経って起きかけたという感じだった。

この倒れた一筋の草の跡と、鳥打帽の男の行為とを結ぶのは容易である。斜面を泳ぐように上っていた男は、たしかにこの倒れた草と関連がある。草の様子は最近の人間の行為の跡をはっきりと見せていた。

青塚は、大小の転石の間を歩いて進んだ。このとき、彼にはかなり大きい転石の蔭に何やら黒いものがいくつも光っているのが見えた。

彼がのぞきこむと、それは破壊された小型カメラで、破片が散っているのだった。カメラはよほど強い力で叩きつけられたに違いなかった。そうでなければこんなにバラバラになるはずはない。ボディは二つに割れ、裏蓋はとれ、レンズは飛び出して砕け、その他の部品も、草の間に散乱していた。

青塚はカメラの破片を手にしてみたが、どうしようもないので、そこに放り投げた。すると、それが落下した先に、もう一つ部品らしいものが見えた。近づいて見ると、それはカメラから外れたフィルムだった。パトローネから半分くらい長く出たフィルムは、リールからもはずれて草に捲きついて真黒になっていた。

青塚は、フィルムを手にしてみたが、未撮影の部分が半分くらい金属心のパトローネの中に残っているようだった。彼は、今度は何となくそれをポケットに入れて高い崖を見上げた。カメラがこれほどまでに破壊されたのは、この断崖上から地面に叩きつけられたせいだったのだ。

そのとき、彼は二、三メートル先の草の上に土がかけられてあるのを見た。大きな落石のすぐ近くだったが、ステッキの先で土を少しばかり掻くと、下のほうが赤黒く染まっていた。血が古くなると、こういう色になる。

青塚は息を呑んで、土の色を見ていたが、思い切ってステッキの先で下まで掘った。だが、その土は草の上にうすくかけられたという程度で、下に血の正体があるはずはなかった。あらわれたのは、やはり赤黒く染まった草だけである。

ここまで見ると、青塚にも事情が分った。上にかけられた土は、草を染めた血痕を見せないためだった。明らかにここでは人間の行為が行なわれていた。

青塚は、倒れたような草の筋と、この草とを結び合わせた。彼はためらったのち、結局、好奇心のほうが勝って、とにかく、筋のついた草の上をたどってみることにした。初夏の明るい太陽が彼を気丈夫にさせたといえる。

草の筋が行きついたところは断崖の左側の端だった。しかし、その崖は、見たところ、何の変哲もなく、奇異な現象はなかった。森閑とした谷底である。

だが、青塚の眼にその崖下に横穴のような窪みがあるのが映った。窪みの前には、その穴を塞ぐように小さな転石が二つ置かれてあった。中腰になって石の間から暗い穴の奥をのぞいた。

はじめは何も分らなかったが、そのうち眼が馴れるに従い、何やら白い短い棒のようなものがうっすらと映じてくる。そこで彼はもっと眼を穴の入口に寄せた。そのとき分ったのが、白い棒と思ったのは人の足だということだった。

青塚は何か叫びたかったが、あたりに誰も居ないと気づくと、自分で自分の声が怖ろしくなり、もとのほうへ夢中で戻りかけた。

上のほうで彼の名を呼ぶ声がした。キクの声だとすぐに気がつきそうなものだが、そのときはしばらく分らなかった。

「あんた、あんた。……そこで何をしてるの？」

キクの声がつづいた。彼女は、その斜面の上の山道にいつものエビ茶のカーディガンで立っていた。

「うむ」

青塚は我にかえったように、そこからキクを手招きした。

「何なのよ？」

と、キクは遠いところから云った。青塚はまだ心がもとに戻らず、無言で手招きするばかりだった。

「何なのよ？　変ね」

キクは、あんたこそこっちに上っておいでよと云っていたが、青塚が動かないので、遂に折れて動き出した。そこからは斜面を降りられないので遠回りしてくるのである。

キクの姿がいったん消え、谷の入口から草を踏みながら現われたのはしばらく経ってからである。いつものように片手に山菜を入れる籠を提げ、低い背をそう急がせるでもなく、ゆっくりと近づくのだが、まるい顔は真上の太陽の光をうけて紙のように平板であった。青塚も彼女のほうへ歩み寄った。

「どうしたの、こんな所で？」

彼女はニヤニヤしてきいた。勘違いしているようだった。

「人が殺されている」

青塚は、かえって昂奮を失った声で云った。

「人が殺されている……え、どこで？」

キクはびっくりして青塚の顔を見つめた。

「あすこだ」

彼はうしろを向いて崖のほうに指を向けた。

「嘘！」

「嘘なものか。行って見れば分る」

キクは黙ったが、表情がにわかに動いた。彼女も、昨日この斜面をよじのぼっていた男を思い出したらしく、行ってみようと云い出した。

青塚はキクを横穴の入口に連れて行き、中をのぞかせた。彼女は奥をじっと見つめていたが、

「あら、本当だ」

と細い眼をひろげて云った。

「こっち向きに素足が出ているわね」

でも、寝ているのかもしれない、とキクが不自然なことを云ったので、青塚は転石の傍の草の上にかけられた土のことを話した。

「血を土で隠しているんだ。死んだのはそこに違いない。草の上を引きずった跡もある」

　キクは気丈だった。青塚がそこに居るためでもあろうが、それを見たいと云い出した。青塚も元気づく。今度は半ば案内者の気持で彼女をそこに連れて行った。ステッキの先で土を掘り起し、血染めのところを見せた。

「本当だ」

　キクはしばらくそれを見下ろしていたが、すぐに顔を起し、断崖の上を見上げた。上と下とを見くらべるように顔を上下に動かしていたが、

「ああ、分った」

　と叫んだ。

「あの崖の上から突き落して殺したのね。そして、殺したやつはあとからここに来て、この血の始末をしたり、死体をあの崖の穴に引きずりこんだりしたんだわ。草の倒れたのが、その跡だわ」

　青塚もカメラが物凄い力で破壊された理由を知った。

　キクは、そのへんをキョロキョロ見ていたが、ひとりで五、六歩先に進んで、彼を呼んだ。

「ほれ、これを見なさいよ。岩角を削った跡があるわ」

　青塚は近づいた。それほど大きくもない転石の一部に何かにこすられた跡があった。

そこだけは埃がなく、磨いたように光っていた。

「崖の上から落された人がこの石に頭を打って死んだのかもしれないわね。やった奴があとから降りてきてその血を削り落したのだろう」

そこまで前後が体系づけられると、青塚の眼の前に完成された物語が映り、背中が冷えた。

「殺されたのは女よ」

キクは突然云った。

「どうして分る？」

「穴の中の足が白かったわ。……それに、あの男が犯人なら、殺されたのは女にきまってる。ここは温泉場じゃないの」

キクの云う通り、それは理屈だった。

「警察に届けなければいけない。きっと昨日、あの斜面を上っていた男が崖から突き落して殺したに違いない。そして、死体をあの穴までひきずって隠したんだよ」

キクはすぐに云った。

「うむ、届けなければいけない」

青塚は前後の考えもなくそう云ったが、その場所から離れて歩き出すと、急に自分の立場が気になった。

「警察に届けるのはよしたほうがいい」

「なぜ？　どうして届けないの？」

「届けたら、おれがまずいんだ」

キクは急に黙って細い眼を光らし、彼を見つめた。

「思い違いをするんじゃない。おれは、この殺人とは関係がない。つまりだな、いずれあとで話すが、おれは警察にかかわりを持ちたくない身体なんだ」

キクはうなずいた。

「やっぱりわたしが想像していた通りなのね、あんたは」

「何を想像していたんだ？」

「あんまりまともな人ではないと思ってた。だって、こんな温泉場に元気な人が用もなくごろごろしてるんだもの」

「そう見抜かれては仕方がないが、断っておくけど、おれはべつに人殺しをしたわけでもなく、強盗や詐欺を働いたわけでもない。ちょっとほかの事情があるだけだ。だから、これを警察に届けるのはよせよ。おれたちが云わなくても、いずれ誰かが見つけて届けるだろう」

「いいよ、あんたがそう云うなら」

青塚はキクとならんで歩きながら、彼女に気づかれないようにポケットから拾ったフィルムをそっととり出し、草の上に棄てた。こんなものを持っていないほうがいい。どんな疑いがかかるか分らぬ。そのうちフィルムは草の中で雨に叩かれて腐るだろう。

4

あれはふしぎだったというのが、東京に出てからの青塚とキクの間にときどきとり交される会話だった。半年も前の白昼の幻のような目撃である。

青塚はキクを伴れて東京に出た。運送会社から持ち出した二十万円が頼りで、江戸川のほうに安いアパートを借りて同棲した。青塚は前に新聞社に勤めた経験を生かし、印刷工場の校正係に職を得た。キクは浅草のほうの鳥料理屋にお座敷女中として通っていた。これも温泉宿の女中の経験を生かしている。

印刷屋の校正係は夜勤があって遅くアパートに戻る。鳥料理屋も夜の遅い商売だから、それだけ好都合であった。朝もキクのほうがずっと遅く出るが、それでも青塚はよその会社よりは出勤が遅い。印刷所は毎晩遅いので、自然とそうなっている。二人の間の会話は、いっしょに夜食を食べるときでもあるし、朝の寝床のときでもあった。

「今から考えると、なんだか、あれは夢をみたような気がするわね。本当にそうだったのかどうか分らなくなってきたわ」

と、キクは東京に出てからさらに肥った顔を左右に振りながら云った。

「しかし、見たのは本当だからな。ひとりだけでなく、二人いっしょに見たのだから間違いはない」

青塚はあたりまえなことを云った。

そう云わなければならないほど、証拠は二人の眼だけだった。それが半年も経つとはなはだ頼りなくなってくる。

「でも、もし、あれが本当だったら、誰かが見つけないはずはないし、警察に知れないはずはないわよ。わたしたちは、あれから一カ月も温泉場から出なかったんだからね」

キクの小さな眼は遠くを見るようだった。

「一カ月の間はまだ発見するものがいなかったのだろう。おれたちが上山温泉を出てからはどうなってるのか分らないよ」

「でも、その後、新聞にも出てないよ」

「こっちの新聞に出ないだけで、案外、土地の新聞には、この半年の間に出ていたかも分らない」

「もし、そうだったら、フジ子さんの手紙に何かそのことが書かれていなければならないわ」

「おまえ、まだ、フジ子と手紙のやり取りをしているのか？」

「そんなにびくびくすることはないよ。あんた、運送会社の金を少々使いこんだくらいで警察は捜しはしない。案外、会社も警察沙汰にしないで、内輪で収めたかもしれないよ。だって、今までに何もないじゃないの。わたしがフジ子さんと手紙のやり取りをして、それから足がついて警察につかまるのだったら、もうとっくにあんたは刑事に連れて行かれてるね」

「まだ安心はできない」

青塚は一応そう云ったが、キクの云う通りだろうと、自分も思っていた。身辺には少しも警察の眼を感じないのである。

「あのとき、あんたがあんまりそれを怖れて警察にあの死体のことを届け出なかったけれど、届けてもよかったんだね」

「バカなことを云え。あのときと今とは違う。警察とのかかわり合いが身の破滅だとは誰でも思うよ」

「あのとき、あんたがあんまり警察を怖れていたから、どんな罪を犯したのかと思ったけれど、あとで聞いて、なんだと思ったよ。それくらいのことでびくびくしてるあんたがおかしかったね」

「お前は無神経なやつだ」

と、青塚は云ったが、彼女のほうが自分よりずっと大胆かもしれないと思った。はじめて東京に出て浅草の鳥料理屋に勤めても一向に動じない。古くからいる女中と同じくらいチップの収入がある。

青塚が遂にキクを振りはなせなかったのも、いわば彼女の粘着力からである。一つは自分の秘密を明かしたという弱味もあった。人間は弱味を握られることで、かえって親密感が増すことがある。もちろん、彼女が彼をはなさなかったのはそれだけではない。

彼女もまた山深い温泉宿の女中で沈むのが本意でなく、青塚をワラとしてつかんだのである。都会に出ればもっと悪い運になるかもしれないが。

しかし、最初の幸運が青塚にきた。それは、はじめ小さな幸運として彼の前に姿を見せた。

ある日、青塚は業界紙が記者の募集を新聞で広告しているのを知った。それは本郷のほうにあったが、「料理界通信」というのである。主としてホテル、レストラン、料理屋、食べもの屋向きの専門紙で、料理のつくり方や最近の流行などといったものから、営業の経営方針にまで亙っていた。その新聞社は小さなビルで、それも一部屋しか編集部がなかった。

青塚は新聞記者の経験があるので、それを云った。採用に当っては、北陸にある前の新聞社に問合せが行くかもしれない。そうなれば、その後移った運送会社の費消事件も分るかもしれないとおそれたが、運を賭けることにした。悪くすれば不採用だけでは済まず、お尋ね者の居所が分って警察の手配が回るかもしれないのである。

だが、それは杞憂に終った。キクの云う通りだった。新聞社は翌日、速達で採用通知をくれたのである。

給料は安かった。むしろ、小さな印刷所の校正係のほうがいいくらいである。だが、地方新聞に勤めた経験のある彼は、こうした業界紙の仕事にかなりなウマ味があるのを知っていた。記者は広告の募集も兼ねるのである。この広告は、ある場合は一種の恐喝行為になるくらい金銭が目当てだった。

事実、社長は、広告料の何分の一かは募集者に払い戻すと云った。古くからいる記者たちはその歩合が主たる収入で、給料のほうは補助程度であることが分った。

だが、そういう後味の悪い職業に厭気がさして辞めてゆく人間もあって記者の人手は不足がちだった。社長からすれば、記事だけを書く記者はともかく、広告料稼ぎの記者なら何人傭っても困らないのである。

青塚は就職した晩、キクに聞いた。彼女は山の中の温泉旅館の女中だったが、いくらか旅館の経営をのぞいているので、それが参考になるかもしれないと思ったからだった。

キクは教えた。田舎の温泉宿でも税金逃れの対策があり、また、客を扱うコツがある。聞いていて、それが都会の料理屋にも通用しそうだった。

青塚は、はじめは町のうどん屋に毛の生えたような料理屋を回っていたが、次第に要領を覚えると、もっと大きな料理店からレストランを回るようになった。まだホテルに入れる腕には遠かった。

だが、それでも度胸も出来て、いきなり豪華な料理屋やレストランに飛びこめるようになった。まだ記事の取材だけだったが、広告を取るには、まず顔を売っておく必要があった。

訪問先によっては「料理界通信」と聞いて敬遠するところもあり、厭味を云われるところもあった。この新聞が明らかに広告取りを目的としていたからだ。しかし、どの商売にも弱味はあった。「後難」を怖れて事務所の奥や「社長室」に通してくれるのもあった。

青塚はもっぱら提灯記事を書いた。先方には最初から広告のことは云わず、ほめるだけにした。編集長は、どんな記事が出来ても文句は云わない。新聞社はその提灯記事が間もなく金になることを知っていた。

青塚が「スメル」というレストランに眼をつけたのは、入社して二カ月ぐらい経ってからだった。「スメル」は本店を赤坂に置き、都内七、八カ所に店を持っているという、一種のチェーン式な経営だった。この店はひどく繁昌していて、支店も市街地の拡大に伴い発展するばかりであった。

しかも、「スメル」は同名のボーリング場も経営していた。繁華街に二カ所のボーリング場があり、最近の「スメル」チェーンの発展はボーリングの儲けが資金になっているという噂だった。社長は市坂秀彦といって、五十くらいの人ということだった。

市坂社長は関西の出身だというが、その経営手腕は業界の驚異になっていた。もちろん、なかには中傷する者も少なくない。市坂は日本人ではないとか、実は金主は別にいて、それは高名な高利貸だとかいったたぐいである。だが、その店舗がひどく垢抜けしていることと、独特なデザインをもっていて、それが魅力になっていることは誰も否定しなかった。たしかに市坂はアイデアマンで、料理にもそれが生かされていた。もとは関西の西洋料理店のコックだという人もあったが、本人は否定していなかった。

青塚は何度も赤坂にある「スメル」の本店に行った。だが、市坂社長には会えなかった。支店がほうぼうにあるので、絶えずそのどこかの店に行っていたり、出張があったりしていた。事実、「スメル」の記事を取るだけでも大きな収穫なのであった。業界紙ならみんな狙っている店だった。

だが、約三週間通ったのちに青塚は市坂社長を捉えることができた。それは彼が幸運を捉えたことでもある。

5

市坂秀彦との最初の面会を青塚は忘れることができない。

あまり広くない社長室で面会した青塚は、市坂社長の面長な顔を見てどこかで遇ったことがあると思った。額は少し禿げ上っているが、髪をきれいに分けて、鼻梁の隆い、彫りの深い顔であった。西洋料理屋の社長といえば、脂ぎって肥った男を想像していた青塚は意外な感に打たれ、同時に、そうした端正な顔立ちに対して先天的な畏敬の念も起した。

市坂社長は、十分間の約束で青塚記者の質問に答えてくれた。彼の言葉には、やはりどこか関西弁の調子がまじっていて、柔らかで静かな調子は余韻を含んでいた。

社長室が片側光線のために、市坂の顔は動くにつれて明部と陰翳部とが変化した。それが彫りの深い顔をさまざまな角度の立体感で見せるようになるのだが、頬の少し窪んだところが青塚に何かを思い出させた。

青塚は、はてな、この顔はやはりどこかで見たことがあると思った。ふと見せた光線の中で捉えた顔の角度がそれを強めたのである。だが、やっとそれに思い当ったのは、彼が「スメル」の本店を出て、近くの地下鉄の石段を下っているときであった。

そうだ、いま、こうして地下道におりる途中にいるが、ちょうどこれくらいの位置から、下のその男を見たのだ。市坂の禿げ上った額(ひたい)を鳥打帽子で隠すと、上山温泉の山道で見た、あの黒のセーターに鼠のズボンの中年紳士になるではないか。そういえば、あのとき鳥打帽の紳士は、どの道をとろうかと考えるように、ふとこっちの山道を見上げたが、そのときの顔つきとそっくりではないか。

そうだ、この位置だったと、青塚は地下道階段に足を停めたまま見つめた。下のホームを歩いている人々の姿が、まさに彼が木のかげにかくれて見たあの男のそれだった――。


「間違いじゃないの?」

と、キクは青塚の話を聞いて云った。鳥料理の店から帰って、客の残りものの折詰をおかずに夜食をたべていたときである。

「間違いはないと思うが、似たような人は世間にいくらもいるから断言はできないがな」

　キクは骨を指でつまんで、肉を口でむしっていたが、

「いっぺん、たしかめてみたらどう？」

と云った。

「たしかめる方法はないよ。まさか、あのときの男はあんただろう、とは云えないしね」

「もし、そうだったとしても、先方はそうだとは云やしないわ」

　キクは鳥の骨を捨てて、

「今だから云うけどね」

と、口のまわりを紙で拭いて云い出した。

「わたしたちが崖の下に隠された死体を見た翌る日、わたしはこっそり下川温泉に行って、向うの宿にそれとなく聞いてみたのよ」

　下川温泉は、青塚がキクといっしょに上った山の向い側にある。正確には山を斜めに横切って降りるのだが、上山温泉では下川温泉のことを山の向うと云っていた。

「そうすると、下川の川田旅館に、わたしたちが死体の足を見た前の晩、四十七、八くらいの男と、二十七、八くらいの女が泊っていたのが分ったわ。その二人は翌る日、ほら、あの日だけど、昼飯を食べて散歩に出て行ったそうよ。そのとき、女のほうはカメラを持っていたそうだけど」

　青塚に落石の蔭に破壊されていたカメラが泛んだ。

「その男の服装は、お前も見たように、鳥打帽に黒のセーター、鼠のズボンだったのか？」

「間違いなく、そうだったわ」

「つれの女はどうした？」

「宿には帰って来てないの。男の話では、ちょうど上山温泉まで行ったところ、そこに女の友だちが来ていて、バッタリ遇ったものだから、女は今夜誘われてそこに泊ることになった、それで女の荷物も自分が持って行くと云って、勘定払って出て行ったそうよ。荷物といってもスーツケース一つだったそうだけど」

　キクのほうは話しながら昂奮をみせていた。

「宿帳の名前は？」

「二人とも書いてないの。宿では税金逃れに、一晩に二組か三組は宿帳を出さないけど、その中に二人は入っていたのね」

　あの男にとって幸運だったのだ。

「あのときは、あんたがあんまり警察の追手を怖れるものだから、わたしもそれを聞いただけで帰ったけれど、そうでなかったら、間違いなく殺人事件として駐在に届けるところだったわ」

　死体の足を見たとき、警察に届けるなと云ったのは青塚である。実際、あのときはかかわり合いになるのを極力怖れていた。

下川温泉の川田旅館に泊っていた男女が、あの現場の当事者ということは、キクの話で決定的となった。カメラの残骸がキクの話と完全に一致する。

「あんた、二、三日ほど社を休んで、上山温泉の、あの谷にこっそり行ってみたらどう？」

キクはすすめた。

「何のために？」

「きまってるじゃないの。もし、そうだということがはっきりつかめたら……」

「今さら警察に云うのは変だよ」

「そんなことじゃないわ。あんた、向うがそんな大きなレストランの社長だったら、金をずいぶん持ってるに違いないわ。ボーリング場は、近ごろ、ずいぶん儲かってるそうじゃないの」

キクは、青塚の顔をじっと見た。

三月半ばの或る日、青塚はベレー帽をかぶり、濃いサングラスをかけて上山温泉のバス停留所に降りた。彼はカメラを肩にかけている以外、荷物らしいものは持ってなかった。東京から夜行で来たように、ここには一泊もせずに夜行で東京に帰るつもりだった。

彼は指月館の前を横眼で通った。散歩のたびに妙な笑いを浮べていた番頭の姿は見えず、入口の奥に女中のフジ子がぼんやり往来を眺めていたが、彼の姿を見ても気づいた様子はなかった。

青塚は、麦畑になっている畦道（あぜみち）を歩き、桑畑を通って山裾にかかった。まだ一年にもならないが、なつかしい場所である。キクがほかの女中といっしょに山菜を採りに歩いている姿が、そのへんから出て来そうであった。

彼は谷のほうに先に行ったものか、それとも崖の上に出たものかと迷った。本来なら谷のほうが大事である。あの横穴をのぞきこんで、女の死体が残っているかどうかを確かめなければならない。だがあの穴の中をのぞいて、そこに半ば白骨化した腐爛死体を見るのを想像しただけでも胃のあたりに生理的な異常を来しそうだった。彼は、嫌なことはあとにして、とにかく先に崖の上へ出てみることにした。キクとの情事に急ぐ思い出多い山道を上った。

ようやく谷が奥に行詰った崖の上に出た。これまでは一度もここに来たことがないが、いま、その断崖の上に立って下を見ると、眼も眩（くら）みそうな深い垂直だった。草の間に転石が白く散っていた。その転石の一つに、ここから落ちた女がこぼした血がついていたのだ。血痕を削り取った石は、記憶ですぐに見当がついた。

この場所に来て分ったのだが、谷の入口のほうを見ると、それにつづいて盆地がひろがり、向うに別な山が見えていた。ここまで上ってこないと、この景色は分らなかった。

青塚は、男と女がここに立っていた理由を知った。女はカメラを持っていた。カメラは男のものか女のものか分らないが、女がこの風景を背景に男の姿を撮影しようとしていたのはたしかであろう。そこを男がふいに突き落したのかもしれない。

彼は、一旦はそう考えたが、やがてその考えを訂正した。もし、そうだとすれば、男のほうが断崖を背にして、その際に立っていなければならない。女の位置は撮影上、男から反対にはなれるので安全なはずであった。むしろ、突き落されるとすれば男のほうである。

しかし、突き落されたのは女だから、どうしても女のほうが断崖の端に立ち、そこを背にしてカメラをかまえていなければならない。男は逆の安全な場所に立っていることになる。

青塚は、そう考えて断崖の反対側を眺めると、そこは雑木林が切れて、その間から、中央に鞍部をもった二子山が意外な高さでくっきりと浮んでいた。

この山は青塚も指月館の二階から眺めていたものだ。ただ、位置の関係上、旅館の部屋から見た山は雑木林に邪魔されて頂上近くだけが見え、低くつまらない山であった。しかし、ここから眺めるその山は全く違ったかたちになっている。

左右二つにV字型に分れた雑木林の間から浮び出ている二子山は、絵画的な構図に思えた。

雑木林の間には意外にも径がつき向う側に消えていた。その方向に下川温泉があった。つまり、下川温泉から山伝いにこの場所に来られるのである。だから下川温泉の川田旅館にいた男女は、ここまできてこの風景を背景に記念写真を撮る気になったのであろう。

そうすると当然、男は二子山をうしろにして崖縁からはなれた安全な場所に立つ一方、撮影者の女は背中を断崖のほうに向けて、しかも崖縁に近いところに位置するのである。これだと、男はふいに女の方に進んで両手で思いきり突き倒すことができる。女が崖縁に立っていれば、仰向けに十五メートル下に落下させるのは容易なことだった。

女は墜落して垂直の断崖下に横たわる。男は上から眺めたあと、崖ぶち沿いに歩いて、崖が低くなり、灌木と草の生えた斜面にくると匍い下りる。谷底につくと女の死んだところに歩き、その死体を横穴まで草の上をひきずって穴の中に隠す。血の附いた転石はほかの小石を使って削り落す。同じ血痕のついた草の上には土をかぶせておく。それから再び斜面を灌木伝いに大急ぎでよじ登って逃げる。カメラは粉砕されていたので、多分、そのままに放っておいたのだろう。——青塚は前にキクがこの崖下に立って想像で女の死までの物語をつくりあげたように、いまは、それをもっと的確に完成することができた。

的確といえば、男は崖上から山林の径を戻らず、青塚が下りかけた道の前を横切って桑畑の横を歩いていたが、その理由も分った。男は殺した女といっしょに来た径をひとりで戻るのを好まなかったのだ。くるときに二人づれだったのをだれかに見られているかもしれないという心配もあったろうが、それよりも、同じ径を単独で引返せば、殺した女の幻影をおぼえそうで恐ろしくなったのだろう。別のコースのほうが不安がない。

あの男を二度目に見るまで、青塚は道の途中で三十分休憩した記憶があるが、その三十分は、男がいったん崖の斜面を上って思い直し、今度は斜面の上を迂回し谷の入口に降りてあそこに出るまでの所要時間だったのであろう。

青塚は、彼が想像したように、崖縁伝いに下に向って歩いた。道がないので木立や灌木に邪魔されて、谷の入口に出るまでにはかなり時間がかかった。これだと三十分はたっぷりとかかる。彼はますます自分の想像が的中したのを知った。

谷の入口に着いてみると、今度はいよいよ最後の行動に移らねばならなかった。横穴をのぞいて、そこに女の死体が残っているかどうかである。あたりを見回すと、ときどき鳥が啼くだけで、人影一つ見えず、地底の響きが伝わってきそうだった。弱くなった陽が寂しいこの場所にうらうらと照っている。

彼は横穴の近くまできた。穴の入口に転石が置かれてある。少しもあの時と変っていなかった。死体は発見されてないのかもしれぬ。もし誰かが見つけ、警察が死体をとり出したのなら、当然、穴の入口を塞いでいるこの石を動かしたはずである。それが全く変っていないところをみると、殺された女の死体は白い脚をこちらに向けて相変らず横たわっているに違いない。

もっとも、今は、その白い脚も腐って骨がのぞいているのではなかろうか。あれは五月十日だった。ほぼ一年近く経っているので、肉体は腐汁に溶けかかっているかもしれない。

青塚は、そこから先に脚が進まなかった。彼は、地方大学の国文科を卒業していたが、このとき、学生のころに読んだ「古事記」の一節が頭に浮んだ。イザナギが黄泉国(よみのくに)のイザナミ（の死体）をのぞき見する文章だった。
《一つ火ともして入り見たまひし時、うじたかれころきて（死体にウジがたかって）、頭には大雷居り、胸には火雷居り、腹には黒雷居り、陰（陰部）には拆（裂）雷居り、右の手には若雷居り、左の手には土雷居り、左の足には鳴雷居り、右の足には伏雷居り、あはせて八はしらの雷神成り居りき……》

女の腐爛死体のすさまじい描写だが、青塚はこの横穴の暗い奥に殺された女の肉体が「黒雷」のように黒くなって、その裂けた陰部にウジがたかり、眼も鼻も虫に喰いちぎられている状を想像して、穴に近づく勇気がなかった。あのとき見えていた足は「鳴雷」の左足か、それとも「伏雷」の右足だったろうか。

青塚は、穴の入口を塞いだ石がそのままになっているから、そこに死体が残っていることは見るまでもないと思った。彼は元に戻りかけたが、ふとあのとき棄てたフィルムのことを思い出した。そうだ、たしか、この辺に棄てたおぼえがあると、草の間を捜した。すると、それは見当をつけた所よりやや離れた所で見つかった。草が長く伸びているので、あれから誰にも見つけられずに残っていたらしい。それほどここは人がこないのだ。横穴に死体が残っているのもその理由からだろう。

彼はフィルムをとり上げたが、金属性のパトローネは錆び、はみ出したフィルムは腐りかけていた。もちろん、パトローネの中に入っているフィルムは未撮影だから、これを持って帰っても証拠にはならない。撮影されたぶんは日光に曝され、雨に打たれて、全く役に立たないのである。しかし、彼は、それをハンカチに包んでポケットに入れた。ちょうどキクと歩いているときのように。

青塚は谷の入口まで引返したが、ここで思い直した。自分は何の証拠も握っていないのである。これでは、市坂秀彦が果たして女を殺したかどうか分らない。つまり、キクが云うように市坂を脅迫することは不可能なのである。

青塚は困った。折角ここまで来て何の役にも立たなかったと知ると、キクは怒るに違いない。彼女は教育はなかったが、そのぶん貪婪な意思を持っていた。

彼はようやくいい考えが泛んだ。もっとも、これで成功するかどうか分らない。再び厄介を覚悟で谷の底から断崖上に上った。二人が写真を撮ったであろう場所にくると、彼は自分のカメラを肩から外し、断崖を背にして立った。ファインダーをのぞくと、雑木林の裂け目から、平凡な二子山が額縁の中に収まった。

青塚は、そこで一本のフィルムを全部その光景の撮影に使ったのである。いろいろな角度から撮った。これを東京に帰って「スメル」の社長室でさりげなくとり出して見せるつもりだった。そのとき、社長の市坂秀彦がどういう表情を示すかである。

もし、市坂が故意にその反応を匿そうとするところがあれば、今度は市坂の写真をどこかで手に入れて、下川温泉の川田旅館に持参することも考えられる。もっとも、これは宿が認めても市坂自身が否定すれば、それきりの話である。殺人事件は存在しないのだから。

6

――それから十カ月近く経った。

青塚一郎の名前は奇妙なところで活字になっていた。青塚だけでなく、市坂秀彦の名前もそれとならんでいる。二人の名は「新流」という新しく出来た綜合雑誌の奥付に収まっていた。「新流」は三百二十ページくらいの厚さで、表紙は近ごろ流行の写真ではなく、油絵の美人画だった。表紙の肩には小さな活字で第七号とあるから、すでに創刊されて七カ月経っていることが分る。本屋の店頭に出されていたが、積まれた高さがあまり減ってないところをみると、それほど売れる雑誌とは思えなかった。実際、ある本屋に入ったサラリーマンと学生とが目次だけを見て元に戻したところをみると、あまり世間に当る編集ではなかったようである。

――二月の半ばごろ、世田谷に住む評論家兼随筆家の岡本健夫の家に、「新流編集部中村忠吉」の名刺を持った若い男が訪れて、あまり立派でない八畳の応接間に通された。

岡本は、もとは文芸評論家だった。今でも自分ではそう心得ているが、その軽妙な筆と、何にでも好奇心を起して評論するという才能がジャーナリズムの一部に重宝がられ、いつの間にか、軽文明批評家か随筆家か分らない存在になっていた。ある時は、著名文化人の出身地を全国的に歩きまわって評判記をものするかと思えば、最近の思想傾向を論じ、また、女性風俗を論評した。小説の匿名批評を引受け、PR雑誌の対談によろこんで応じた。彼も「便利屋」と人前では自嘲していたが、好奇心は旺盛だし、結構いそいそとしていた。

中村忠吉という髪の伸びた、若い編集者は、うすい髪に白いものがまじってきた岡本健夫に会うと、最近発売された「新流」の三月号をさし出し、この雑誌のために二十日以内に社会評論のようなものを三十枚ほど書いていただけないでしょうか、とていねいに頼んだ。

岡本は、まず、その雑誌をとりあげ、近眼の眼鏡をはずして目次面を開いていたが、あまり気のすすまぬ顔をした。執筆の顔ぶれが、ぱっとしなかったからである。彼は、いま仕事が詰っているので、そのうちに書かせてもらう、と婉曲(えんきょく)に断った。

「お忙しいのは重々心得ていますが、そこを何とか……」

と、中村はねばった。

「うちの編集長にぜひ先生の玉稿を頂戴してこいときびしく命令されましたので」

「そうは云っても、君……」

岡本はもう一度雑誌を眼の前に近づけて編集責任者の名を読んだ。

「青塚一郎という人ですか?」

「そうです。その青塚がどうしても先生のお原稿がないと困ると申しているんです。青塚は先生のファンです。いや、ぼくもそうですが……」

中村は、あわてて自分のことをつけ加えた。

「それは、ありがたいが、なにぶん今は忙しくてね……」

岡本は、お世辞と分っていても悪い気はせず、いくぶん語調が鈍くなった。

「それは十分に承知していますが、そこをぜひお願いしたいのです」

中村は額にかかった髪をかきあげて膝をすすめた。岡本の顔色が動いたと見てとったらしかった。

「ウチの雑誌は、創刊後まだ間がなく、名前も知れていませんので、どうしても執筆して下さる方の名が少々弱いのです。それで、この際、先生のお名前を頂戴したら、どんなにか雑誌が重々しくなり、生彩が出ることかと思います。このままだと、一流の方にお願いに行っても体よく断られます。先生のお原稿が載っているだけで、ほかの一流の方々にも、それでは、ということでお原稿を書いていただけると思います」

中村は顔を赤くするほど熱心に説いた。

「いや、ぼくにはそんな力はありませんよ」

と、岡本は云ったものの、多少の自惚(うぬぼ)れはある。もとより、自分は一流ではないが、この雑誌に載っている執筆陣よりは多少名が売れているつもりであった。彼は、この編集者が云う通り、自分が書くことで他の寄稿家が動くのだったら書いてもいいと思った。あまり有名な出版社でないところから出た新雑誌のもつ不利な条件に、彼なりの義侠心が出た。

「二十日以内というと困るが、それから先だと何か書いてもいいよ」

と、岡本は考えた末に承諾した。もう一号先に延ばすことで、ほんとに書くか書かないか決めることもできる。若い中村は感激した面持で、これで自分も編集長に怒られなくてすむと、何度も頭を下げた。

岡本は、もう一度雑誌の目次をひろげ、中をパラパラとめくった。どうみても魅力のある編集とはいえなかった。雑駁で焦点が決らず、しかも、既成の雑誌の部分々々を真似たようなところがあって、どこに重点があるのか分らなかった。ただ、そういえば、「新流」の新聞広告を何度か見た記憶はある。それほど小さなスペースではなかった。

「新流社というのは、どの辺にあるのかね?」

「赤坂の近くですが、まだ小さく、よそのビルを二室だけ借りています」

「社長の市坂という人は、以前、どこかの出版社にでもいた方ですか?」

「いや、出版には全く縁のない人です。ですから雑誌にはズブの素人です」

「素人が雑誌を出すというのは大胆だね。では、金持の道楽かね?」

「道楽といってはちょっと困りますが、金は唸るほどあるんです。ですから、この雑誌がたとえ五年間赤字をつづけても、絶対つぶれることはないそうです。これは編集長の言葉ですが」

「それは結構だね。金持というと、何か企業のほうを?」

「はい」

中村は、ちょっと恥ずかしそうに眼を伏せたが、

「先生。先生はスメルというレストランをご存じでしょうか？」

「スメル……ああ、知っている。新宿でも、池袋でも、渋谷でも、そうだ、青山のほうでも、ほうぼうにレストランを出しているところだろう。店の外見も看板もみんな統一してあるから印象に残っているよ。先日もどこやらで見かけたがね。そうだ、あれは自由ヶ丘のほうだったかな」

「そうなんです。本店は赤坂にありますが、ほうぼうに支店を持ち拡張しています」

「そのスメルの社長さんかね。こりゃおどろいた。西洋料理屋がこういう綜合雑誌を出すとはね」

「レストランだけではありません。ほかに大きなボーリング場を二つほど経営しています」

「ボーリング場までやっているのか。近ごろ、ボーリング場はずいぶん儲かるそうだね」

「繁昌するというので数がふえ、このところ、売上げがそれほどでもなくなっているそうですが」

「どっちにしても金を持っている人なんだね。その人が若いとき、学者かモノ書きかを志したが、心ならずも西洋料理屋に転向したため、若いときの夢を今、この雑誌で果そうというわけかね？　成功した企業家にはよくあることだが」

「そういう話は一度も聞いたことがありません。社長は雑誌の出来栄えについては何一つ批評もしません。注文もつけないのです」

「ひどく物分りのいい社長だね。それでは、売上げをふやせとか、もっと儲かるようにしろとかいわないのかね？」

「何もいいません」

「なるほど、食べものやボーリングでアブク銭を儲けた人だけのことはある。雑誌一つぐらいの赤字は気にしないんだね。普通だと、編集費を切り詰めろとかいうところだがな」

「編集費は切り詰めるどころか、逆にふやしてくれています。申し遅れましたが、先生の稿料も特に配慮させていただきます」

「ありがとう。……それでは、編集長はじめ、君たちも自由に何でもやれていいわけだね。編集長というのは、今までどこかの雑誌社に勤めていたベテランかね？」

「いや、雑誌の経験はないんです。なんでも北陸あたりの新聞社に勤めていたらしいんですがね」

「新聞記者か」

岡本は、ちょっと失望した。地方の新聞社にいた男と聞いて、雑誌の泥臭いのが分るような気がした。その男は、東京に出て雑誌を任されたが、結局は思い違いの編集をやっているようである。

「青塚という編集長は、まだ若いのかね？」

「はあ、三十三だと聞きました」

「雑誌の編集長は若いのに越したことはない。年を取ると感覚が鈍ってくるからね」

だが、もう一度、この雑誌に戻ると、どうみても感覚の鋭い編集とはいえなかった。しかし、経営主が相当な金持で、向う五年ぐらいの出血は覚悟しているということだから、そのうち、あるいは変ってくるかもしれない。青塚という編集長はワンマンだそうだから、いい傾向に向えば面白くなりそうだった。半年そこそこで判断するのはまだ早い。

中村は何度も頭を下げ、よろしくお願いします、と云って帰って行った。その様子からみると編集長の命令が果せたことがよほど嬉しいらしい様子だった。中村には、岡本の原稿が取れたということより、編集長に怒られないで済むという安心のほうが強いのかもしれない。

それからしばらくして、岡本は何かの会合で、仲間の一人に遇った。

「君、新流という雑誌を知ってるか？」

と、岡本はさりげなく彼にきいてみた。

「ああ、あれか。知らないこともないがね」

その仲間は出版社のことはかなり詳しく知っていた。

「君のところにも頼みに行ったのか？」

「ああ、きたから一回だけ書いたけどね。原稿料はよそより少し多いが、どうも雑誌がパッとしないのでね。事実、あんまり売れてもいないらしい。だが、あすこは社長が例のチェーン・レストランで有名なスメルの経営者だから、向う五年間ぐらいは赤字でも大丈夫らしい。編集長がワンマンでね、編集費もうんと取っているらしいよ」

「やっぱり君は詳しい。実は、ぼくのところにも頼みに来た。ぼくは書こうか書くまいかと迷っている。若い編集者だったが、君の云う通り、青塚という編集長はワンマンだと云っていたよ」

「そりゃ相当なものらしいね。社長も一目おいている。しかしだ、これは君だけに云う話だが、青塚という男は相当な者で、編集費をうんと社長からとり出しているくせに、編集自体にはあんまり回さないらしいよ。つまり、自分のポケットに入れているわけだね」

「そんなやつか。それじゃ、おれは原稿を書くのを断ろう」

と云ったが、岡本には例の好奇心があった。一回だけつき合いをしてみて、それを縁に青塚という編集長のことをもっと知っておいてもいいなと思った。

「そんなに私腹を肥やしているんだったら、さぞ派手に遊んでいるんだろうな?」

「ところが大違いで、青塚は案外にまじめな男らしいよ」

「へええ。じゃ、その金を貯めているのか?」

「青塚の女房というのはしっかり者でね、これががっちりと亭主を抑えて、女遊びもさせず、金使いも禁じているらしい。つまり、青塚が取った金は女房がとり上げて貯金しているという噂だ。その女房は、前に、浅草あたりの鳥料理屋の女中をしていたそうだ」

「すると、美人なんだろうね。だから亭主が女房に頭が上らないのかな?」

「とんでもない。おれは見たことはないが、編集者の話では、女房というのは、背の低い、ずんぐりとした女で、ブタのように白い皮膚をしていて、顔も不器量だそうだ。しかし、なかなかのしっかり屋らしい。年齢も亭主より上らしく、ずっと老けて見えるそうだ」

「年上の女房は亭主を可愛がるというからね。それにしても、そんなに締めつけられてる青塚というのもふしぎだね。編集長としては専横らしいが、それも女房に抑えられてるための鬱憤晴らしかも分らないね。一度、どんなやつか見ておきたいものだ」

岡本は、このつぎ原稿を書いてやり、それをきっかけにしてもいいなと思った。

だが、翌月、岡本は三十枚ほど原稿を中村に渡したが、青塚という編集長は姿を見せなかった。

「編集長に一度遇いたいものだが」

と、岡本はそれとなく云った。

「はい。そのうち、先生のところへ、このお礼にぜひ伺わせます」

中村は頭を下げた。

「編集長は相変らずやかましいかね？」

「ええ、相当なものです」

「だが、雑誌はあまり伸びないんだろう、正直のところ？」

「はあ、停滞状態です」

「それじゃ、いくらワンマンでも社長に都合が悪いだろう。聞くところによると、編集費を相当取ってるらしいが、それをいつまでもつづけるわけにもゆかないだろうからね」

「よくご存じですね」

と、中村は岡本の顔を見た。

「いや、ちょっと聞きこんだんでね」

「そうなんです。このところ、編集長の機嫌がひどく悪いんです。どうやら、社長が金を出すのを渋ってきたらしいですね」

「そりゃそうだろう。社長も雑誌を出して一年近くなれば、いくら素人でもだいぶん様子が分ってくるからね、そう無限に金をつぎ込むわけにはゆくまい」

「それに、ボーリング場の売上げが下降したらしいんです。ほうぼうに同じようなやつが出来て過当競争気味ですからね。そういうことも社長が金を出し渋る原因らしいんです。編集長はブツブツ云って、これは何とかしなければいけないとぼやいてました。いくらぼやいても、われわれの編集費にはいっこうに回ってこないことで、こっちには関心ありませんがね」

中村は煙草の烟を吐いて云った。

7

四月なかばごろになって、岡本のところに「新流」の五月号が郵送されてきた。

岡本は、その表紙を見て、おや、と思った。これまで「新流」の表紙は画家に頼んで女の顔の絵ばかりだったが、今度のそれは風景である。近景は雑木林になっていて、それがV字型に分れた間から山がのぞいている構図だった。

岡本は、なんとつまらない絵だろうと思った。構図としても平凡だが、第一、雑木林の間からのぞいている山のかたちがまことに平凡である。どこにでもあるありきたりの山だった。絵のつまらなさはそこから来ている。これでは、わざわざ女の顔の絵を風景に代えた理由が分らない。彼は絵の隅にあるサインを見て自分の知っている白井という画家だと分った。

白井がどうしてこんな絵を描いたのだろう。彼の画風を知っている岡本は妙に思った。これまで、白井が描いてきた主題とは全く違うのだ。あるいは、その画家が無理に表紙を頼まれていい加減に描きなぐったのかもしれないと思った。

その雑誌が送られてきてから一週間経ったころ、「新流」の中村が訪れてきた。

「この前頂戴した先生の原稿は、たいへん好評でした。それで、編集長から、ぜひ次の号にもお願いするようにと云われて参りました。先生、どうかお願いします」

中村は、この前と同じように丁寧に云った。

「まあ、考えておこう」

岡本は答えた。この前の号は初めての依頼だし、自分なりに力を入れたのである。少しは他の執筆者とは違うというところを見せたかった。とにかく、それがある程度の反響を得たのは彼にとっても満足でないことはなかった。

「先生、まあ、そうおっしゃらずに、ぜひお願いします。編集長から堅く云われてきていますから。先生に断られたら、またぼくがえらく怒られます」

「青塚という編集長は相変らずかね？」

「はあ、ますます独裁ぶりを発揮しています」

「独裁かもしれないが、今度の号の表紙は何だね。全然面白くないじゃないか」

「そうですか」

「そうですかって、君もそう感じないかね？」

「はあ、今まではご承知のように女の絵ばかりでしたから、新風を送りたいという編集長の意見でした」

「そのアイデアがこの絵では全然生きていない。ぼくは白井君を知っているが、白井の絵にしても少しひどいよ」

「そのせいかどうか分りませんが、今度の号はまた元の美人画にかえるそうです」

「やれやれ、風景画はただの一回だけか。編集方針がフラフラしていることが、それだけでも分るよ。その青塚編集長は思いつきばかりやってるんじゃないかね？」

「はあ、本人は一生懸命なんですがね。ぼくらも実はあの風景画には賛成じゃなかったんですが、この号の出来がよくないからといって、すぐに元の女の顔にかえるのは不見識だと思いましてね、反対したのですが、そんなことに耳をかす編集長ではありません」

　それから編集長の話がしばらくつづいた。岡本は、いつぞや仲間に聞いた青塚の女房のことをそれとなくきいてみたが、中村はそれを否定しなかった。のみならず、こんなことを云った。

「ぼくらも、どうして編集長があんなに奥さんに牛耳られてるのか分らないんです。編集長は給料やその他の収入を全部奥さんにとり上げられているらしく、自分の小遣いというのはあまり持ってないんですよ。ですから、ぼくらに奢（おご）るということもありません」

「それは少しひどいね。で、青塚君は女にはあまり興味がないのか？」

「いえ、それは大ありだと思います。ただ、奥さんの眼が怕（こわ）くて手出しができないというところらしいです。なにしろ、奥さんは年上だし、ああいう器量ですから、編集長がほかの女に惹かれるのは当り前だと思うんですがね。事実、青塚さんは女は好きなほうなんですよ」

亭主関白の岡本には解せない話であった。

人それぞれに生活の仕方があるが、青塚の場合は少し理解しかねた。もっとも他人は彼の女房の醜い器量を云うが、タデ喰う虫も好き好き、夫婦となれば他人のうかがい知れないよさがあるのであろう。

「それはそうと」

と、中村は思いついたように云った。

「最近、また市坂社長が編集費をふんだんに編集長に渡すようになったらしいです。ですから、このところ、編集長はひどくご機嫌なんです。われわれには金のやり取りは分りませんが、様子でそれと知れます」

「ほう、いったん締めた財布のヒモを、今度はまた緩めたわけだね。そうすると、レストランのほうやボーリングのほうの景気がよくなったのかな?」

「さあ、それほど急によくなったとは思えませんがね。むしろ、ボーリングのほうはだいぶん経営が苦しいということです。なにしろ、大資本が進出して、立派な設備のボーリング場があとから出来ましたからね」

「それはおかしいじゃないか。景気が悪いのに、どうして編集費をまた奮発するようになったんだろう? よほど青塚という人は社長から金をとり出すのがうまいらしいね」

「そうかも分りません。だが、編集のほうにはいっこうに回してくれないので、われわれのほうは潤いません」

「けしからん話だ。社長はそれを知ってるのか？」

「知ってるようです。やはり誰かがそれを直接社長の耳に入れたようです。しかし、その後、少しも社長の干渉がないところをみると、聞き流す程度だったらしいです」

ふしぎな人物もいるものだと、岡本は思った。

その後、彼は或るパーティの席で画家の白井に出遇った。

「君が描いた新流という雑誌の表紙の絵を見たよ」

岡本は遠慮のないところを云った。

「君の作品だが、どうもあれは不出来だね。雑誌が雑誌だけに君も手を抜いて描いたんだろう」

「あれを見たのか？」

白井は、うつむいて長い髪を搔いた。

「うむ。実は、あの雑誌にはぼくも一度だけつき合ってるからね」

「そうか。ぼくも描くのに気が進まなかったのは確かだが、あれは編集長がやってきて注文をつけたので、それで余計に出来が悪かったんだ」

「青塚という編集長だろう。注文をつけたのは知っている。ああいうかたちの山を描いてくれと云ったのか？」

「先方が写真を持ってきたのだ」

と、白井は顔をしかめて云った。

「写真を。……あの平凡な山のか？」

「そうなんだ。……五、六枚ぐらい、あの山の写真を持ちこんできてね、この中から択えらんで描いてくれというんだ。その代り、画料はこっちが云った倍近く出したよ。まあ、それで仕方なしに描いたがね」

「多分、そんなことだろうと思ったが、その写真はどこの風景だね?」

「さあ、ぼくも何気なくきいてみたけれど、あんまりはっきりとは云わなかったよ。もっとも、あんな風景は日本中どこにでもザラにあるからね」

「新流の表紙は、それまで美人画だったが、また次の号から美人画に戻るらしいよ」

「そうか。ぼくの絵がよっぽど不評だったんだな」

と、画家の白井は少ししょんぼりとなって云った。

——白井に遇って二日ほど経ったころ、岡本は、九州のある都市の住所を書いた野崎千枝子という差出人名の長い手紙をもらった。彼には心当りのない名前であった。

「初めてお手紙をさしあげる失礼をお許し下さい。先生のお名前を『新流』という雑誌で拝見しましたので、思い切ってこれをさしあげることにしました。実は、私は先生のお書きになったものをいつも拝見しており、それで先生にお手紙をさしあげる気になったのですが、これは先生のお仕事とは別の用事でございます……」

岡本は、おやおやと思った。だが、次を読んでいるうちに、次第に内容にひきつけられてきた。

「実はちょっとお尋ねしたいことがあってこの手紙を書いたのですが、最後までお読み下さって、ご返事を頂ければ幸いでございます。と申しますのは『新流』五月号の表紙のことでございます。すでに先生もごらんになったと思いますが、山が描いてあります。この山の画について、私はどうしても気がかりなことがございます。

ここで、私の家庭について必要なことだけを申しますと、私には今年定年の地方公務員の父と母があり、ある会社につとめていた六つ年上の姉が居りました。姉は野崎浜江と申します。姉が居たと書きましたが、あるいは現在どこかに居るのかも分りません。姉は、ほぼ二年前の五月八日の夕方、家を出たきり未だ消息が分らないのでございます。そのとき、姉は二十七歳でした。未婚で、ある会社につとめていました。

家を出るとき、姉は行先をはっきり申しませんで、小さなスーツケース一つと、カメラとをもって、会社から休暇をとり、四泊五日の予定で旅立ちました。姉は旅行が好きで、その年の正月休みにも旅行に出ました。そのときは帰宅してから四国地方を回ってきたと申しておりました。姉は、この三、四年、行先をきめずに、ひとりで出かけ、気のむくままに旅する癖がありました。五月のときはそれきり帰ってこず、未だ消息も知れないのでございます。

こう書きますと、姉の恋愛関係をすぐに想像されると思いますが、姉はもっと若いときに恋愛相手の人が死んで以来、そういうことはなくなっています。これは、姉が居なくなって以来、いろいろ調べてみても、やはり事実が出なかったのでございます。

さて、姉の失踪後、警察にも捜索願いを出したりして手を尽しましたが、どうにも行方が分りませんでした。ただ、姉が、一昨年の正月に四国を旅行したときに撮ってきた山の写真が残っています。それはありきたりな平凡な山で、とりたてて写真にとることもないと思われるのですが、姉はその写真をていねいにアルバムに貼っているのでございます。

これは私の直感ですが、姉の失踪とこの写真とは何かの関係があるのではないかと思いました。もちろん、その裏付けはないのですが。——とにかく、姉が四国で撮したというので、そのアルバムの写真を複製し、四国の交通公社や鉄道管理局や各市の観光課に送って問合せましたが、いずれも、それがどこの山をうつしているのか心当りはないという返事でした。困ったことに、山のかたち自体が平凡でザラにありそうな上に、いっしょについている雑木林にも特徴がないのでございます。それで、さっぱり手がかりがつかめません。

そのうち、私は、この山は四国ではなく、ほかの地方かもしれないと思うようになりました。というのは、その山のほかには四国を表わした風景が一枚もないからでございます。姉は正月の旅行から帰ってきて、たしかに四国に行ってきたと申しましたが、あるいは別なところかもしれないと思い、今度は全国の交通、観光機関に同じ方法で問合せましたが、結果は前と変りませんでした。べつに名山でもないので、どなたもご存じないのでございます。

ただ、姉についてこういうことはございました。正月の旅行から帰って以来、姉はひどく明るくなったり、また、考えごとをするようになりました。それまでの姉はどちらかというとあまり感情を見せないほうでしたから、わずかな変化といえばそれでした。それから、会社のほうを調べましたが、姉の事務机の中には、会社宛にきた個人的な手紙やはがきが残っていましたが、それはみんな友だちや知合いの方ばかりで、姉の失踪に関係したものはありませんでした。

そんなようなことで、私が姉の失踪についてすべての手がかりを失い、半ば諦めかけたところに、ふと入った本屋の店頭で見かけたのが、『新流』五月号の表紙でございます。こう申すともうお分りでしょうが、あの表紙の山の絵は姉のアルバムにあった写真そっくりでございます。そのとき私が息をのんでその表紙に見入った姿をご想像下さい。

私は、雑誌を買って帰り、表紙の絵と写真とを見くらべましたが、山のかたちは寸分違いません。もちろん、絵と写真とは角度が違っていますが、中央がくぼんだ鞍部のかたちといい、両方にもり上った稜線といい、全く同じでございます。

私も迷いました。こういうような山は日本中のどこにでもあるので、似たような山が偶然に表紙に描かれているにすぎないとも思い直したのです。けれど、山の下に展開している雑木林といい、どうしても、この絵がどこかのスケッチだとすると、それを確かめずにはいられなくなりました。もし、画家が空想で描かれたのなら仕方がありませんが、それを知るまでは諦めることができなくなりました。

私は、これをよほど『新流』の編集部に問合せてみようかと思いましたが、なんだか怕いような気がしてできなかったのでございます。何が怕いかというと、自分ながら、はっきり理由が分りません。とにかく漠然と、恰もそこに怖ろしい秘密が伏在しているような気がして問合せができなかったのでございます。それでは、直接画家の方におたずねしようと思いましたが、目次に刷りこまれているのは白井さんという画家の名前だけで、住所も何も分りません。それで、思い余って『新流』に書いていらっしゃる先生にこのお手紙をさしあげた次第でございます。先生なら編集部の方にそれとなく聞いていただけるでしょうし、あるいは画家の方に問合せていただけるかと思います。くれぐれも申上げますが、どちらにお問合せ下さっても、私がこういう手紙を出したこと、ならびに姉がそれに関連していることは絶対にご内聞に願います。お忙しいところを重々申訳ありませんが、もし、その場所なり地方なりが分り、また、あの絵が画家の全くの想像の所産ということが分れば、どうぞお教え願いとう存じます」

岡本が思案に耽りはじめたのは、その手紙をよみ終ってからであった。

白井は、あの表紙の山の絵を青塚編集長が持参した写真によって描いたと云った。そのとき青塚は場所を教えなかったという。

これは確かにおかしい。なぜ、その場所を青塚は云わなかったのであろうか。べつに画家に話したところでさしつかえはあるまい。何かそこに秘密があるのではなかろうか。

そういえば、中村がきて云った奇妙な事実に突き当った。すなわち、それまで『新流』の表紙絵は女の顔だったが、急にこの山の風景にかわったというのだ。しかも、風景はその号限りで、来月号からまた女の絵にすると云っている。なぜ、その号だけを山の絵にしたのだろう。

岡本は、はじめ、それを編集長の無定見のせいに帰していた。雑誌が売れないから表紙をかえようというので、美人画を風景画に切りかえたと思っていたが、それなら、もう少し風景画をつづけそうなものである。たった一号だけというのは、いくら編集長が不見識でも妙ではないか。青塚編集長の独裁で何でも勝手なことが出来るとしても、これは少々不自然だ。

すると、岡本は中村の言葉にもう一つふしぎなところがあったのに気づいた。

市坂社長は、最近、雑誌が赤字つづきで、さすがに編集費を縮小しようとしていたが、近ごろはまた、それを増額しはじめたというのである。すると、それは、あの山の表紙が出てからではないか。もしそうだとしたら、その絵は市坂の心理に何らかの影響を与えたともみることができる。青塚は、市坂が金を出さないというのでブツブツ云っていたそうだが、あるいは市坂に金を出させるために、その山の絵を表紙にしたのかもしれない。

山の絵に何かの秘密があると岡本は思った。その秘密は、手紙の主の野崎千枝子の姉浜江の失踪の秘密にもかかっている。

もし、絵と写真の山が同じなら、その場所に野崎浜江は一昨年の正月の休みにも行き、五月八日にもそこに向ったのだ。浜江はその写真をアルバムに貼っていたくせに、場所を妹にもあかさなかった。其処で、一昨年の正月、浜江の身に何かが起った。彼女はその出来事を忘れかねて、五月八日に再びそこに向ったのであろう。浜江がその山を四国地方だといったのは嘘である。嘘をつかなければならないほど、浜江にとっては大事な、人に知られてはならない土地であった。その二度目の土地で、五月八日以後の野崎浜江の身に何かが起った。

それには青塚が関連している。いや、本当は市坂秀彦であろう。青塚がそれを知っていて市坂の弱味をつかみ、市坂に金を出させて雑誌を発行させ、勝手にふるまっているのだろう。青塚がワンマン編集長ぶりを発揮していることも、編集費の多くを自分のものにしていることも、また、それに対して市坂が何もいえないのもそれで分る。

いや、まだあるぞ、と岡本は思った。市坂が金を出し渋ったのは、ボーリング場の景気が悪くなってきたからだ。ところが、あの山の表紙が出たとたんに、また市坂は雑誌の金を与えるようになった。景気の悪くなった商売人が、忽ち金を出しはじめたというのは奇妙ではないか。……

——好奇心の強い岡本は、翌日、「新流社」に電話をかけてこっそり中村を自宅に呼んだ。

8

二週間後、岡本が野崎千枝子に出した手紙。前のほうは略して。

「……そういうわけで、表紙の山の所在地には市坂も青塚も関連があるが、まず、青塚のほうから調べることにしました。しかし、その手がかりがありません。新流社の中村という編集者にある程度事情をうちあけたところ、日ごろ青塚編集長に鬱憤を抱いている彼は快く協力してくれました。青塚は北陸のほうの出身ということだが、どうもよく分らない。それよりも、青塚の女房になっているキクという女が、年上で不器量なのに青塚を締めつけているのは何かこれに関連があるのではないかと思い当って、中村君に、キクが東京に出てくる前にどこに居たかを本人について探らせることにしました。

中村君も困りました。日ごろ編集長の女房とは親しくないので探りようがなかったのです。すると、二、三日経って青塚が家に忘れ物をしたとかで、それを取りに行くことを中村君に命じたのです。中村君はこの機会だと思って青塚の家に行き、女房に会い、いろいろとお世辞をならべたそうです。女房はそれに気をよくしてか、彼を座敷に上げて茶菓子など出しました。中村君は、それとなく問題の点を当ってみたが、もとより素直に云うはずはない。そのうち、女房のほうがだんだん怪しんできた風なので、今日はこのへんでと思って帰るつもりでいたところ、銀行員が訪れてきたのですね。女房はそっちのほうに去って行って、金を預けるのか引出すのか、とにかく時間がかかりそうでした。

中村君がふと座敷を見廻すと、柱に状差しがあって手紙やはがきが重なって突っこんである。彼は玄関のほうを気にしながら、思い切ってその手紙類を調べた。すると、〝長野県××郡上山温泉、指月館内平田フジ子〟からキク宛に出したはがきがありました。中村君は地名からそこが山の多い土地だと察してそれを素早くポケットに入れました。はがきの文句は大したことではなく、時候見舞と、上山温泉も二年前と変ってないこと、青塚さんによろしく、といった内容でした。しかしこれでキクと青塚とが二年ほど前に長野県の上山温泉にいたこと、キクは指月館の女中をしていたらしいことが分りました。なぜなら、キクは浅草の鳥料理屋にいたそうですから。このはがきをつかんできたのは中村君の手柄でした。

ぼくは、中村君に新流社を休ませ、彼をつれて新宿駅から発ちました。上山温泉というのは、詳しい地図でないと載ってないが、それは中央線のM駅から南に二十キロのところ、付近にはもう一つ、下川温泉というのもある。

われわれはM駅に着いてバスで上山温泉に行きました。降りたバス停留所の真ン前が指月館でした。門の前に水のきれいな小川があるひなびた山間の温泉宿で、ほかにも古い旅館が三、四軒くらい見える。ここは盆地です。

バスを降りたときから、われわれは周囲の山々を見廻したが、あの山のかたちは見えません。杉や雑木の山林はあるが、これはどこにもあること。

ところが、指月館の二階に通され、バス通りに面した障子を開けてびっくりしましたね。正面に、まさにあの山の頂上が見えるではありませんか。中央部がへこんだところといい、その両側が二つの丘にもり上っているかたちといい、白井画伯描く新流五月号の表紙画の山そっくりです。そして、それは日本中どこにでもあるような平凡な山なのです。ぼくと中村君とは息をつめて、その山に見入ったものです。

そこに女中が入ってきた。あの山の名前は何だときくと、べつに名前はないけど、みんな二子山とよんでいるという。ただ、表紙画の山はもっと高く、中腹あたりまで出ているが、ここからだと頂上近くしか見えない。また、雑木林のかたちも違う。そこで、あの画のモトになった青塚提供の写真は、ほかの高い場所から撮られたことが分りました。

女中といえば、キクにはがきを出した平田フジ子ですが、彼女はその宿に働いていました。ちょうど昼飯になったが、食膳を見ると皿に山菜が出ている。東京で食わせるような乾燥したのではなく新鮮でした。フジ子という女中にきてもらって、キクの話をすると、キクさんは二年前までここに居た、どうしてキクさんを知っているのかとフジ子がきくから、浅草の鳥料理屋で会い、そのときこの旅館で働いていたと聞いた、といっておきました。フジ子は、食膳の山菜に目を落し、キクさんとはこの山菜を摘みによくいっしょに行ったものだといって、障子の間から見える真向いの低い山の斜面を指しました。

フジ子がだいぶんうちとけてきたので、青塚のことを持出すと、フジ子はあの人のことまでご存じですかと眼をまるくしていたが、客できていた青塚さんとキクさんとはこの旅館で仲がよくなったのですよ、二人は昼間も山の中で遇っていた、キクさんは山菜採りに行くとき、自分たちと別れてひとりであの山道を上って行ったけれど、それが青塚さんと遇うためだとは、わたしたちにはみんな分っていましたよといって笑うのです。市坂の名前にはフジ子の記憶はありませんでした。

ぼくと中村君とはフジ子に教えられて、キクが山菜採りを理由に青塚と遇っていたという山道を上りました。その道の一方は谷で断崖となっていました。谷底は一面の深い草で、その中に転石が散っていました。

われわれはいろいろと歩き廻った末に、その断崖のいちばん高い、十五、六メートルはありそうな崖の上に出ました。そこで見たものは、まさに白井の描いた表紙画の実景でした。二子山とV字形の山林とは現実にわれわれの眼の前に存在していたのです。

もはや、青塚がこの場所に立ち、この山の風景にむかって写真を撮ったのは間違いありません。そして、市坂もこの場所に立ったことがあるのです。しかも、市坂の場合は悪事の環境でした。なぜなら、彼は青塚がこの場所を象徴する二子山を表紙にしたことで、たちまち編集費という名目の金を出していますから。青塚は市坂を脅迫していたのです。

ここで、ぼくはあなたの姉さんの浜江さんもこの二子山の写真をアルバムに残しているところから、曾てはこの場所に来ていたのだと分りました。その第一回は二年前の正月休みで、気ままな旅の好きな浜江さんは近くの下川温泉にきた。そこに、それまでは全く見ず知らずの市坂が来ていて、浜江さんとの間に恋愛が生じたと思います。浜江さんが帰宅して、四国地方を廻ってきたなどといったのは、その秘密を妹にもだれにも知られたくなかったからです。

その年、五月八日に姉さんはまた『気ままな旅』に出かけたが、それは東京の市坂と約束して思い出の山の温泉に出発したのです。その約束は前もって市坂と文通で行なわれました。市坂は浜江さんの勤務先の会社宛に手紙を出していたと思います。浜江さんの事務机に残っていたのは、人に見られてもいい通信ばかりで、市坂からの手紙は浜江さんが処分したのでしょう。

浜江さんがどうして下川温泉に市坂と泊っていたことが分ったかというと、これはあとのことになるが、上山温泉に泊った形跡がないので、下川温泉を調べると、川田旅館というのに、それらしい男女が五月九日に泊り、翌十日に二人で散歩に出たのに男だけが戻って宿を引きあげたことが分ったからです。なお、男の人相について中村君がたしかめると市坂に間違いありませんでした。なお、その年の正月の休みには、その二人は別々に来て、それぞれ部屋をとっていたが、二度目の五月のときは、いっしょに来て同じ部屋だったと旅館では云っていました。

五月十日、浜江さんは市坂といっしょに下川温泉から、山道を通って断崖の上まで来たのです。ぼくの想像だが、正月のときも、浜江さんはここにひとりで来て、やはりひとりで散歩に来た市坂と知合ったと思います。いわば、思い出の場所だから、浜江さんは二子山を背景に市坂を撮ろうとした。浜江さんはカメラ好きですから、いい構図をとろうとして夢中になっているうちに、うしろの断崖の端から足をすべらし、転落したのだと思います。なにしろ十五、六メートルの高さです、下には転石もあります。多分、即死だったでしょう。ぼくは、市坂に殺意があったとは思いません。その理由がないのですから。

だが、浜江さんに死なれてみると市坂は狼狽した。彼には妻子があるし、東京ではチェーン式のレストランやボーリング場などを経営している事業家です。そういう家庭の事情、また、浜江さんは過って墜落したのだが、警察では果して過失死と見てくれるかどうか分らない、殺意をもって女をここに誘い出し、崖の上から突き落したと考えて逮捕するかもしれない、そうなると自分は社会的に葬られる、市坂はそういうおそれから、崖下に降りて浜江さんの死体をどこかに隠したのでしょう。

ぼくらは、そういう推定に達しました。ただ、この情景の中に、青塚がどういう役割をもっていたかはどうしても分りませんでした。彼が『目撃者』の立場にあることだけはたしかですが。ぼくらのその場での推定は、すぐに事実として半分は実証されました。中村君が谷底に降りて見廻しているとき、崖下の横穴に眼をとめ、ぼくを呼びました。

ぼくらは、その穴の中に脚を入口に向けて横たわっている白骨死体を発見したのです。

——いま、市坂と青塚とが東京から連行されて、この田舎の警察署で取調べられています。あなたも早く、こっちに来て下さい」

解説　ミステリで時代を読む妙味

大矢博子

松本清張生誕百年だった二〇〇九年、文春文庫は「生誕一〇〇年記念出版」として『点と線』を筆頭に『波の塔』『火の路』などなど、清張の名作を集中的に新装版文庫で再刊した。それ以前からも、そしてそれ以降も往年の文庫が次々と新装版で刊行されていたが、この度ようやく『火と汐』がその仲間入りを果たすこととなった。一九七六年の文春文庫入り以来、実に四十三年ぶりのリニューアルである。

今回の新版により、読みやすい文字でより広い層にお届けできるようになったことはもちろん喜ばしい。だがそれ以上に、当時の作品を今読み直すことで改めて見えてくるものがある、という点を強調しておきたい。

本書に収録されているのは「火と汐」「証言の森」「種族同盟」「山」の四作。「山」は一九六八年に、それ以外は一九六七年に、それぞれ「オール讀物」にて発表された。一九六七年といえば清張は五十八歳、『昭和史発掘』を「週刊文春」に、『Dの複合』を

「宝石」に連載中のころである。新設された吉川英治文学賞の第一回受賞者となった年であり、亡くなるまでその任にあった日本文藝家協会の理事に再任された年でもあった。つまり本書は、すでに日本を代表する巨匠になってから書かれた作品ということになる。それから半世紀余りが経つ。ここでは表題作「火と汐」に注目し、まずは清張のトラベルミステリの傾向についてざっと紹介しておこう。

清張の名を一躍知らしめたのが、一九五八年刊行の『点と線』だ。実在の列車や時刻表を使ったトリック、列車で日本各地を旅する刑事。一九五六年に刊行された鮎川哲也『黒いトランク』と並んで、のちに隆盛を極めるトラベルミステリの先駆けとなった作品である。

作中に登場する「四分間の空白」はあまりに有名だが、ここでは、同作の連載媒体が日本交通公社発行の旅行雑誌「旅」だったことと、東京―博多間を結ぶ寝台特急「あさかぜ」の運行が開始された翌年に連載が始まったということに留意願いたい。また、同じ年に書かれた短編「遭難」には、金曜夜に新宿を出発する夜行で鹿島槍ヶ岳に向かう場面が登場するが、これは当時の準急「アルプス」だ。二年前の日本山岳会のマナスル初登頂、この年の京大学士山岳会のチョゴリザ初登頂などで登山ブームが巻き起こり、ダークダックスの「雪山讃歌」がヒットしていた時期の作品である。

つまり、昭和三十年代に入り、日本人が旅行をレジャーとして楽しみ始めた頃に、誕生したばかりの寝台特急列車や人気の高い〝山男列車〟を舞台にする——今となっては巨匠の名作・重鎮の出世作という印象の強い『点と線』や「遭難」が、実はリアルタイムの流行やニュースをいち早く取り入れたアップ・トゥ・デイトな作品だったことがお分かりいただけるだろう。

その後も清張は、日本各地の鉄道を小説に取り入れ、その先々の町並みや風景を描いて来た。一九五九年の『ゼロの焦点』では能登金剛の断崖が、その翌年の『波の塔』では青木ヶ原樹海が物語の重要な舞台として使われ、ともに自殺の名所になってしまったのは有名な話。その一方で、『波の塔』に登場した調布市深大寺が人気のデートコースになったり、一九六一年の『砂の器』の影響で島根県亀嵩に観光客が増えたりなど、良くも悪くも清張作品が各地に新名所を生んだことは間違いない。

一九六二年の『時間の習俗』では『点と線』の刑事たちが再登場し、門司市（現・北九州市門司区）に伝わる和布刈神社での祭礼がアリバイに利用された。実在する観光地や観光行事を取り入れたことで、鉄道ミステリから旅情ミステリへと幅を広げたことがうかがえる。そして本書収録作と並行して連載されていた『Dの複合』は丹後半島や兵庫県明石市、静岡の三保松原などを舞台に、各地に伝わる伝承をモチーフにして当時の古代史ブームを背景に大ヒット作となった。

つまり清張のトラベルミステリは、交通手段（鉄道など）と旅情（観光地や行事）と時事（流行やニュース）と謎解きの合体であり、そこには当時の社会の様子が克明に記録されているのである。

　これを踏まえて「火と汐」を見てみよう。

　京都へ不倫旅行に出かけた芝村美弥子が五山の送り火を見物中に失踪。数日後、美弥子の遺体が東京・目黒の雑木林で発見され、不倫相手の曾根が容疑者として勾留された。そんな中、神代刑事は美弥子の夫・芝村に容疑の目を向ける。しかし芝村には三浦半島の油壺から三宅島を往復するヨットレース中という鉄壁のアリバイがあった。三宅島から油壺までの太平洋上から京都へ、そして東京へ戻って妻を殺し、再び太平洋上のヨットへ戻ってくる方法が果たしてあるのか――というアリバイ崩しのミステリだ。

　構造としてはとてもシンプルな短編だが、本編には前述した清張のトラベルミステリの特徴がすべて入っている。まず、五山の送り火や、刑事が調査に出向く三宅島の細やかな風景や歴史の描写は、まさに旅情ミステリの醍醐味だ。加えて、夜の京都と昼の太平洋という対比が実に鮮やかである。場所や時間を確定するために有名な行事を使うのは、『時間の習俗』のパターンを踏襲している。

　また、ヨットレースは昭和三十年代のはじめに起こった「太陽族ブーム」をきっかけに富裕層の趣味として定着、油壺周辺にはこの時期に開業したヨットハーバーが今も数多くある。ここにも、伝統行事の送り火と新しいレジャー、という対比が見られる。

　そして何より注目すべきは、刑事が可能性の一つとして挙げる、三宅島と羽田を結ぶ飛行機の存在だ。実は三宅島空港が開港したのは一九六六年三月。つまり清張は前年にできたばかりの航空路線を物語に取り入れたのである。これは『点と線』の「あさかぜ」とまったく同じと見ていい。

昭和三十年代の高度経済成長期に航空の需要は拡大し、一九六四年の東京オリンピック前後の時期には地方の新空港開港が相次いだ。一九六五年から六六年にかけてだけでも三宅島空港のほか、壱岐や隠岐といった離島、そして出雲、福井、松本、旭川、紋別、中標津などで空港が開港している。「火と汐」はそんな時代を反映した物語なのだ。

余談だが、一九七三年に刊行された西村京太郎の『赤い帆船(クルーザー)』に、この「火と汐」が登場する。容疑者の家に『火と汐』の単行本があり、これと同じトリックを使ったのではと刑事が推理するのである。本編を隅々までネタバラシしているので注意が必要だが、それだけ印象的なトリックだったと言えるだろう。

表題作だけで紙幅をほぼ使い切ってしまった。駆け足でいく。

「証言の森」は昭和十三年が舞台。御用聞きという習慣や物の単位など、昭和の時代小説としても読める作品である。妻を殺して偽装工作をしたとして夫が逮捕され、その取り調べの様子が綴られるが、終盤に意外な展開が待ち受ける。なぜ戦前を舞台にしたのか、その理由が最後でわかるとともに、真相を明示しないという手法がそのまま戦争の闇を表している。

本編には拷問まがいの取り調べの様子に少しだけ触れられているが、清張自身も昭和四年に、プロレタリア文学雑誌を読んでいたということで〝アカ狩り〟で検挙され、乱暴な取り調べを受けた経験がある。また執筆前年に清張がワシントンポストに掲載するベトナム反戦広告の呼びかけ人の一人になっているのも、本編執筆と無関係ではないかもしれない。

「種族同盟」は法廷もの。暴行殺人の被疑者の国選弁護を引き受けた弁護士は、イギリスの過去の事件をヒントに見事無罪を勝ち取るが……。作中に登場する「エーブラハム・ソーントン事件」は実在のもの。清張は司法資料「情況証拠の原理」でこの一件を知り、モデルにした上でオリジナルの解決を与えた。だが「ハイランド地方の荒涼たる背景に惹かれたが、東京近郊ではその味がまったく出なかった」とエッセイに綴っている。(『作家の手帖』より)

そして掉尾を飾る「山」は二段構えの構成が光るミステリだ。温泉地の山間で起きた事件がまず綴られ、後半ではその後何が起きたかを読者にほのめかしながら別の人物が事件の謎解きを担当する。これが書かれた一九六八年は、清張はキューバやメキシコ、ベトナムなど世界を巡り多忙を極めており、小説は短編二本の発表にとどまっている。そのうちの一編が本作だ。清張の新聞記者時代からの趣味であるカメラが生きた一編と言えるだろう。

清張らしさが凝縮されたトラベルミステリ「火と汐」を筆頭に、戦争と裁判について考えさせられる「証言の森」、海外のニュースに題材をとった法廷ものの「種族同盟」、そしてトリッキーな展開で読ませる「山」と、バラエティに富んだ短編集である。そしてそのすべてに、その時代ならではの執筆のきっかけがあり、時代を映す描写がある。執筆された時代の様相を思い描きながら、しばしのタイムトラベルをお楽しみいただきたい。

（書評家）

収録作品初出

火と汐　「オール讀物」昭和42年11月号
証言の森　「オール讀物」昭和42年8月号
種族同盟　「オール讀物」昭和42年3月号
山　「オール讀物」昭和43年7月号

この本は昭和51年2月に刊行された文春文庫の新装版です。

＊本作品の中には、今日からすると差別的表現ないしは差別的表現ととられかねない箇所があります。しかし、それは歴史的事実の記述、表現であり、作者に差別を助長する意図がないことは明白です。読者諸賢の御理解をお願いいたします。

文春文庫編集部

文春文庫

火と汐（ひとしお）

定価はカバーに表示してあります

2019年2月10日　新装版第1刷
2024年4月25日　第3刷

著　者　松本清張（まつもとせいちょう）
発行者　大沼貴之
発行所　株式会社　文藝春秋

東京都千代田区紀尾井町3-23　〒102-8008
TEL　03・3265・1211㈹
文藝春秋ホームページ　http://www.bunshun.co.jp

落丁、乱丁本は、お手数ですが小社製作部宛お送り下さい。送料小社負担でお取替致します。

印刷・TOPPAN　製本・加藤製本
Printed in Japan
ISBN978-4-16-791228-4